사르비아 총서 · 307

무영탑(하)

현진건 지음

범우사

차 례

81

여부없이 아사달을 데려다가 줄 듯하던 세번째 봄도 어느덧 지나가 버렸다.

탑 둘을 혼자 맡아 짓는대도 이태밖에 걸리지 않는다고 아버지는 말씀하시지 않았던가.

그 말을 처음 들을 때 아사녀는 어마 싫었었다.

아무리 대공이기로 그렇게 날짜야 걸리랴. 아버지께서 내 마음을 눅여주시느라고 일부러 멀리 잡아 말씀을 하시는 것이거니 하고 제깐으로 날수로 잔뜩 일년, 햇수로 이태만 잡아들면 아사달은 돌아오리라 믿었었다.

그러던 것이 벌써 햇수로 3년에 들어 반년이 지났으니 날수로 따져도 이태 반이나 되어가는 폭이다.

그렇게 까마득하게 멀리 잡으신 아버지의 말씀대로 한다 해도 아사달은 벌써 돌아와야 할 것이다.

그리고 아버지로 말하면 석수 일에는 천하에 으뜸가는 어른이었으니 그 어른의 짐작 밖에 벗어날 공사가 있을 까닭이 없다.

'그러면 병환이 나셨는가?'

그러나 아사녀는 저의 방정맞은 생각을 곧 물리쳤다.

몸은 비록 약해 보일망정 그렇게 무병한 이가, 그렇게 강단이 무서운 이가 그런 큰일을 맡았거늘 병날 리가 없을 것 같다.

암만해도 탑은 다 이룩된 것 같다. 아버지의 둘도 없는 수제자인 그이거든 그 능란한 솜씨에 입때 일이 끝나지 않을 리는 만무할 것 같다.

'그러면 아사달은 왜 돌아오지 않는가.'

이 생각은 마치 잘 드는 칼과 같이 그의 염통을 에어내었다.

사치한 맨드리가 기름독에서 빠져나온 듯하다는 서라벌 서울 여자, 그 비싼 녹두가루를 비누로 풀어 때를 벗겨내고 그보다 더 비싼 은가루와 옥가루를 처덕처덕 얼굴에 바른다는 서울 여자, 먹으로 눈썹은 황을 그리고 심지어 입술에까지 주사를 올린다는 서울 여자, 울금향과 사향을 옷고름과 허리띠에 찬다는 서울 여자, 그러니 아무리 박색이라도 달과 같이 꽃과 같이 환하게 어여쁘게 보인다는 서울 여자, 십리 밖에서도 그 그윽하고도 야릇한 향기가 사내의 마음을 호려낸다는 서울 여자!

논다니, 활량이가 파리떼 모양으로 우글우글하다는 서라벌, 어수룩한 시골뜨기만 보면 마구잡이로 붙들어간다는 서라벌.

그 몹쓸 계집들이 그렇게도 잘나신 아사달님을 그냥 둘까? 독사의 무리와 같이 아사달님에게 달겨들지 않을까? 온

몸을 친친 휘감아서 헤어나지 못하게 하지 않을까.

엿가락 늘어진 듯 뭇 계집의 팔과 다리의 등쌀에서 빼쳐나지를 못하고 버르적거리는 안타까운 아사달의 모양이 눈앞에 얼찐거린다.

그렇게 얌전한 그가, 그렇게 단단한 그가, 그렇게 나를 사랑하고 소중히 아는 그가, 백명 천명 계집이 덤빈들 빠질 리가!

스스로 아사달을 위해 변명을 해보았지만 암만해도 마음이 놓이지 않았었다.

이런 판에 싹불의 그 말을 듣고 보니 흑! 하고 아니 넘어갈 수 없었던 것이다. 더구나 나날이 닥쳐오는 것이란 좋은 일 기쁜 일은 도무지 없고, 불행한 일 악착한 꼴만 겪고 나니 이제 아사녀는 제 전정의 행운에 대한 믿음성조차 흔들리게 되었다. 이렇게 굽이굽이 알뜰살뜰히 궂은 노릇만 당하게 되니 앞으로도 좋은 운이 행여나 찾아줄 것 같지도 않았다.

앞날의 찬란한 무지개의 한 모서리가 흐릿하게 비어올 때 싹불의 한 마디는 그를 천길 만길 절망의 구렁텅이에 떨어뜨리기에 넉넉하였다.

더구나 귀인 댁 따님에게 장가를 드셨다니 왜 그 좋은 호강을 마다시고 이 부여 두메로 돌아오시랴. 딸 낳고 아들 낳고 무궁한 영화를 누리려든 자식조차 없는 이 가난뱅이 석수장이 딸을 찾아올 것인가. 고래등 같은 기와집에 금기둥 옥기둥 속에서 으리으리하게 푸근푸근하게 지나실 것을 이 오막살이 샛풀집엘 기어들 것이랴.

'안 오신다, 안 오신다. 오실 리 만무하다.'

아사녀는 열이 뜬 머리 속으로 잠꼬대같이 속살거렸다.

"안 오신다, 안 오셔."

그는 곁에서 누가 굳이굳이 아사달이 온다는 사람이나 있는 것처럼 화를 더럭더럭 내며 중얼거렸다.

이제 그에게 남은 것은 오직 죽음의 한 길뿐이었다.

이만큼 목숨을 이어온 것도 생각하면 이상한 일이었다.

'왜 안 죽고 살았던고. 아버지 돌아가실 때 왜 따라 죽지 않고 살았던고!'

그는 긴 수건도 생각해 보았다. 푸른 물결이 넘실거리는 사자수도 생각해 보았다.

그러나 자결을 결행하기에도 그는 너무 기신이 없었다.

'이렇게 몹시 아프니 앓아 죽을 날도 며칠이 남았을까.'

아사녀는 몸을 바수어내는 듯한 아픔을 억지로 참으며 고대 고대 숨이 끊어지기를 기다렸다.

82

제 목숨이 한시 바삐 끊어지기를 바라는 아사녀이거니 팽개의 지어온 약을 받기는 받을지언정 달여 먹을 리는 없었다.

먹지 않을 약이매 애당초부터 거절을 해버렸으면 그만이겠으되 남은 정성스럽게 지어다주는 것을 몰풍스럽게 물리칠 도리도 없거니와 더구나 팽개에게는 그렇지 못할 사정도 한두 가지가 아니다.

첫째 아버지가 돌아가신 뒤 어느덧 반 년이 겨웠는데 이나마 살아온 것은 온전히 그이의 덕이 아니냐. 단 한 입이니 그리 많다고는 못 할지라도 나무랑 쌀이랑 반찬거리를 그이 아니면 어느 누가 돌보아 줄 것인가.

더구나 만일 그이가 아니었던들 그 감때 사나운 제자들을 누가 제어를 할 것인가.

우선 작지의 흉행만 하더라도 그이가 때맞추어 뛰어오지 않았다면 어느 지경에 갔을는지 모른다. 다른 것은 다 그만두더라도 이 일 한 가지만도 그는 아사녀에게는 둘도 없는 은인이 아닐 수 없다. 그나 그뿐인가. 요새 와서는 자기의 집안 일을 다 버리고 오직 스승의 따님이란 까닭으로 수직까지 와서 해주는 그 갸륵한 정성! 아무리 세상이 넓다 한들 이렇듯 고마운 이는 또다시 없으리라.

그가 무슨 일이 있어 잠시 잠깐 다녀 나가는 뒷모습을 보고 아사녀는 마음 속으로 '오라버니, 오라버니' 하고 몇 번이나 부르짖은지 모른다.

뼈와 피가 섞인 친동기간이면 이보다 더 자상스럽고 곰살궂으랴.

다른 사람 아닌 그이가 지어다주는 약인데 안 먹을 때 안 먹더라도 어떻게 거절하랴. 만약 약까지 안 먹는다면 그이는 얼마나 더 슬퍼하고 애를 켤 것인가.

"뭐 화가 뜨시고 몸살 같으니 이 약만 쓰시면 곧 낫는답니다."

팽개는 다섯 첩을 한데 묶은 약꾸러미를 내어놓았다.

"약은 왜 또 지어오셨어요. 곧 나을 것을……."

아사녀는 펄펄 끓는 몸을 반쯤 일으키려고 애를 쓰며 미안해 하였다.
"얼핏 곧 달여 잡수서야 할 텐데……"
하고 팽개는 입맛을 쩍쩍 다시었다. 약 달일 사람이 없는 것을 걱정하는 눈치였다.
"고대 다려 먹어요."
"저렇게 기동도 옳게 못 하시는 이가 어떻게 약을 달이실 수도 없고!"
팽개는 연상 걱정을 하였다.
"아녜요. 인제 한숨만 자고 나면 몸이 풀릴 것 같애요."
아사녀는 제 병이 대단치 않다는 것을 알리려 하였다.
"실없이 중환이신데 주무시고 나신다 한들……."
팽개는 미심다운 듯이 생전 처음으로 아사녀의 얼굴을 바로 보며 머뭇머뭇하였다.
"한 정만 자고 나서 곧 달여 먹을 테예요. 제가 오라버니 말씀을 거스릴 리야……"
하고 아사녀는 팽개의 근심하는 것이 민망하여서 가까스로 웃어 보이었다.
슬쩍 아사녀의 웃는 얼굴을 쏘아보고 팽개는 다시 얼굴을 외우시며 아주 진국으로,
"그럭저럭 다 저녁때가 되었는데 주무시고 나시면 밤중이 될걸."
"그러면 내일 아침에 다려 먹어도 괜찮지 않아요?"
하고 아사녀는 어리광 피듯 또 한 번 상그레 웃어 보였다.
"안 됩니다, 안 됩니다. 그래가지고는 안 됩니다. 약이란 으레 주무시기 전에 잡수서야 된답니다. 더구나 오늘은 왼

종일 잡수신 것도 없고. 첫째 무에든지 잡수서야 될 텐데."
"왼 종일 안 먹기는요. 아침도 먹었는데."
아사녀는 난생 처음으로 거짓말을 한 마디 하고 말았다. 거짓말을 할지언정 제 은인으로 하여금 다시 저로 말미암아 걱정은 시키기 싫었던 것이다.
"아침 지으시는 기척도 없으시던데."
팽개의 말씨는 어디까지 점잖고 어디까지 공손하였으나 그 말도 어디인지 차차 무관한 가락을 띠어온다.
아사녀는 조금 헤벌룸해진 옷깃을 여미었다. 여자의 본능으로 경계는 하면서도 말투는 저도 모를 사이에 팽개를 닮아갔다.
"밥짓기가 귀찮아서 식은 밥을 데워 먹고 말았지요"
하고 제 거짓말이 차차 늘어가는 것이 무안해서 열 오른 얼굴을 더욱 붉혔다.
그 순간 팽개의 눈길은 병아리를 움키려는 독수리의 눈깔처럼 이상하게 번쩍이었으나, 아사녀가 제 무안에 겨워 마주치는 눈을 돌렸기 때문에 그 무서운 눈치를 놓치고 말았다.
만일 아사녀가 그 눈치를 보았던들 지금까지 그에게 올리던 감사가 대번에 스러졌으리라. 붙던 정도 뚝 떨어지고 진저리를 쳤으리라.
"자시기는 무얼 자시어, 허허."
팽개는 한 번 엄벙하게 웃고 나서 다시 얼굴빛을 바루고,
"그 큰일인데"
하고 무엇을 잠깐 생각하는 듯하더니 벌떡 몸을 일으켜 밖으로 나간다.

83

팽개가 사랑에 나와보니 싹불은 책상다리를 하고 코를 드르렁드르렁 골고 있다.

팽개는 다짜고짜로 자는 이의 책상다리를 걷어차 버렸다.

"음, 음."

자는 이는 소태나 씹는 듯이 얼굴을 찌푸리고 입맛을 다시면서도 책상다리채 모로 쓰러질 뿐 그래도 잠을 깨지 못한다.

팽개는 베고 있는 목침을 또다시 걷어 질렀다. 목침이 튕겨나가고 머리가 쿵하며 방바닥에 떨어지자 그제야 자던 이는,

"에쿠 아야야, 이게 웬일이야"

하고 벌떡 일어앉으며 조아붙는 두 눈을 크게 떠서 두리번거린다.

"이 사람아, 그새 잠이 무슨 잠이람"

하고 도리어 팽개가 뇌까리자 싹불은 더럭 골딱지를 내며,

"이건 사람을 제긴 줄 아나. 왜 툭툭 발길질을 하고……"

하고 그 멀룽멀룽한 눈시울을 걷어올리며 눈알을 부라리다가 팽개의 눈초리가 사나워지는 것을 알아보고는,

"나는 누구라구, 헤헤."

농쳐 웃어 버린다.

"차판이 하판인데 자빠져서 코만 곤단 말인가."

팽개는 치밀어오른 분이 아직 덜 가라앉았는지 매우 우락부락한 어조다.

싹불은 제 상판을 두 손으로 치문지르고 내리문지르고 늘어지게 기지개를 켜며,

"어디 밤잠을 자야지. 그러니 어째 곤하지를 않겠나."

그는 격에 맞지 않은 괭이 같은 간드러진 목청을 내며 거슬러진 팽개의 비위를 얼러맞추려 하였다.

"누가 자네더러 밤잠을 자지 말라던가?"

"누가 자지 말란 건 아니지만 자연 그렇게 되지를 않았나."

"무슨 일이 자연 그렇게 되었단 말인가."

팽개는 시치미를 뚝 떼었다.

"아사녀를 지키자니 왼 밤을 집에 가 잘 수 없고. 틈틈이 가는 거라야 마누라가 바가지만 긁고, 낮잠은 자다가 또 자네에게 불호령이나 듣고, 어디 사람 살겠나."

싹불의 이 측은한 하소연에 성이 잔뜩 풍기어 부어올랐던 팽개의 볼은 슬며시 풀어졌다. 싹불은 저 먹여 살려주는 주인의 낯빛이 풀리는 꼴을 보고 웃으며 너스레를 쳤다.

"그래, 내 자는 새에 일은 다 되었나? 아사녀가 약을 먹던가?"

"약은 먹지 않아도 일은 되어가는 낌새가 보이데."

팽개는 뺑긋뺑긋 벌어지려는 입 가장자리를 억지로 여민다.

"웅 그래, 열 번 찍어 안 넘어가는 나무 없다고, 아무리 철석 같은 아사녀도 별 수가 없네그려. 그래 그 낌새란 건 어떻게 보이더란 말인가."

"이 사람 자네가 왜 이렇게 열고가 나서 야단인가."

"초록은 동색이고 가재는 게 편이거든. 자네 좋은 일에 낸들 안 좋겠나."

"인제 생글생글 웃어까지 보이데……."

싹불은 팽개의 말을 가로채었다.

"뭐 아사녀가 웃어 보여? 그 빼물기만 하던 간나위가 웃어까지 보인다면야 일은 다 된 일이게?"

"웃기만 한 줄 아나. 옷깃을 싹 여미고 살짝 얼굴까지 붉혀 보였다네."

"응, 얼굴까지 붉히어! 흥, 바로 새색시가 새신랑을 보고 수줍음을 떠는 격일세그려."

"여보게 말 말게. 나도 오입 10년에 쓴맛 단맛을 다 본 놈이지만 아사녀가 수줍어하는 근경은 처음 겪어보았네. 그 아기자기한 재미란 하늘을 주어도 바꾸지 않을 텔세."

"흥, 자네는 인제 죽어도 여한이 없겠네."

"아사달이란 놈이 일년 템이나 그 재미를 마음놓고 본 것을 생각하니 치가 떨리데, 치가 떨리어"

하고 팽개는 아사달이 바로 앞에나 있는 듯이 허공을 노려보며 이를 득 갈아붙이었다.

"앗게, 앗어. 그 계집만 빼앗으면 고만이지 지난일까지 이를 갈 거야 무엇 있나."

팽개는 그 건성으로 도는 눈방울을 더욱 굴리며 펄펄 뛴다.

"그놈이, 그놈이, 그 아사달이란 놈이 내게서 아사녀를 빼앗아갔지. 내가 왜 남의 계집을 빼앗는단 말인가. 그 고생을 하고 그 공을 들이고 헌 계집 다 된 것을 도로 찾아온들 그렇게 신통할 거야 무에 있단 말인가"

하고 노발대발하며 날뛰는 팽개의 꼴을 부러운 듯이 바라보고 있던 싹불은 후 한숨을 내쉬었다.

"길은 갈 탓이고 말은 할 탓이라고, 자네 말을 듣고 보니 그럴 상도 싶네마는, 아사녀 같은 아름다운 계집을 한평생 데리고 살려는 놈은 너무 욕심이 과한 놈이지. 아사녀가 열 번 시집을 가고 열한 번째 나에게 온대도 나는 하늘에 오른 것보담 더 좋아하겠네"
하고 싹불은 어느 때 흐른지 모르는 제 입 가장자리의 침을 씻었다.

84

"그런데 여보게, 큰일난 일이 한 가지 있네"
하고 싹불을 바라보는 팽개의 얼굴에는 입때까지 싱글벙글 하던 웃음살이 걷히었다.

"아사녀의 마음이 아무리 나에게 쏠렸다 한들 죽어 버려서야 만사가 물거품이 될 것 아닌가."

"그야 다 이를 말이겠나."

"나는 아사녀의 이번 병이 어쩐지 심상치 않은 것 같으이."

"원 나중에는 별소리를 다 듣겠네. 그래 이번 병으로 아사녀가 죽을 것 같단 말인가. 인제 겨우 스물을 넘어설까말까 한 귀밑이 새파란 계집이 한 이틀 앓는다고 죽어, 밥을 죽이지."

"아니, 그렇게 말할 것도 아니거든."

"아닌 게 다 뭐란 말인가. 제 사내가 계집을 얻었다는 바람에 깡샘을 하고 생병이 난 것인데 며칠만 꽁꽁 앓으면 툭 툭 털고 일어나겠지그려. 죽어, 왜 죽어. 더구나 자네 같은 한다하는 장래 서방님이 등대하고 곕신데."

"아닐세 아니야. 하룻밤 사이에 그 옥 같은 살이 쏘옥 내리고 곁에만 가 앉아도 단내가 혹혹 나니 몸이 얼마나 더우면 그렇겠나."

"어규, 왜 안 그러리. 알뜰한 고운님이 파리해졌으니 뼈가 저리겠지. 이 쑥아, 어허허"

하고 싹불은 두 손으로 제 허리를 짚으며 간간대소를 한다.

"그렇게 우스개로 돌릴 것만 아니래도 그러네그려. 첫째 엊저녁도 안 먹었지, 오늘도 굶었지, 약을 지어다주어야 먹지를 않지, 그러니 큰일이란 말이거든."

"젊은 때는 하루 이틀 굶어야 아무 상관이 없는 걸세. 계집이란 독이 나면 며칠씩 예사로 굶는 걸세. 독이 풀리면 누가 권하지 않아도 제 출물에 제 손으로 밥을 지어가지고 아귀아귀 처먹는 법이라네. 위선 내 마누라만 해도 툭하면 굶기를 밥 먹듯 하는 걸 뭐"

하고 싹불은 팽개의 걱정이 같잖다는 듯이 천하태평이다.

"어디 세상 사람이 다 자네 부인 같은 줄 아나. 도대체 홀앗이가 앓아 누웠으니 미음이라도 끓여주고 약이라도 달여줄 사람이 있어야지."

"압다, 아사녀가 어느새 그런 귀골이 됩셨던고. 제 배가 고파보게. 그 짭짤한 솜씨에 혹닥혹닥 오작 잘 해먹을라고."

"이런 사람은, 남의 말은 도무지 귀담아듣지 않네그려. 그렇지 않다 해도 왜 자네 말만 세우랴 드나. 여보게, 그러지 말고 자네 부인께서 오셔서 며칠만 봐주셨으면 어떻겠나. 미안한 말이지만."

싹불은 말도 말라는 듯이 손을 쩔쩔 내저었다.

"안 되네, 안 되네. 자네 청이니 그랬으면 좋다뿐이겠나마는 그 고집퉁이가 들어먹을 것 싶지도 않네. 일전만 해도 한정을 자고 자네 혼자 기다릴 것이 딱해서 곧 되쳐 나오랴니까 이 망나니가 가진 바가지를 다 긁네그려. 사내자식이 뭐 할 게 없어 남의 홀앗이 사랑에서 수자리를 사느냐 마느냐. 아사녀가 뭐 그렇게 예쁘길래 수박 겉핥기로 실속도 없다면서 왜 미쳐 다니느냐. 그년이 본여편네고 내가 샛계집이냐…… 별의별 소리를 다 해서 귀가 따가워 죽을 뻔했다네"

하고 싹불은 그때 제 여편네에게 혼뗌을 당한 것을 생각하고 진저리를 친다.

"허, 말새는 모두 한뽄이로군. 우리 왈패도 걸핏하면 내가 왜 샛서방질을 하느냐. 제 사내를 의엿이 못 데리고 있고 밤참 치르듯 하느냐고 잡아먹을 듯이 들어덤빈다네."

"좌우간 어서 귀정이 나야지. 정말 살이 내릴 지경이야. 암만 중언부언을 해도 세상 사람을 놓아주지 않기에 나는 하는 수 없이 우리 통속을 그럴 듯하게 일러주고 겨우 빠져나왔다네."

"뭐 그러면 우리 속 얘기를 부인께 까바쳤단 말인가? 그러다가 말이 나면 어떡하자고, 경망스럽기는……."

"아닐세, 그건 염려 말게. 우리 무대가 입이 무겁기도 철옹성이고 내가 다지기도 여러 번 다져놓았으니……."

"그 말이 만일 왈패의 귀에 들어가는 날이면 죽기 한사하고 덤벼들 텐데…… 응, 찍찍."

팽개는 싹불의 다짐과 그 여편네가 입이 무겁다는 것을 도무지 못 믿겠다는 듯이 혀를 여러 번 찼다.

"그건 여부없네. 여부없대도 그 사람이 자꾸 뇌이네그려."

필경 싹불은 짜증까지 내었다.

"그러나 저러나 아사녀의 병구원을 어떻게 한단 말인고. 자네 부인도 올 수 없고, 내 왈패는 더더군다나 말할 나위도 못 되고, 다른 아주먼네를 구해두재도 소문날 게 무섭고…… 어, 실없이 큰일인걸."

팽개는 이맛살을 찌푸렸다.

"혈마 내일쯤은 일어나겠지."

싹불은 종시 아사녀의 병을 대수롭게 여기지 않았다.

85

싹불의 지레짐작과는 정반대로 그 밤을 지내고 보니 아사녀의 병은 더욱 더친 듯하였다.

팽개와 싹불이가 들어가도 인사성으로나마 몸을 일으키려는 시늉조차 못 하게 되었다.

그나 그뿐인가. 팽개의 얼굴까지 못 알아보는 것 같았다.

"아주머니, 아주머니, 팽갭니다, 팽갭니다"
하고 아무리 부르짖어도 아사녀는 홉뜬 눈으로 잔뜩 허공을 노리며 새빨간 입술을 달삭달삭 종잡을 수 없는 헛소리를 종알거리었다. 말낱은 분명히 들을 수 없으나마 여러 번 듣고 보매 이따금씩 '아사달'이란 소리만은 그럴싸하게 짐작해 들을 수 있었다. 그러나 아사달을 그리워하는 소리인지 원망

해하는 소리인지 분간은 할 수가 없었다.

"이것 큰일났네. 그럼 어떡하나. 자네와 나와 약도 달이고 미음도 끓여보세나."

팽개는 싹불을 재촉하였다.

"별 수 있겠나. 우리가 팔자에 없는 부엌데기 노릇을 하는 수밖에."

약을 달여다주어도 물론 아사녀는 먹으려 들지 않았다. 하는 수 없이 팽개가 숟가락으로 퍼넣어도 병자는 입을 다물고 삼키려 하지 않았다. 가까스로 서너 숟갈 퍼넣으면 반나마 흘리고 말았다.

미음 역시 입을 쪼무리고 입술에도 닿이기를 싫어하였다.

그래도 간간이 정신이 돌아나는 때는 있었다. 이럴 때 팽개가 억지로 권하면,

"싫여요, 싫여요."

앙탈은 하면서도 곧잘 받기는 받았으나 입에 문 채 좀처럼 삼키지 않았다.

만일 팽개의 눈만 조금 딴 데로 쏠리기만 하면 어느 틈엔지 뱉어 버리고 만다. 그래도 팽개가 지성으로 꿀떡 소리가 날 때까지 기다리고 있으면 어쩔 수 없이 넘기기는 넘기어도 소태나 먹는 것처럼 그 어여쁜 얼굴을 찡그렸다.

'이 계집애가 죽기를 결단하였고나.'

팽개도 어렴풋이 아사녀의 뜻을 짐작한 듯싶었다.

약 달이고 미음 끓이는 일도 서투른 솜씨라 수월한 노릇이 아니었거니와, 더구나 아사녀의 태도가 수상스러워서 일시 반시를 그 곁을 비워놓을 수가 없었다.

낮에는 번차례로 번을 들고 밤에는 혼자 지키는 것도 무얼한 탓에 둘이서 꼬박 밝히었다.

이러구러 4, 5일이 지나갔다. 아사녀의 병은 겨우 웃불만은 꺼진 듯하였다. 헛소리하는 도수도 줄어지고 한번 잠이 들면 꽤 오래 자기도 하였다. 약과 미음은 여전히 먹기 싫어하면서도 이따금 냉수는 찾아서 벌떡벌떡 들이켜기도 하였다.

하룻밤은 아사녀의 잠든 틈을 타서 팽개와 싹불이가 봉당에서 약을 다리었다.

"여보게, 오늘 밤엔 집에 잠깐 다녀와야겠네"

하고 싹불은 웃으며 팽개에게 청을 하다시피 하였다.

"너무 여러 날이 되어서 그 무대가 또 무슨 소리를 할지."

"고 동안을 못 참는단 말인가? 집에 안 가보기야 내나 자네나 마찬가지지."

팽개는 제 짝패 놓치기를 꺼리었다.

"그만큼 일렀으니 인제는 염려 없네. 잠깐만 다녀옴세, 헤헤."

"걱정은 내 왈패가 더 걱정인데……"

하고 팽개도 씩 쓴웃음을 웃는다.

"오늘 밤엔 내가 다녀오고, 내일 밤엔 자네가 다녀오게나. 하룻밤 사이에 무슨 변 나겠나, 헤헤."

싹불은 얼렁하는 웃음소리를 남긴 채 뒤도 돌아보지 않고 그대로 힝 나가버렸다.

"여보게, 여보게."

팽개가 몇 번 불러보았으나 들은 척도 아니하였다.

"저런 사람 보게."

혼자 게두덜거렸으나 쫓아가서 잡아올 필요까지는 없었다.

팽개는 혼자 약을 다 달여 짜가지고 방으로 들어왔다.

병자의 방이라고 너무 불을 지핀 탓인지 방 안의 공기는 무럭무럭 찌는 듯이 더웠다.

아사녀도 더운 모양이었다.

이불 밖으로 뽀얀 종아리를 던져내놓고 풀어헤친 저고리 자락 틈으로 젖가슴이 아낌없이 내다보인다. 그 박속 같은 가슴 옴패기엔 땀이 방울방울 맺혀 누가 씻어주기를 기다리는 듯.

손질 않은 검은 머리는 흰 베개 위에 되는 대로 흩어지고 하붓이 열린 입술은 바시시 웃는 듯하다.

팽개는 약그릇 든 손에 맥이 탁 풀리며 하마터면 약을 다 엎지를 뻔하였다.

약그릇을 다시 바로잡기는 잡았으나 팽개는 얼빠진 사람 모양으로 엉거주춤하고 선 채 얼핏 앉지를 못하였다.

86

한참 만에야 팽개는 절이나 할 듯이 나붓이 아사녀의 곁에 앉았다.

약그릇을 조심조심 머리맡에 놓고 두 손길을 무릎 위에 공손히 올려놓은 다음에 돌부처처럼 몸을 꼼짝도 아니하고 숨소리까지 죽이며 어느 때까지 어느 때까지 자는 이의 얼굴과 가슴팍에 박은 눈을 깜작이지도 않았다. 조금만 바시럭거려도 제 눈앞에 벌어진 이 애 졸이는 근경이 부서지는 것을 두리는 듯. 눈 한 번만 깜작여도 고새나마 이 자릿자릿한 흐무러진 맛을 못 볼 것을 아끼는 듯…….

팽개의 숨길은 갈수록 거칠어간다. 속에서 불덩이 같은 무엇이 치밀어 올라와 뚤뚤 말리며 목구멍을 꽉 틀어막아서 숨도 제대로 못 쉬게 한다.

'안 된다, 안 된다. 그러면 정말 십년공부 아미타불이다.'

팽개는 목구멍이 치받힌 무엇을 밀어넣는 듯이 침을 꿀떡꿀떡 삼키었다. 그러자 덜덜 뭉친 그 덩어리가 탁 터지며 온몸이 확확 달았다.

'싹불이도 제 집에 가고 없지 않느냐. 이 방 안에는 너와 아사녀와 오직 단둘뿐이 아니냐. 저번 작지의 경우와 또 달라서 아사녀는 깊은 꿈 속에서 헤매고 있지 않느냐. 벽에 귀가 있느냐, 눈이 있느냐.'

아무리 누르고 또 눌러도 그 꿀을 담아붓는 듯하는 속살거림은 끊이지 않았다.

팽개는 한 뼘 두 뼘 민그적 민그적 자는 이의 옆으로 밀어들어갔다.

"아주머니!"

필경 팽개는 물에 빠지는 사람 모양으로 허전거리며 불러보았다.

자는 이의 쌔근쌔근하는 숨길이 그 말에 대답할 뿐.

"아주머니!"

이번에는 아까보담 좀 크게 불러보았으나 잠 오는 귀에는 들리지도 않는 듯.

"아주머니!"

손까지 잡아 가만히 흔들어 보았건만 그 손에 촉촉히 밴 땀과 호끈호끈하는 온기가 제 손으로 옮겨올 따름이었다.

"아주머니!"

아까 잡은 손을 놓지도 않고 또 한 손으로 그 어깨까지 가볍게 만지었다.

자는 이는 살짝 양미간을 찌푸리며,

"응, 응."

그윽한 소리를 내었다. 팽개는 덴겁을 하고 한 걸음 물러앉으며 재빠르게 지껄이었다.

"아주머니, 어서 잠을 깨십시오. 약을, 약을 자셔야 하지 않습니까."

그러나 자는 이는 반듯이 바로 누웠던 몸을 앞으로 갸우둥하게 모지게 누우며 한 다리를 온통으로 끌어내어 이불 위에 얹고는 몇 번 하하 숨을 내쉬다가 그대로 내쳐 자버린다. 가벼운 코 고는 소리까지 나는 것을 보면 아까보다 더 깊은 잠에 떨어진 것 같았다.

팽개는 아사녀가 잠을 깨이는가 하고 겁을 집어먹었으나, 아사녀는 자면서도 아리알심을 부르는 양 아까보다도 더 보기 좋도록 돌아누워준 듯하였다.

한번 아사녀의 땀과 온기가 옮은 그의 손은 좀이 쑤시는 것 같이 인제 더 참을래야 참을 수가 없었다.

자는 이의 머리도 짚어보고 어깨도 쓰다듬어 보았다.

아사녀는 잠결에 모른다는 것보다도 차라리 자는 척하고

저 하는 대로 내맡기는 것 같았다.

그럴싸하고 보매 딴은 그 얼굴도 눈만 감았다뿐이지 정말 자는 것 같지도 않았다. 그렇지 않으면 저 입술이 왜 더도 벌어지지 않고 덜도 쪼무러지지도 않고 천연 방글방글 웃는 것 같으랴.

'만일 그렇다면 이 밤 이때야말로 다시없는 좋은 기회가 아니냐.'

벌써 눈이 뒤집힌 팽개는 제 어림없는 헛생각을 참 사실로 믿어버리려 하였다.

팽개는 아주 대담스럽게 아사녀의 옆에 눕고 말았다.

이때였다. 싹불이가 불이야 살이야 제 집으로 뛰어가느라고 그대로 열어놓은 사립문으로 소리를 죽이는 발자취가 사푼사푼 걸어들어왔다.

팽개는 처음에는 꽤 동안을 떼어놓고 누워서 인제는 저도 자는 척을 하고 눈을 꽉 감은 다음에 슬며시 제 다리를 아사녀의 내놓은 다리 위에 얹어보았다.

그래도 아사녀의 말씬말씬한 다리는 지그시 눌린 채 움직이지 않았다.

'옳지 되었구나'

하고 팽개는 제가 도리어 잠투세를 하며 굴러들어가 한 팔을 내어던지듯 아사녀의 가슴 위에 떨어뜨려 보았으나 역시 아무 동정이 없었다.

팽개는 서슴지 않고 자는 이를 껴안으며 그 염소수염을 흔들고 막 자는 이의 입술에 제 입술을 가져가려는 순간이었다.

그의 등뒤에서 칼날 같은 소리가 그의 귀를 오려내었다.

"아니, 이게 병구완이오?"

그는 허둥지둥 아사녀에게로 굴러들어가느라고 제 여편네가 살그머니 방문을 열고 들어와 서 있는 것도 몰랐다.

87

저와 아사녀가 단둘이만 있는 줄 알았던 방 안에서 난데없는 딴사람의 말소리를 듣고 팽개는 벼락이 뒷덜미를 치는 것처럼 깜짝 놀랐다. 뒤를 힐끈 돌아보았다가 조금 꼬리가 들린 눈썹을 꼿꼿이 세우고 포르쪽쪽한 입술을 바르르 떨며 제 계집, 소위 왈패가 독사처럼 노려보고 서 있는 데는 아 벌린 입을 다물 수도 없었다.

"아니, 이게 병구완이오? 끼고 누워서 입을 마주 비벼대는 것이 병구완이오?"

왈패의 말소리가 변으로 조용조용한 것이 팽개에게는 더욱 소름이 끼치었다. 이것은 닥쳐올 폭풍우가 얼마나 사나울 것을 알리는 전조다.

"아니 이게, 그 알뜰한 스승의 외동따님을 돌보아주는 법이오? 이게 멀리 간 친구의 아낙네를 싸고 도는 법이오? 왜 말이 없으시오?"

하고 왈패는 발을 한 번 구른다. 그 서슬에 팽개는 후닥닥 일어앉았다.

왈패는 한껏 오른 독이 차차 터져나오기 시작한다. 고개를

치흔들고 내리흔들며,

"왜 말을 못 해, 왜 대답을 못 해. 다른 제자들은 다 아사녀에게 마음을 두어서 믿지 못한다고 그랬지, 짐승만도 못한 놈들이라고 그랬지. 그래 그놈들 하는 것은 개돼지만도 못하고 너 하는 짓은 이게 성인군자의 할 짓이냐? 왜 말을 못 하느냐. 그 꿀을 담아 붓는 듯이 나를 얼렁뚱땅하던 말솜씨는 다 어디 갔느냐. 왜 말을 못 해? 아사녀 입을 맞추다가 입이 붙어버렸느냐. 이 능글능글한 도적놈아."

왈패는 고래고래 소리를 지르다가 숨을 돌리느라고 잠깐 말을 끊었다.

그 틈을 타서 팽개는 쑥스럽게 웃어 보이며,

"여보 마누라, 인제 고만두오, 고만두어."

슬쩍 어리눙쳐 보았다. 이 웃음과 말은 불길에 기름을 부은 것이나 진배없었다.

"이놈이 웃는다. 허, 이것 봐라, 누구를 또 속이랴고 웃어. 이 사람을 날로 잡아먹을 놈아. 내가 또 속을 줄 아느냐. 내가 쓸개빠진 년이지, 매친년이지. 수상히 여기기는 여겼지만 그래도 남편이라고 믿었고나. 딴 년을 품고 왼밤을 고시란히 희희낙락하는 줄을 모르고 이건 샛사내나 보듯이 꾸벅꾸벅 오기를 기다렸고나. 아이 분해, 아이 분해."

왈패는 악을 악을 쓰며 저고리를 풀어헤치고 제 손으로 제 가슴을 북치듯 마구 뚜들긴다.

조금 아까 잠이 깬 아사녀는 웬 까닭인지 몰라 어리둥절하게 이 광경을 바라보다가 이때에야 질겁을 하고 일어났다.

팽개는 아사녀가 일어나는 것을 보고 쩔쩔매며 제 여편네

를 향하여,

"이게 무슨 상없는 짓이란 말이오. 글쎄 고만두래도 왜 이야단이오. 그건 마누라가 백주에 하는 소리지."

왈패는 더욱 펄쩍 뛴다.

"내 가슴 내 치는 게 상없는 짓이냐? 뭐 두호를 한답시고, 병구완을 한답시고 잠든 친구 여편네를 끼고 자빠져서 마구 입을……."

팽개는 힐끈힐끈 아사녀의 눈치를 엿보아가며, 제 계집의 입을 막으려고 애가 따랐다.

"무슨 종작없는 소리를."

"종작없는 소리? 흥, 오 저년이 듣는다고, 저 육시를 할 아사녀란 년이 듣는다고, 염려 마라, 염려 마러. 네까짓 놈이야 곱다랗게 아사녀 저년한테 물려줄 테다. 너같이 표리부동하고 능갈친 놈은 헌신짝 팔매치듯 저따위 년한테나 갖다 앵길 테다. 산전수전 다 겪은 나다. 엄숭이밤숭이 다 헤쳐본 나다. 세상에 서방이 씨가 말랐느냐? 너같은 놈을 데리고 살게. 어이 더러라, 어이 더러라. 퉤 퉤"

하고 왈패는 팽개의 상판에 침을 뱉았다.

팽개는 소맷자락으로 제 얼굴의 침을 씻고 제 계집의 손목을 잡아끌며,

"이게 무슨 짓이오. 자 나갑시다, 나가요."

왈패는 잡힌 손을 뿌리치며,

"가기야 간다. 안 가고 왼밤 새울 줄 아느냐? 나도 노는 가락을 아는 년이다. 내어줄 거야 선선히 내어주다뿐이냐. 그렇지만 이년 아사녀 들어봐라. 네년도 팔자가 사나워서 홀아

범도 잡아먹고 소위 사내란 걸 천리 밖에 보내었지만 어디 사내가 없어서 제 애비 제자만 돌아가며 행투를 낸단 말이냐."

팽개는 힘을 우쩍 써서, 제 계집을 떠다박질렀다.

"저리 나가, 저리로 나가래도"

하고 처음으로 소리를 버럭 질렀다.

"내가 팽개놈을 네년한테 뺏겨서 분해서 하는 소리가 아니다. 싹불이 계집에게 다 들어 알았다. 세상에 속 모를 놈은 이놈이니라. 이놈의 손아귀에 들었다가는 네년의 신세도 볼 일은 다 보았다. 싹불이하고 두 놈이 짜고 무슨 꿍꿍이속을 하는지 네년은 모를 게다."

팽개는 제 계집의 목고개를 바싹 틀어안아 제 가슴으로 그 입을 틀어막으며 간신히 끌고 나갔다.

88

"안 끌어도 간다. 놓아라, 놓아."

사립문 밖으로 나가면서도 악을 바락바락 쓰는 팽개 여편네의 소리가 아직도 얼떨떨한 아사녀의 귓결을 울리었다.

아사녀는 저도 모르게 한동안 귀를 기울이고 있었다.

행길에 나간 뒤에도 왈패의 쇠된 목청이 쨍쨍하게 들려오고 웅얼웅얼 무어라고 달래는 팽개의 소리도 섞이어 나더니 이윽고 감감하게 아무 기척도 없어졌다.

그렇게 호된 싸움도 부부끼리 다툼은 칼로 물베기라, 흐지

부지 풀리고 말았는지 또는 그들의 발자취가 아무리 떠들어도 들리지 않을 만큼 멀어졌는지 모른다.

들레던 뒤끝에 휘젓한 적막은 다시 돌아왔다.

아사녀는 어지러운 머리를 도사리며 오늘 밤에 일어난 일을 되새겨 보았다.

팽개가 제 자는 동안에 저에게 무슨 볼품 사나운 짓거리를 한 것 같고 그것을 그 아낙네에게 꼭 들킨 것만은 대강 짐작을 할 수가 있었다.

팽개가 작지 모양으로 그런 해참한 시늉을 하였으리라고는 믿어지지 않으나 아무튼 망신은 더할 나위 없는 망신이었다.

새록새록이 닥치는 무참한 변이었다.

'나는 앓아 죽을 팔자도 못 되는고나.'

한탄하자, 누가 빰을 치는 듯이 눈물이 쏟아졌다.

그러나 울고 있을 때가 아닌 것을 언뜻 깨달았다. 한 시각이 바쁘다, 한 순간이 바쁘다.

그는 부랴부랴 새옷을 갈아입고 허전허전하는 걸음걸이로 방문을 열고 나왔다.

가까스로 마당에 내려와 사립문을 나서려 하매, 제가 나고 자라고 시집가고 한 정든 이 집이 다시 돌아다보아지고 또 돌아다보이었다.

삽사리가 제 주인이 나가는 걸 보고 어디선지 오르르 내달았다. 아사녀는 삽사리를 보매 또 눈물이 앞을 가렸다. 펄쩍 주저앉아서 몇 번 삽사리의 대강이를 어루만져주고는,

"삽사리야, 잘 있거라. 따라오지 마라."

이 세상을 마지막 떠나는데 작별인사를 할 데는 오직 삽사리 한 마리뿐이었다. 삽사리는 꼬리를 설레설레 흔들고 제 주인의 하는 것이 수상하다는 듯이 킹킹하고 치맛자락 냄새를 맡으며 발길에 휘감기어 좀처럼 떼칠 수가 없었다.

"삽사리야 들어가거라, 들어가"

하고 때리는 시늉을 해보이니 삽사리는 주춤 걸음을 멈추고 먼하게 제 주인의 눈치를 살피다가 아사녀가 돌아서 가면 슬근슬근 뒤를 밟아온다.

"들어가, 들어가."

아사녀는 또 돌쳐서며 개를 쫓는 소리는 목이 메이었다. 제가 이 세상에서 받아보는 참된 정은 오직 저 개뿐이로고나, 하는 생각이 든 탓이었다.

삽사리는 얼마쯤 따라오다가 텅 빈 집안이 궁금한지 다시 돌쳐서 쏜살같이 집으로 들어가 버렸다.

아사녀의 발길은 사자수의 강둑에 다다랐다.

스무 날 가까운 다 이즈러진 달은 넘실거리는 푸른 물결에 빛깔 없는 흰 얼굴을 둥둥 띄웠다.

사방엔 개미 그림자도 없고 쏴하고 이는 강바람에 익은 물소리만 출렁출렁할 뿐.

아사녀가 막 굽이치는 물결을 향해 몸을 번디쳐 떨어지려는 순간, 문득 그의 입에서는,

"아사달님!"

한 마디가 흘러나왔다. 그의 아물아물한 눈앞에는 아사달의 모양이 번개같이 번쩍하였던 것이다.

아사녀는 앞으로 쏠리려는 몸을 주춤하고 바로잡았다.

아사달! 아사달! 아사달의 얼굴을 다시 한 번 못 보고는 죽으려 죽을 수 없다. 딴계집을 얻었거나 말았거나, 자식을 낳았거나 말았거나 그이는 둘도 없는 내 남편 내 임자가 아니냐. 그에게 알리지 않고, 그의 말을 들어보지 않고는 끊으려도 끊을 수 없는 이 목숨이 아니냐.

다시 생각하면 그이가 첩을 얻었다는 것도 종작없는 소리인지 모르리라. 싹불이가 헛들었을지 모르리라. 계집을 얻었든지 자식을 낳았든지 내 눈으로 보아야 한다.

아까 들은 왈패의 소리가 띄엄띄엄 잉잉 귓가에서 운다.

"이 표리부동한 놈, 이 능글능글한 놈……병구완을 한답시고 잠든 친구 여편네를 끼고 자빠져서 마구 입을……. 싹불이하고 두 놈이 짜고 무슨 꿍꿍이속을 하는지 네년은 모를 게다……."

아사녀는 반짝반짝 새정신이 나는 듯하였다. 새 눈이 뜨이는 듯하였다. 그러면 오늘날까지 팽개의 지나친 친절과 공손이 도무지 불칙한 마음에서 나온 것이었던가.

'서라벌, 서라벌!'

아사녀는 속으로 부르짖었다.

서라벌로 가자! 서라벌로 가자. 서라벌이 아무리 멀다 해도 보름 가고 한 달 가면 못 갈 리가 있느냐. 죽기를 결단한 목숨이거니 무슨 고생을 하더라도 설마 죽기밖에 더하랴.

아사녀는 입때까지 서라벌 갈 생각을 염두에도 못 낸 것이 기가 막히었다. 진작 이런 생각을 하였던들 그 곤욕을 당하지도 않을 것을.

집에 들어 행장이라도 꾸려볼까 하였으나 지니고 갈 만한 것도 없거니와 집에 들렀다가 혹시 팽개한테나 들키면 말썽만 스러울 듯하여 빌어먹으며 갈지라도 나선 김에 길을 떠나기로 하였다.

89

빨강이는 저녁 공양을 먹고 나서 여러 중들과 한동안 잡담을 하다가 땅거미가 어슬어슬 든 뒤에야 제 처소로 돌아왔다.

처소라고 해야 조그마한 방 한 칸이 후미진 산기슭에 외따로 떨어져 있는 것이었다.

그는 제 방에 돌아오면 늘 하는 버릇으로 성가신 듯이 칡베 장삼을 벗어 던져버리고 홀가분하게 몸단속을 차린 다음에 벽에 걸어둔 긴 환도를 떼어들고 나섰다.

총총하게 늘어선 나무틈을 비집고 발이 푹푹 잠기는 우거진 풀을 헤치고 한동안 올라가면 산허리 채 못 미쳐서 펀펀한 터전이 나타난다.

호랑할미꽃과 떡갈나무가 경성 드뭇한 사이에 여기저기 주춧돌이 나동그라진 것을 보아 아마 옛날 암자가 들어 앉았던 자리인 듯.

빨강이는 산이 쩡하고 울리도록 큰기침을 한 번 하고 나서 칼을 쓱 뽑아든다. 어둠침침한 가운데 칼날은 마치 한 가닥 얼음과 같이 번득인다.

엄지와 식지로 서슴지 않고 칼날을 잡아 쭉 훑어보아 날과 이가 빠지거나 상하지 않은 것을 가늠하고 만족한 듯이 머리 위에 비껴 든다.

그의 석후의 기운 불림, 곧 검술공부가 시작된 것이다.

빨강이의 본명은 용돌(龍乭)로 무슨 까닭이 있어 입산을 하였을망정 언제든지 화랑시대가 그리웠다.

비호같이 말을 달리며 산으로 들로 사냥을 다닐 때 귓결에 울며 지나치던 바람은 얼마나 시원하였던가. 활쏘기 칼겨룸에 목숨을 내던지는 싸움은 얼마나 호장하였던가. 주사청루를 휩쓸고 뛰고 굴리던 맛은 얼마나 통쾌하였던가.

나는 소리도 무대 같은 목탁을 두들기는 것도 신풍영스럽고 손 끝에 몬틀몬틀한 염주를 헤이기는 더구나 고리타분하였다. 옷까지 몸에 척 어울리지를 않고 따로 돌아 장삼소매는 아무리 휘저어보아도 거추장스럽기만 하였다.

하루에도 몇 번을 중 생활을 그만두고 산을 뛰어나갈까 하였지마는 그래도 제가 맡은 소임이 무거움을 생각하고 꿀꺽꿀꺽 참느라니 심사가 절로 나서 불가에서 대기(大忌)하는 소위 진심(瞋心)이 불길처럼 일어났다.

그러나 한 해 두 해 지나는 사이에 기가 꺾이고 또 꺾이고 결이 삭고 또 삭아서 요새 와서는 그리 못 견딜 지경은 아니로되 그래도 이따금 치받치는 울화를 걷잡을 길이 없었다.

심심하고 쾌쾌하고 적울한 빨강이 곧 용돌의 일상생활에 오직 한 개의 낙은 이 검술공부였다. 입산 수도하는 사람이 칼이란 천부당 만부당한 것이로되 자기 집 대대로 내려오는 보검이요, 또 그가 애지중지 차마 놓지 못하는 칼이기 때문에 기어코 지니고 온 것이었다.

칼만 들고 나서면 모든 시름과 울화가 가뭇없이 스러지고 몸은 훨훨 나는 듯이 가뜬하다.

처음에는 사지를 풀 겸, 그는 관창(官昌)이가 검무를 추어 고구려 왕을 죽이던 본을 떠서 칼춤부터 추기 시작한다.

한바탕 늘어지게 춤을 추고 나면 온몸에 땀은 비오듯 하고 팔과 다리가 허뭇하게 풀어진다.

그 다음에는 칼겨룸을 시작하고 적진을 지쳐 들어가는 시늉, 적장의 머리를 가슴을 뜻대로 마음대로 이리 찌르고 저리 찌르고 마지막엔 한창 신이 오르면 칼을 휘두르는 손길은 번개와 같고 그의 온몸은 송두리째 칼빛에 휩싸이어 마치 한 덩어리 푸른 무지개가 바람에 휘날리는 것과도 같았다.

뒤로 물러섰다 앞으로 내달았다, 저 멀리 외로이 선 늙은 소나무를 바라보고 풍우같이 몰아가기도 하였다.

오늘 밤에도 한창 신이 나서 칼을 잽싸게 휘두르며 애꿎은 그 늙은 소나무를 향하여 줄달음을 쳐 들어갔다.

문득 그 소나무 뒤로부터 검은 그림자가 얼찐하는 듯하더니 난데없는 칼이 쨍그렁하고 제 칼에 와서 마주친다.

용돌은 한 걸음을 뒤로 물러서기는 섰으나 검술공부한 보람이 있어 그래도 그렇게 놀라지는 않았다.

"누구냐?"

소리를 가다듬어 물으면서도 이 뜻밖의 적수를 만난 것을 도리어 심심파적으로 기뻐하였다.

"……."

저편은 아무 대꾸도 없이 칼을 겨루며 한 걸음 들어선다.

"그래 나와 겨뤄볼 테냐? 흥, 잘 만났다."

용돌은 코웃음을 치고 자신 있게 칼끝을 그 검은 그림자의 가슴 언저리를 겨누고 날려보았다.

저 칼과 이 칼이 한데 부딪치며 불이 번쩍 흩어지는데 저편의 칼이 너무 세차서 맞닿은 용돌의 칼이 퉁겨나며 칼자루 잡은 손목이 휘청하고 젖혀지는 듯하였다.

그럴 사이에 저편의 칼은 수없이 용돌의 목과 가슴을 지나가건만 이상스럽게도 찌르지는 아니하였다.

90

용돌은 저편의 검기에 눌리어 한 걸음 두 걸음 뒤로 물러서면서도,

"건방지게 누구를 놀리느냐"

하며 이를 갈았다. 저편에서 몇 번이나 자기를 찌를 기틀을 일부러 놓치는 것이 그에게 못마땅하고 아니꼬웠다. 그것은 검객으로 찔려 죽을 때 찔려 죽는 것보다 더 분한 노릇이었다.

"어디 견디어봐라."

용돌은 용을 버럭 쓰며 있는 재주를 다 부려보았건만 철옹성같이 막아내는 저편의 칼틈을 버르집을 수가 없었다.

용돌은 차차 기운이 지쳐지며 칼 쓰는 법이 어지러워졌다. 그러나 저편에서도 적이 힘이 빠진 듯 바늘 한 개 꽂을 만한 빈틈도 없던 저편의 방비도 점점 허수해지고 목과 가슴을 송두리째 내어주기도 하였다.

"그러면 그렇지!"

용돌은 아까보다 백배의 용기를 가다듬어 쩍말없이 찌를 데를 찔렀건만 저편에서 용하게도 그러나 가까스로 받아내는 듯하였다.

이편의 신이야 넋이야 하는 공격이 한동안 불꽃을 날리었으나 마침내 아무런 보람도 없었다.

'내 검술을 떠보려고 일부러 허수하게 제 몸을 내어맡기는고나.'

언뜻 용돌이가 이렇게 깨달을 겨를도 없이 별안간 온몸의 기운이 빠져달아남을 느끼었다.

이편의 칼든 손이 허전거리기 시작하자 저편에서는 서서히 수세(守勢)에서 공세(攻勢)로 옮기어갔다.

용돌은 가쁜 숨을 미처 돌려쉬지도 못하고 방비에 쩔쩔매었다.

저편의 칼바람이 선득선득하게 몇 번을 이편의 목덜미와 귓가를 스쳐지나갔다. 그럴 적마다 용돌의 등에는 찬 소름이 솟았으되 그래도 신기하게 막아낼 수는 있었다.

저편의 검기는 갈수록 억세고 여무지고 재빨라졌다.

'이거 큰일났고나. 이거 막아낼 수가 없고나.'

용돌의 칼은 허공만 치며 더욱 허둥지둥하는데, 저편의 칼은 더욱 신이 오른 듯하였다. 가슴을 막으려면 머리에 번득이고 머리를 피하면 목을 겨누어 어느 것을 어떻게 방비해야 옳을지 정신을 차릴 수가 없게 되었다. 아물아물한 용돌의 눈에는 수없는 칼날이 서릿발을 날리며 이편의 얼굴, 목, 가슴, 배 할 것 없이 거의 한꺼번에 지쳐 들어왔다. 제 몸뚱어리의 요긴한 자리란 자리는 일시에 저편의 칼이 곤두선 듯하였다.

용돌은 제 목숨이 위기일발에 걸린 줄도 잊어버리고 하도 어이가 없어 제 칼을 놀려보지도 못하였다.

문득 저편에서 칼을 거두었다.

"용돌이, 검술이 무던히 늘었네그려. 허허."

우렁차고 걸걸한 음성이 웃는다.

용돌은 귀에 익은 그 음성을 못 알아들을 리 없었다.

그는 그 자리에 칼을 던지고 엎드리었다.

"어규, 서방님, 언제 오셨습니까?"

"일어나게, 일어나. 거친 풀에 찔리리."

"그러기에 아무리 어둠 속이라도 칼 쓰시는 게 범상치를 않아 기연가미연가 의심은 했습니다만"

하고 용돌은 몸을 툭툭 털고 일어섰다.

"자네 검술도 늘기는 많이 늘었네마는 아직도 마음을 가라앉히는 법이 조금 미흡한 듯하네. 벌써 도를 닦은 지 3년이 지났거든 하마터면 그 거친 마음자리도 잡을 것 같은데."

"뵈올 낯이 없습니다만 산중에 이렇게 있으니 도리어 울화만 나고 마음이 더 거칠어지는 듯합니다."

"산중이고 성중이고 마음이란 가질 탓, 어둠 속에서 난데없는 칼이 나와도 놀라지 않는 걸 보면 그만큼 마음공부가 착실해진 표적이 아닌가."

"뭘요, 검객이란 어느 때라도 방심을 하지 말라 하였거든 비록 심심풀일망정 칼 가지고 검술공부를 하러 나온 사람이 칼을 보고 그렇게 놀라기야 하겠습니까."

용돌은 저편이 추는 바람에 한 번 뽐내보고,

"그런데 서방님께서는 언제 행차를 하셨습니까. 댁에서 바로이리 오셨을 리는 없고 무슨 특별한 볼일이나……."

"뭐 이렇다할 만한 볼일도 없지만 시골구석에만 노 처박혀 있자니 답답도 하고 여러 친구도 찾아볼 겸 올라왔네. 자네 형편을 들어보아 중 생활이 좋다면 얼마쯤 같이 있어서 마음공부나 해볼까……."

"말씀도 마십시오. 주리난장을 맞아도 소위 중 생활처럼 좀이 쑤시고 쓸쓸하지는 않겠지요."

"그게 마음공부란 것 아닌가."

"마음공부고 뭐고 서방님은 아예 그런 생각일랑 염두에도 내지 마시오. 그러면 서울 오신 일이 단지 그 일 한 가지뿐이신지?"

"자네 만나볼 일이 첫째지만 또 한 가지 신신치 않은 성가신 일이 있어서……."

"신신치 않은 성가신 일? 그건 무슨 일이게요."

"뭐 얘기할 거리도 못 되는 일"

하고 그 검은 그림자는 빙그레 웃었다.

이 아닌 밤중에 용돌을 찾아온 손님이야말로 금량상의 아우 경신으로 주만의 아버지가 세상에 으뜸가는 사윗감으로 골라 놓은 인물이었다.

91

용돌과 경신은 나이로 말하면 용돌이가 위지만 문벌로 보든지 재주로 보든지 더구나 낭도(郎徒)의 지위로 보든지 경신이 훨씬 높기 때문에 용돌은 경신을 서방님이라고 깍듯이 위하고 경신은 용돌에게 하게를 하였지만 두 사람이 다 같이 국선도를 숭상하는 동지임에는 틀림이 없었다.

"누추하나마 제 처소로 들어가보실까?"

용돌은 던진 칼을 다시 주워들어 그대로 제 바지에 쓱 문질러 칼집에 꽂고는 경신을 쳐다보았다.

"여길 왔다가 자네 처소에 아니 들르고 어디를 간단 말씀인가."

경신은 친구끼리의 무관한 투를 말씨에도 나타내며 용돌의 뒤를 따라섰다.

"다녀가신 지가 벌써 이태가 되셨는데 그래도 용하시게 제 있는 데를 찾아오셨군요."

"자네 방에 들러보아 없으면 으레 그 자리로 검술공부하러 간 줄 알지. 혈마 젊은 기억에 이태 전 일을 고새 잊을랴고."

"그 캄캄한 생소한 산길을 찾아내신 것은 정말 어려우신 노릇인데."

"뭘, 자네가 식식거리고 칼 휘두르는 소린 산 발치에서도 들리던걸 뭐, 허허."

"그렇게 멀리 들렸을까. 원 서방님은 귀도 밝으시군. 그래 한번 겨뤄보실 생각이 나셨군요."

"나도 칼 써본 지가 하도 오래고, 또 자네 검술이 얼마나 늘었나 꿇아보았지."

움펑진펑한 산비탈을 그들은 평지를 걷는 것보다 더 수월하게 내려오며 주거니받거니 수작은 꼬리에 꼬리를 물고 그칠 줄을 몰랐다.

"그런데 아까 말씀한 신신치 않은 성가신 일이란 무슨 볼일입니까?"

용돌은 예사로 던진 경신의 말이 다시금 궁금한 듯이 잼처 물었다.

"뭘, 자네는 아랑곳할 일도 못 되는 걸세, 허허."

경신은 쾌활하게 웃어버리고 종시 그 성가시다는 볼일을 바로 알려주려고 하지 않았다.

"저한테 감추실 일이 무엇일까요. 갈수록 궁금하군요."

"원, 그 사람은 다심도 하이. 자차분한 중살이를 하더니만 사람까지 잘게 되는 모양일세그려."

"어느 건 흉기스럽긴 중이라고 산중 생활이 하도 심심하니까 자연 갖은 꿍꿍이속을 다 꾸며내고 저한테 상관없는 일에도 괜히 마음이 키어요."

"허, 자네도 인제 찰중이 되어가는 모양일세그려."

얘기는 어느 결엔지 딴 데로 쏠리고 만다.

"왜 검술을 쓸 때처럼 슬쩍슬쩍 몸을 피하시오. 성가시다는 게 암만해도 무슨 좋은 일 같은데."

"허, 그 사람은 기어코 미주알고주알 캐려만 드네그려. 압다, 왜 저 유종 이손이 계시지 않나?"

"네, 이손 유종 알고말고. 지금 조정에 남은 오직 한 분의 우리와 같은 뜻을 가지신 어른 말씀이지요?"

"자네도 아네그려. 그 어른이 좀 만나자고 해서……."

"그러면 무슨 중난한 일거리가 생겼나요?"

어두운 가운데도 용돌은 눈을 크게 떠서 경신을 바라보았다. 조정에 서 있는 단 한 사람인 국선도의 우두머리와 청년 낭도를 대표하는 인물이 서로 만나자고 할 적에는 심상치 않은 일이 분명하다. 바라고 기다리던 풍운은 인제야 일어나려는가. 거추장스러운 장삼을 영영 벗어던질 날도 얼마 남지가 않았고나. 용돌은 제 지레짐작에 어깨가 저절로 으쓱해짐을 느끼었다.

그러나 경신의 대답은 의외였다.

"아니야, 그렇게 큰일은 아니야. 신신치도 않은 가간사야. 형님께서 어서 올라가서 뵈라고 성화같이 독촉을 하셔서!"

"조그마한 가간사?"

용돌이가 의아해하며 뇌자 경신은 단도직입적으로 내던지듯,

"그이에게 딸이 있데!"

"오 옳지, 그러면 혼담이 있어서 올라오셨군, 어허허."

용돌은 거침없이 너털웃음을 내놓았다.

"어떡하나. 형님이 자꾸 가보라시니, 허허."

경신도 따라 웃으며 스스로 저를 변명하듯,

"그야 꼭 그 일 때문만이야 아니지. 오래간만에 서울 형편도 좀 살펴보고 여러 친구들도 만나보고……."

"그러면 선을 보러 오셨소, 선을 보이러 오셨소?"

"보기도 할 겸 보이기도 할 겸. 그야말로 겸사겸살세, 허허."

"아무튼 태평성대군요. 천하영웅이 색시 선이나 보러 다니니, 으흐흐."

용돌은 아무에게라도 빈정빈정하는 제 입버릇을 버리지 못하였다.

그들의 발길은 어느덧 용돌의 처소에 다다랐다.

용돌은 먼저 제 방으로 성큼 들어와서 벗어던진 장삼과 가사를 주섬주섬 주워서 똘똘 말아 한 옆으로 치우고 소리를 쳤다.

"자 서방님, 어서 들어오십시오. 제 사는 꼴은 이 모양이랍니다."

92

주객은 좌정을 한 다음에 경신은 다짜고짜로 물었다.

"그래 이곳 중들의 생각은 어떠한가?"

"그 녀석들이 생각이 무슨 생각이오. 삼시로 밥이나 때려눕히고 몇 번 염주나 세고 나면 낮잠이나 자빠져 자고……."

용돌은 평일에 품었던 불평과 불만을 쏟아놓을 자리를 만났다는 듯이 늘어놓기 시작하였다.

"그 중에도 돈냥이나 있는 놈들은 아랫마을로 살살 다니면서 계집질이나 하고 몰래 술들이나 퍼먹고……."

"그야 많은 중 가운데 그런 자도 더러야 있겠지. 자네는 남의 결점과 단처만 보는 버릇이 있느니……."

"더러가 다 뭐요. 그놈이 다 그놈이지. 출가란 빈말뿐이요, 어떻게 무섭게 돈을 아는지 던적맞기 짝이 없다오. 어디 재 한번 불공 한 번 더 얻어 걸리겠다고 이건 대가나 부잣집 아낙네만 얼찐하면 치마꼬리에 매어달리듯 졸졸 쫓아다니고 그 비위를 맞추기에 곱이 끼었으니 그것들을 데리고 무슨 일을 할 수가 있겠단 말씀이오."

"생기는 것 좋아하는 거야 인정이니까 그것만 가지고 험담할 거야 있는가"

하고 경신은 휘 한숨을 길게 내쉬고는,

"때는 좋은 때건마는."

혼잣말같이 중얼거리었다.

"무슨 때가 그렇게 좋다는 말씀이오?"

"여보게, 생각을 해보게. 당 명황이 안록산에게 쫓기어 멀리 촉나라 두메로 달아났으니 이때를 타서 대군을 거느리고 지쳐들어갔으면 중원을 다 차지는 못 할망정 고구려의 옛땅이야 다시 찾아오지 못하겠나."

용돌은 무릎을 탁 쳤다.

"옳습니다. 옳습니다. 과연 서방님 말씀이 옳습니다. 조정에서야 어떡하던 우리의 힘으로나마 군사를 일으켜보시는 게 어떠하실까요. 왼 천하에 흩어진 낭도를 긁어모으면 그래도 몇만 명은 될 수가 있지 않겠습니까?"

"안 되네, 안 되어. 나도 게까지 생각은 해보았네마는 암만해도 될 성싶지를 않데. 첫째로 그만한 큰일을 하자면 신라 왼 나라의 힘을 기울여야 성사가 되겠거든, 소위 당학파들이 처뜩 조정을 움켜쥐고 있으니 까딱 잘못하면 역적의 누명이나 쓰고 말 거란 말이지. 촉나라까지 쫓겨난 당 명황에게 꾸벅꾸벅 문안사신까지 보내는 판이니 그자들에게 정당론(征唐論)을 끄집어내어보게. 천길 만길 뛸 것 아닌가. 기가 막힐 노릇이지."

"그러면 이번 기회에 중원을 못 들어치더라도 그 원수놈의 당학파들이나 모주리 해내버렸으면 어떨까요. 혈마 당나라에서 구원병이야 못 보낼 것 아닙니까?"

"자네 말도 그럴싸 하네마는 그러면 골육상쟁으로 형제끼리 피를 흘리게 될 것 아닌가. 그러니 그것도 못 하겠고 더구나……"

하고 경신은 이윽히 무엇을 생각하였다.

용돌은 경신의 말이 나오기를 기다리다 못하여

"더구나 또 무슨 상치되는 일이 있단 말씀입니까?"

"더구나 안 될 일은 전국에 흩어져 있는 명색 낭도가 우두머리가 없고 소위 무장지졸로 뿔뿔이 헤어져 있는 것일세. 개중에도 일치단합이 못 되고 서로 으르렁거리고 있으니 큰일이야 큰일. 위로 임금님께서는 연만하시어 어느 날 어떻게 되실지 모르는 형편이고 태자가 어리고 약하시니 신기(神器)를 엿보는 자가 있는지도 모르겠단 말이어."

"서방님 말씀이 옳습니다. 나같이 미련한 생각에도 오래지 않아 나라에 무슨 변이 날듯 날듯 싶으단 말씀이오. 그러니 만일 난이 일어난다면 어떻게 막아내실 작정이신지!"

"그거야 미리 어떻게 정해놓을 수야 있나. 그때 당해보아 어떡하던지. 있는 힘과 정성과 재주를 다할 뿐이지."

"그래도 미리미리 준비를 해두셔야 될 것 아닙니까?"

"그러기에 말일세. 자네도 미리 준비를 해야 된단 말일세. 취모멱자로 중들의 해자만 뜯지 말고 슬근슬근 승군(僧軍)도 맨들어놓아야 될 것 아닌가."

"몇은 안 되지만 젊은 중들을 더러는 모아봅니다마는 아까 말씀과 같이 뜻대로 안 되고 화증만 더럭더럭 나서……."

"일한다는 사람이 화증을 내어 쓴단 말인가. 첫째 기단해서는 못 쓰는 거란 말일세."

오래간만에 만난 두 동지의 담화는 어느 때까지 어느 때까지 그칠 줄을 몰랐다.

93

경신은 피로한 듯이 팔을 베고 누워서 한동안 무슨 생각에 잦아졌다가 다시 말 허두를 돌리었다.

"그래, 이 몇 해 동안에 이 절에서 생긴 가장 큰 일이 무슨 일인가."

"가장 큰 일?"

용돌은 눈을 멀뚱멀뚱하며 얼른 생각이 나지가 않는 모양이었다.

"뭐 이렇다 할 만한 큰 일이 없는 듯한데……."

"중들끼리 옥신각신이 생긴다든지 하다못해 불전을 새로 이룩한다든지……."

"가끔 저희들끼리 찢고 뜯고 하다가 우리네 같으면 막상 목이 오고 갈 무렵쯤 되어 흐지부지해 버리기가 일쑤니 큰 싸움이 날래야 날 수가 없고……."

"그러면 소위 당학파들이 한퇴지(韓退之)의 본을 떠서 불도를 비방한다고 울근불근한 일도 없단 말인가. 다른 절에서는 꽤 말썽이 되는 모양이던데, 이 불국사도 이를테면 몇째 안 가는 대찰이 아닌가."

"그런 문제를 이령성거릴 만한 학식을 가진 이는 오직 주지스님 아상노장 한 분뿐이신데 워낙 연만하시어 그런 문제를 들고 일어날 만한 근력도 없는 듯하고 그 외에야 다들 무식도 하거니와 제 실사귀 장만하는 데만 눈이 빨개져서 야단이니……."

"흥, 서울 근처 중들이 더 타락이 되다니 참 한심한 노릇일세그려."

"한심하다뿐입니까. 그것 뭐 사람의 씨알머리라고도 할 수 없지요."

용돌은 경신이가 제 말을 찬성하는 데 신이 나서 또다시 승려공격의 화살을 쏘았다.

"그건 너무 과도한 말일세. 유독 승려들만 나무랠 수야 있는가. 깊은 산으로 들어가면 정말 수도하는 고승대덕이 많겠지만 여기쯤은 너무 서울이 가까우니 중노릇을 무슨 돈벌이속으로 아는 모양일세그려"

하고 경신은 말을 뚝 끊어버린다.

7월도 어느 결에 그믐이 가까워 조석으로 생량하는 서늘한 바람이 벌써 우수수하게 창에 부딪친다.

바람결을 따라 쩡쩡하고 돌 쪼는 소리가 그윽히 들려온다.

경신은 귀를 소스라치며,

"이 밤중에 저게 무슨 소리인가. 천연 돌 쪼는 소리 같으니."

"저번에 오셨을 적에 내가 말씀을 여쭈지 않았던가. 부여에서 석수장이를 불러다가 다보탑과 석가탑을 짓게 되었다고. 그 부여 석수장이가 아직도 일을 하는 모양입니다."

"이렇게 캄캄한데 어떻게 일을 할 수 있을까."

"그 석수장이란 녀석이 어떻게 성미가 괴벽스러운지 낮에는 별로 일에 손을 대지도 않고 꼭 밤, 새벽으로 저렇게 일을 하지요."

"허, 그건 참 명공일세그려."

"명공은 무슨 명공입니까. 아무라도 손에 조금 익게만 하면 어둡다고 일을 못 할까요. 우리네가 밤에 칼을 쓰는 것이나 다를 게 없을 것 아닙니까?"

하고 용돌은 울대에 피를 올리며 매우 못마땅해하는 눈치였다.

"자네 왜 그 석수장이하고 무슨 틀린 일이 있나. 그렇게 티를 뜯게, 허허."

"그래 서방님은 분하지 않으시오. 부여놈 따위가 아주 내로라 하고 서라벌 대찰에 하나도 아니요 둘템이나 탑을 이룩하니 기막힐 노릇이 아니란 말씀이오?"

"원 그 사람은 별 것이 다 기가 막히네그려. 부여 석수가 서라벌 와서 탑을 이룩하기로 분할 게 무에란 말인가?"

"그래 서라벌 사람이 부여놈 따위에게 비록 조그만한 일엘망정 지다니 말이 되느냐 말씀이야요."

"어 이 사람, 그게 무슨 좁은 생각인고. 거기 지고 이기고 할 까닭이 무엇 있단 말인고. 자네는 아직도 삼한통일 이전 생각을 가지고 까닭없는 적개심을 품고 있네그려. 그때 서로 싸운 것도 생각을 해보면 뼈가 저릴 노릇인데 지금도 그런 감정을 품고 있어서야 될 말인가. 아예 그런 생각일랑 버리고 객지에 외로울 터이니 무슨 일이 있더라도 자네가 돌보아

주게나. 앞으로 큰일을 하려면 그네들과 손을 마주잡고 한덩어리가 되어야 될 것 아닌가. 생각을 해보게나."

경신의 한 마디 한 마디에 용돌의 고개는 차츰차츰 숙여졌다.

"옳습니다. 서방님 말씀이 옳습니다. 입때 저는 옥생각을 하였습니다. 앞으로는 그런 생각을 버리겠습니다."

"그런데 그 탑 둘은 다들 완성이 되어가나?"

"다보탑은 벌써 다 되었고, 석가탑도 아마 거진 다 지어가는 모양입니다."

경신은 울려오는 돌 쪼는 소리에 귀를 기울이고 있다가 벌떡 몸을 일으켰다.

"밤에 돌일을 한다는 게 하도 신기하니까 어디 우리 구경을 좀 가볼까."

94

번개와 벼락이 따라 붓고 폭풍우가 쏟아지는 밤, 아사달과 탑 위에 단둘이 앉아서 불을 뿜는 듯한 사랑을 하소연한 후 주만은 격렬한 제 정에 지치기도 하였거니와 밤비를 노박으로 맞은 탓에 며칠은 된통으로 앓기까지 하였다.

앓으면서도 잠꼬대에도 아사달의 푸념이요 헛소리도 아사달의 이름을 부르짖었다.

무병하던 외동딸이 앓으매 사초부인은 머리맡을 떠나지 않았고 이손 유종도 조정을 들고 날 적마다 별당을 들러 갔다.

주만이가 헛소리를 하고 딴청을 부릴 때마다 털이 혼자서 혹시나 아사달과의 비밀이 탄로될까보아 애간장을 조리기도 한두 번이 아니었다.

어디까지 딸을 믿는, 믿느니보다 자기 딸에게 그런 비밀이 있으리라고는 꿈에도 생각지 못한 늙은 부모는 다행히 그런 눈치를 채지 못하고 예사 헛소리로 흘려 들어버렸다.

그러나 주만의 병이 차차 소복이 될수록 아사달 그리운 정이 불같이 일었건만 밤늦도록 사초부인이 자리를 떠나지 않기 때문에 아사달을 찾을 수 없는 것이 가장 아찔이었다.

주만은 아직도 몸이 찌뿌드드해서 쾌하지를 아니하였으되 일부러 쾌활한 척을 하고 인제 병은 아주 멀리 갔다는 듯이 툭툭 털고 일어났지만 그래도 사초부인은 노상 마음을 놓지를 아니하였다.

"어머니께서는 염려도 너무 많으시어. 인제 다 나았다는 데두 왜 성가시게 자꾸 머리만 짚으세요, 글쎄."

나중에는 머리 짚는 어머니의 손을 떠다밀며 주만은 짜증까지 내었다.

"얘가 무슨 소리냐. 아직도 속머리가 더운데 나은 게 다 뭐란 말이냐. 괜히 방정을 떨고 오늘도 바람을 쏘이더니만 기에 병을 덧치는가부다"
하고 어머니는 구박맞는 손으로 굳이굳이 딸의 머리를 만지며 걱정을 마지않았다.

"원, 어머니는 괜찮대도 웬 걱정이시어. 머리가 눌리어 안 아픈 것도 되아프겠네."

주만은 역시 제 머리에 닿은 어머니의 손을 떼느라고 애를 썼다.
"어미의 손이 그렇게 싫으냐. 왜 말을 안 듣고 네 고집만 세우느냐. 그럼 네 손으로 만져보려무나. 이게 더운가 안 더운가."
"어디 더워요, 싸늘하기만 한데."
"그래 이게 덥지를 않단 말이냐? 괜히 약 먹기가 싫으니까 나중에는 생판 거짓말까지 하는고나"
하고 모녀끼리 말다툼까지 하게 되었다. 어머니의 눈에는 언제든지 철부지의 어린 딸이었다.
주만은 앓는 것보다 어머니의 극진한 간호가 도리어 병이 되었다. 그대도록 아사달이 그립고 몸을 빼쳐 나갈 수 없는 것이 심술이 나서 견딜 수가 없었다.
여름해가 길기야 길지마는 어쩌면 이렇게 지리할까. 일각이 삼추 같다 함은 이를 두고 이름이리라.
이렇듯 긴 하루를 가까스로 다 보내놓고 어둑한 땅거미가 내리는 걸 보면,
'오늘 밤에야 혈마 빠져나갈 수 있으려니'
하였다가, 역시 뜻을 못 이루고 그 밤을 고스란히 밝히게 되매, 오뉴월 단열밤도 가을밤 뺨치게 길었다. 아무리 정열에 뜬 주만이기로 어머니가 주무신 후 자정이 넘어서야 장근 20리가 되는 길을 갔다가 돌쳐올 수는 없었던 것이다.
이러구러 열흘나마를 보내노라니 앓고 난 몸살쯤은 오히려 뒷절이요 정말 살이 내릴 지경이었다. 남의 눈을 꺼리는 사랑이 얼마나 어렵고 고된 것인 줄 주만은 뼈에 사무치도록 절절히 느끼었다. 파리한 딸의 얼굴은 가뜩이나 어머니의 발

길을 자주 머무르게 하였다.

그래도 필경 기회는 오고야 말았다. 하루는 큰 손님이 드셨다고 집안이 벅적 괴고 주안상 준비에 사초부인은 눈코를 못 뜨게 되었다.

"이번에 오신 손님은 이만저만한 손님이 아니신가봐요. 대감님께서 들락날락하시며 마님께 분별이 장히 바쁘시고 음식간에도 숙수를 둘씩이나 불러대어 바로 무슨 큰잔치나 하시는 것 같은뎁쇼."

털이가 갔다가 오더니 아주 호들갑을 떨었다.

"그럼 손님이 많이 오신대?"

"아녜요. 단 한 분이시래요"

하고 털이는 의미 있게 웃어 보이었다.

"단 한 분, 그래 손님은 누구시라던?"

"쇤네보담 아가씨께서 더 잘 아실 걸입쇼."

"매친 것, 내가 가보기를 했니, 어떻게 안단 말이냐?"

"금량상 대감이시라나 누구시라나 장래 아가씨 시아주버님 되실 분이래요."

"응!"

하고 주만은 놀랐다. 제 혼인이 정말로 굳어지는 모양이었다.

그렇다면 아사달 만나기가 더욱 급하지 않으냐.

95

"손님이 드셨으니 오늘 밤에는 마님이 못 오시겠고나."

주만은 오래간만에 빠져나갈 기회가 온 것을 몰래 기뻐하였다.

"혹시 오실지 누가 알아요. 더구나 오신 손님이 아가씨 시댁 어른이시라니 아가씨를 불러보시게 될런지도 모르지 않아요?"

털이는 벌써 주만의 속을 디밀다보고 미리 방패막이를 하려 들었다.

"그 애는 별소리를 다 하는고나. 시집도 가기 전에 시댁 어른이 다 무에냐?"

"그래도 서두시는 걸 보아서는 정혼이 꽉 된 듯싶은뎁쇼."

"정혼이 되었기로 혈마 장래 시아재비 될 어른을 날더러 보라고야 하시겠니. 더구나 앓고 나서 얼굴이 반쪽이 된 나를."

"아가씨 말씀도 그럴 상싶지만 혹시 찾으실지 모릅지요."

"얘, 그런 염려는 작작하고 말과 초롱이나 미리 준비를 해두어라. 오늘 저녁에는 세상없어도 불국사엘 가야겠다."

"애규, 거길 또 가시랍쇼. 저번때 그렇게 혼이 나시고도. 그야 말짝으로 물에 빠진 새앙쥐 꼴이 되고 그 먼 길을 오는데 쇤네는 하마하마 죽을 뻔을 했는뎁쇼. 아가씨께서는 말경에 병환까지 나시고……."

"얘 누구는 모르느냐. 왜 또 지절거리느냐. 잔말 말고 시키는 대로나 하려무나. 소풍차로 휘 한 바퀴만 돌아올 테니……."

"그럼 오래는 걸리지 않을깝쇼? 오늘도 어째 일기가 흐린 듯한뎁쇼."

"오래가 다 무에냐. 잠시 갔다가 선 길에 돌아올 텐데."

실상 주만이도 불국사에서 오래 얼무적거리리라고는 생각지 않았다. 흉중에 맺히고 서린 것은 저번에 다 털어놓았으니 그이를 만난다 한들 인제 할말도 없거니와 할일도 없지 않으냐. 안타까운 그이의 모양을 한번 힐끈 보기만 하면 그만이다. 그리고 언제쯤 서라벌을 떠나는 것만 알면 그만이다.

밤들기가 무섭게 주종의 말 머리는 불국사로 향하였다.

찌는 듯하던 더위도 들 밖엘 나오니 선선하게 누그러지는 듯하였다.

어둑한 비탈길을 말을 채쳐 달리매 주만은 훨훨 날듯이 몸이 가뜬해짐을 느끼었다. 아직도 끈적끈적하게 남아 있던 감기기운도 씻은 듯 사라지고 말았다. 화하게 트인 코 안으로 신선한 공기는 물처럼 들어왔다.

한참 신이 나게 말을 채쳐 달리다가 산 모퉁이를 돌아서는 목장에서 땀을 들이며 뒤떨어진 털이 오기를 기다리고 있었다.

촛불을 켜도 좋을 만큼 어둡기는 어두웠지만 지나치는 사람을 잘 아는 사람이면 모습으로 어슴푸레하게 짐작은 할 수 있는 어둠이었다.

그때 헙수룩한 행인 하나가 마주 내려온다.

무심코 주만의 앞을 슬쩍 지나치다가 그 행인은 별안간 무엇을 생각한 듯 어둠 속에 외따로 말을 세우고 있던 주만을 수상쩍다는 듯이 치훑고 내려훑고 보고 또 보았다.

'도적이나 아닌가?'

주만은 언뜻 이런 생각을 하고 등에 찬 소름이 쭉 끼쳤으나 저는 보행이요 나는 말을 탔으니 사불여의하면 그대로 달려가면 그만이라고 마음을 작정하고 세상 오지 않는 털이를 그대로 기다리고 있었다.

그 행인은 기연가미연가 하는 듯이 고개를 기우뚱기우뚱하고 있는데 주만이도 어쩐지 그 행인의 모습이 어디서 한 번 본 듯싶었으나 얼른 생각이 잘 돌아나지를 않았다. 그 무렵이었다.

“아가씨! 애규, 애규”

하고, 털이의 부르는 소리가 들려왔다. 아직도 서너간 통이나 떨어져서 털이가 쌔근 발딱거리며 쫓아오는 꼴이었다.

그러자 그 행인은 문득 주만의 말 머리 앞으로 다가서며 굽실하고 절을 하였다.

“소인이 눈이 무디어 죽을 죄를 졌삽니다. 여쭙기 황송하오나 구슬아가씨가 아니시온지?”

주만은 후미진 길에서 수상한을 만나 마음이 적이 오그라붙는 판인데 저를 안다는 것이 얼마쯤 다행한지 몰랐다.

“그래, 자네는 뉘댁에 있는가?”

주만은 그 말투와 행동으로 보아 아는 집 하인인 줄 짐작하고 이렇게 물어보았다.

“네, 언젠가 한 번 뵈온 적도 있습니다마는, 소인은 금지금시중 댁에 있사옵고 천한 이름은 고두쇠라 부르옵니다.”

주만은 속으로 옳거니 하였다. 금성이가 담을 넘으려다가 촉촉히 망신을 당하던 때에 데리고 왔던 하인인 줄 인제야 깨치었다.

"이 어두운 밤에 어디로 행차를 하옵시는지."

고두쇠는 눈을 두리번두리번 굴리며 주만의 가는 곳을 물었다.

"응, 나는 잠깐 볼 일이 있어 가네마는, 자네는 어디를 갔다가 이렇게 저물게 오는가?"

"불국사까지 갔다가 다녀오는 길입니다."

"불국사!"

하고 주만의 가슴은 뜨끔하였다.

96

주만은 불국사 가는 길에 금성의 하인 고두쇠에게 들킨 것도 뜻밖이거니와 고두쇠도 불국사엘 갔다 온다는 말에 적지 않게 가슴이 울렁거리었다.

"불국사에는 무슨 일로 갔다가 오는고?"

주만은 조금 다심스럽다 싶으면서도 아니 물어볼 수 없었다.

"네, 다름이 아니오라, 서방님께서 모레 유두놀이를 불국사 연못에서 차려보시려고 지금 그 형편을 알러 갔다가 오는 길입니다."

"응, 그런가."

주만은 안심의 숨을 돌리었다.

그때에야 털이의 말이 화화 가쁜 숨을 내뿜으며 들어닥치었다. 털이는 고두쇠를 힐끈 보자 주춤 발을 멈추며 대뜸 힐난조로 호령을 하였다.

"웬 사람이관대 총총하신 아가씨와 말이 무슨 말이야."

"허허, 털이 아가씬가. 자네를 또 만나는 것도 적지않은 연분일세그려."

털이의 눈은 대번에 호동그래졌으나 말씨만은 총알 같다.

"이녀석이 웬 녀석이기에 이게 무슨 말버르장머리야. 아가씨가 계신데 무엄하게."

"녜, 녜, 아가씨께는 황송합니다, 헷헤."

털이는 주만을 돌아보며,

"이녀석이 대관절 웬 녀석입시오."

"왜 저 금시중 댁 하인 고두쇠 아니냐?"

"녜, 그럽시오. 쇤네 눈은 정말 발새 티눈만도 못한뎁시오. 그 녀석을 못 알아보다니."

고두쇠는 오늘도 얼근하게 주기를 띤 모양으로 털의 말을 받으며,

"왜 아니 그렇겠니. 알뜰한 내님을 몰라보다께. 자네 눈도 말씀이 아닐세그려."

"이녀석이 입때도 그 버릇을 못 고쳤구나. 오늘 저녁에는 또 뉘댁 담을 뛰어넘다가 졸경을 치고 달아나는 길인고, 으흐흐."

털이는 깔깔거리며 놀려먹었다.

"왜 내가 담을 뛰어넘었느냐. 앗게 아서. 자네는 날보고 그러지 못하느니라. 사람의 연분은 모르는 게니라. 자네가 또 내 마누라가 되어 고 조그마한 몸뚱어리로 얼마나 아양을 떨지 아니."

"어규, 이녀석아. 모기내 다리 밑에 거지 서방을 얻을 값에 너같은 도둑놈의 계집이 될 내가 아니란다."

"어디 두고 보자. 아가씨가 우리 댁으로 시집을 오시면 너는 갈데 없이 묻어올 게고 그러면 여부없이 내 계집이 되었지 별수가 있느냐? 그때는 누렁지를 치마 꼬리에 차고 영감영감 이것 잡슈하며 발길에 밟히도록 나를 졸졸 따라다닐 것이."

"행여나, 이녀석아."

고두쇠가 철철 늘어놓는 바람에 털이는 미처 말을 빚어내지 못하고 욕지거리만 한 마디 하고 말았다.

"행여나 그렇게 되면 좀 좋겠느냐 말이지. 사내란 낫살이 지긋해야 쓰느니라. 구수하고 알심있고……."

"쓸데없는 소리들 그만두고 어서 가자꾸나."

주만은 털이를 재촉하여 말을 채쳐 가던 길을 가려 하였다.

고두쇠는 주만이 앞에 와서 절을 또 한 번 굽실하고 얼마만큼 지나쳐 가다가 다시 돌쳐 서서 씨근 벌떡 뛰어온다.

"아가씨, 구슬아가씨, 소인이 잊은 말씀이 있습니다."

그래도 주만의 주종은 들은 척도 아니하고 그대로 달려가노라니 고두쇠는 연신 주만을 부르며 허둥거리는 다리로 죽을 판 살 판 쫓아온다.

주만은 필경 말을 멈추었다.

"그까짓 녀석 따라오거나 말거나 왜 말을 멈춥시오?"

털이는 상판을 찌푸리었다.

고두쇠는 거의 구르는 듯이 줄달음을 쳐서 대어 선다.

"어유 후, 후, 숨차……."

"누가 저더러 뛰어오랬나, 쩟."

털이는 외면하며 혀를 찼다. 고두쇠에게 말은 모자라고 놀림을 당한 것이 분해서 견딜 수 없었다.

고두쇠는 연방 숨을 후후 내쉬며 주만의 발 옆에 와서,

"여쭙기 황송하오나 이번 유두놀이에 아가씨께서도 꼭 행차를 해줍시사고 서방님께서 분부가 계셨습니다. 내일 소인이 청 쪼으러 올라겠습니다만 뵈온 김에 미리 여쭈어드리는 것입니다."

"글쎄 마침 가게 될지 보아야."

"아닙시오. 꼭 오셔야 하십니다. 소인 댁 아가씨도 가실 테고 여러 댁 아가씨들도 많이들 오신다니 꼭 오셔야 됩니다."

주만은 딱 거절을 해버리자니 고두쇠의 잔소리가 듣기 싫고 그렇다고 마음에 없는 일을 승낙도 할 수 없어 아무 대꾸도 하지 않았다.

"아무튼 꼭 오실 줄 알고 소인은 물러갑니다."

의외에 고두쇠는 선선히 물러갔다.

"그런 귀찮은 소리나 들으실랴고 아가씨는 왜 말을 멈춥시오?"

털이는 주만을 원망하였다.

"아니다, 그냥 자꾸 가면 그자가 불국사까지 따라올 것 아니냐. 아무튼 그자가 우리의 행색을 눈치를 채었을 테니 앞으로 성가신 일이나 생기지 않을지."

주만의 얼굴은 불길한 예감에 흐리어졌다.

97

아사달은 역시 석가탑 위에 있었다. 일을 한창 바쁘게 하느라고 주만과 털이가 탑 가까이 왔건마는 까맣게 모르는 듯하였다.

달무리진 흐릿한 달빛이건만 공사가 놀랄만치 일자리가 난 것을 알아볼 수가 있었다. 며칠 안 되는 그 동안에 아사달은 무서운 공과 힘을 들인 것을 짐작할 수 있었다.

"뭘 하십쇼?"

털이가 소리를 쳤건만 요란한 정 소리에 들리지 않는 듯.

"여봅시오, 여봅시오."

털이는 연방 소리를 쳤다. 그제야 아사달은 뒤를 돌아보아 주만과 털이가 온 줄 알고 정과 마치를 놓고 탑 가장자리로 걸어나왔다.

그는 무엇이 무안이나 한 듯이 빙그레 웃으며 아무 말이 없다.

두 눈길이 마주치는 찰나 주만이도 고개를 숙여버렸다. 자기 가슴 속 깊이 품은 비밀을 다 알려바친 그이거니 전보다 몇 곱절 더 무관하고 살뜰할 줄 알았더니만 정작 딱 마주치고 보매 새삼스러운 부끄러움이 앞을 가리어 차마 바로 보기가 면난스러웠다.

아사달도 어쩔 줄 모르는 것처럼 멍하니 서 있을 뿐.

남의 눈에 유표하게 뜨일 것을 꺼리어 지니고는 왔지만 불도 다리지 않은 사초롱을 휘휘 돌리며 털이는,

"그럼 쇤네는 또 차돌이한테나 갔다 올 터예요. 아가씨는

이 사다리로 또 탑 위에나 올라가시고"
라고 재잘거렸다.

의미 깊은 '또' 한 털이의 말에 아사달과 주만은 그제야 마주보며 괴롭게 웃었다.

그 말을 남긴 채 털이는 제 아가씨의 명령도 기다릴 것 없다는 듯이 휘적휘적 제 갈 데로 가버리고 주만은 하는 수 없이 탑 위로 올라갔다.

마주앉은 두 사람은 얼굴만 이따금씩 바라볼 따름이요, 피차에 아무런 말이 없었다.

침침한 광선 가운데도 아사달의 모양이 너무도 수척한 것이 눈에 띄었다. 눈썹이 유난히 검어 보이는 것은 눈두덩이 꺼진 탓이리라. 가뜩이나 깊숙한 눈자위가 더욱 기어들어갔는데 그 다정스럽던 눈매도 어쩐지 날카로워진 듯하였다. 본래도 여윈 뺨이지만 더욱 쭉 빨리어 광대뼈가 내밀고 관자놀이도 누가 살을 우벼간 듯하다. 전번 혼절을 하고 앓아 누웠을 적보다도 더 살이 내린 것 같았다.

'아아, 내가 그를 너무 괴롭게 하였고나.'

주만은 속으로 부르짖고 그의 앞에 그대로 엎드려 사과라도 하고 싶었다. 저만 골머리를 바수어내는 듯한 무서운 고민으로 몸둘 곳을 모르는 줄 알았더니 그이도 저만 못하지 않게 뼈와 살을 저며내었구나.

주만은 억색하여 더욱 굳게 말문이 막히었다. 그렇듯 괴로워하는 그이에게 다시 무슨 말을 할 것이랴.

"구슬아기님, 많이 파리하셨습니다그려."

마침내 아사달이 그 무거운 입을 열었다. 그 음성은 어쩐지 처량한 가락을 띠었다.

"저야 괜찮습니다마는 아사달님 신관은 정말 말못되게 되었습니다."

두 사람의 말은 또다시 끊어졌다. 그린 듯이 마주 앉아서 애연한 눈초리로 한동안 피차에 여윈 자죽을 어루만지고만 있었다.

"저렇게 수척하신 것은 너무 공사를 서두시는 탓이 아녜요. 병환이 쾌히 소복도 되시기 전에 또 지치시면……."

이번에는 주만이가 침묵을 깨뜨렸다.

"서둘지 않고 어떡합니까. 한시가 급합니다."

'저도 한시가 급해요.'

주만은 입 밖에까지는 내지 않았으나 속으로 맞방망이를 쳤다. 이 지긋지긋하고 위태위태한 경우를 벗어나고 싶은 마음은 아사달보다도 주만이가 더 급하였다. 금량상이 찾아까지 왔으니 이 딱한 혼인도 금일 금일 작정이 될 모양이다. 생각만 해도 몸서리가 치는 그 파란의 날이 오기 전에 하루바삐 이 서라벌을 떠나야 한다.

"아무리 급하시기로 만일 병환이 또 나시면 늦어질 것 아닙니까?"

주만은 진정으로 걱정을 하였다. 아사달을 위하는 것은 물론이지만 자기를 위해서도 이 아슬아슬한 고비에 아사달이 덜컥 병이 나면 그야말로 큰일이다.

"염려 마십시오. 일을 손떼기 전에는 병이 날 리가 만무하니까요."

아사달은 힘있게 대답하였다.

'일을 끝내시고 떠나실 때에는 꼭 저를 데려가셔야 합니다.'

또 한 마디 다져두려다가 저렇듯 살이 내린 그에게 그런 말로 또 괴롭게 하기는 차마 못할 일이었다.

'내가 자주만 오면 혈마 그의 떠나는 날을 모를까. 내일부터 하루에 한 번은 꼭 와야……'

주만은 속으로 단단히 결심하였다.

98

그 후로 주만은 하루에 한 번씩은 어려웠지만 이틀을 거르지 않고 불국사에 드나들었다. 대개는 털이를 데리고 다녔지만 번번이 같이 다닐 수도 없어 혼자라도 곧잘 말을 달리었다. 길새가 익으매 아무리 어두운 밤이라도 촛불 없이도 서슴지 않고 길을 찾을 수 있게 되었다.

주만의 지레짐작이 그대로 들어맞아 금량상의 이번 걸음은 그의 운명을 꽉 작정하고 말았다. 8월 스무날로 혼인날까지 정하였다. 6월 유두도 벌써 지났으니 혼인 날까지 두 달도 올곧게 남지 않았다. 집안은 벌써부터 혼인 준비에 야단법석이다. 밤늦도록 일새를 분별하느라고 별당을 찾는 사초부인의 발길도 드물었다. 그러니 집을 빠져나올 기회는 전보다 많았지만 날짜가 부둥부둥 달아나는 것이 주만의 애를 졸이게 하였다.

바작바작 명줄을 태워 들어가는 듯하였다.

아사달과 만나서도 별로 할 말도 없었다. 날마다 얼마쯤이라도 일자리가 나는 것을 보는 것이 주만에게 오직 한 가지 기쁨이요 재미였다.

'어서어서 공사가 끝이 나지이다. 하루바삐 이 서라벌을 떠나게 되어지이다.'

이것이 주만의 끊임없는 바람이요, 축원이었다.

저와 마주앉아 단 몇 시각이라도 일손을 쉬게 되는 것이 아깝고 원통하였다.

"어서 일을 하세요. 나 있다고 일 않으실 게 무어예요."

그는 아사달을 재촉하고 정말 제자나 된 듯이 마치도 집어 주고 이어차 이어차 용을 쓰며 겨누도 들만져 주었다. 쪼아낸 자국을 수건으로 툭툭 털어서 정질하기에 편하도록 만들기도 하였다.

어느덧 6월이 지나고 7월이 되었다.

공사는 거의 거의 끝이 나갔다. 보통 사람의 눈으로 보아서는 거의 손을 떼게 되었다.

"인제 거진 다 되지 않았어요? 인제 부여로 훨훨 갈 날도 얼마 남지를 않았군요"
하고 주만이가 오래간만에 방그레 웃으며 아사달을 쳐다보았다.

"웬걸요. 아직도 멀었습니다. 지금도 잔손질을 하랴면 한이 없습니다마는!"

"그러면 8월 한가위로도 끝을 못 내시게 될까요?"

주만의 얼굴엔 대번에 웃음빛이 사라지고 심각한 고민으로 가득 찼다.

"글쎄올시다. 한 달만 더 애를 쓰면 손을 떼게 될지."

"세상없어도 한가위 안으로는 끝을 내주세요. 그때 끝이 나야만 8월 스무 날 안으로는 서라벌을 떠나게 될 터이니까요."

주만은 8월 스무 날이야말로 모든 것이 파탄이 되는 제 혼인 날이라고는 차마 아사달에게 알리지 못하였다. 만일 그런 말을 하였다가 그가 일부러 공사를 질질 끌고 어엿한 자리로 시집을 가라고 권하는 날이면 정말 큰일이 아닌가.

"공사가 끝난 다음에야 그 이튿날로라도 길을 떠나겠지만 마치 그때까지 끝을 내게 될런지요."

"이렇게 서두시는 다음에야 그때까지 안 끝날 리 만무할 것 아녜요. 내가 이렇게 오는 것이 방해가 된다면 지금 곧 돌아가도 좋아요."

"글쎄올시다. 말이야 바른 말이지 곁에 계시면 암만해도 일손이 잘 잡히지 않습니다. 까닭없이 가슴이 울렁거리고 손이 허전허전해지니까요."

"그러면 지금 당장이라도 나는 가요"

하고 주만은 사다리 있는 데로 걸어나왔다.

"내 말이 귀에 거슬리십니까?"

아사달은 제 말이 너무 무뚝뚝한 것을 못내 뉘우치는 모양이었다.

"아녜요. 바른대로 말씀을 해주시는 게 얼마나 든든하고 고마운지 몰라요. 첫째 공사가 하루 바삐 끝이 나야 될 것 아닙니까. 까딱 잘못하면 그야말로 만사가 물거품이 될 것이니까요"

하고 주만은 사다리를 내려온다. 아사달은 굳이 말리지도 아니하였다.

주만이가 사다리를 내리어 탑 가장자리까지 나온 아사달에게 눈으로 작별 인사를 하고 막 돌쳐서다가 저편 그늘에 흰 그림자가 얼씬하는 것을 보았다.

초생달의 약한 빛줄이라 분명치는 않았지만 그 흰 그림자는 주만의 시선을 피하는 것처럼 그늘 속으로 후닥두닥 숨어 버리는 듯하였다.

주만이가 마구간 앞까지 걸어나와 말을 타고 절문을 나올 때 언뜻 뒤를 돌아보니까 그 흰 그림자가 슬근슬근 뒤를 밟아오다가 돌아다보는 주만의 눈길에 들킨 것을 매우 당황해하며 비슬비슬 몸을 옆으로 피하였다.

'누구일까?'

주만은 속으로 생각하였다. 그림자가 분명히 자기의 뒤를 밟아오는 데는 틀림이 없었다.

99

주만은 그 날 밤 집으로 돌아오는 길에 몇 번을 뒤를 돌아보고 또 돌아보며 산기슭에 부여스름하게 깃들인 달 그림자만 보아도 대담하던 주만이답지 않게 가슴이 두방망이질하였다.

누구에게 쫓겨나 가는 듯이 허둥지둥 말을 달려가다가도 슬근슬근 제 뒤를 밟는 인기척이 나는 듯 나는 듯하여 오마조마하는 마음을 진정하려 해도 진정할 수 없었다.

벌써 몇 달 동안 거의 수도 없이 아사달을 방문하였건만 털이와 차돌을 빼놓고는 다행히 아무에게도 들킨 적이 없거늘 오늘 밤 따라 뜻밖에 나타난 그 수상쩍은 그림자는 과연 무엇일까?

제 방에 들어오자 문을 겹겹이 닫고 잠갔건만 울렁거리는 가슴은 좀처럼 가라앉지 않았다. 윗옷을 벗는 데 땀이 어떻게 흘렀는지 속옷에서 윗옷에까지 친친하게 배어나와 옷고름을 끄르는 대로 김이 물씬물씬 올라왔다. 아래 옷자락은 몸에 휘감기어 처근처근한 것이 불유쾌하기 짝이 없었다. 마치 그 이상한 그림자가 제 몸에 휘감기어 따라온 것과도 같았다.

'내가 마음이 어려서 헛것을 보았나?'

주만은 흔들리는 제 생각을 스스로 물리치며 이렇게도 고쳐 생각해 보았으나 불전 그늘에서 이쪽을 노리던 양이 역력히 머리에 살아오고 더구나 제 뒤를 따라오다가 흠칫하며 몸을 피하던 광경은 더욱 분명하다.

아무리 생각해 보아도 헛것을 본 것 같지는 않았다.

그렇다면 그 괴상한 그림자는 과연 누구일까?

그 정체를 알래야 알 수가 없는 것이 더욱 궁금하고 더욱 마음에 키었다.

자기의 사랑과 행복을 노리는 무서운 눈이 어둠 속에서 번쩍이고 있는 것만 같다. 인제 한 달 장간만 곱다랗게 넘기면 만사가 귀정이 날 이 아슬아슬한 고비에 심술궂은 야차는 기어이 헤살을 놓고야 말 것 같다.

주만은 불길한 예감에 몸서리를 쳤다.

집안 사람들의 눈만 피하면 마음놓고 알뜰한 님을 찾아갈 수 있었지만 인제는 경계할 일이 또 한 가지 늘게 되었다. 집안 사람들 피하기는 오히려 쉬웠으되 이 정체 모를 괴상한 그림자를 피하기는 여간 어려운 노릇이 아니다.

어느 산기슭, 어느 목장에서 그 괴물이 숨어 있는지 모른다. 불전의 그늘 어둑한 숲속에 그 괴물의 은신할 곳은 얼마든지 있었다.

이것을 피하자면 집에서 나가지 않는 것이 상책이다. 아사달을 만나지 않는 것이 제일이다. 그러나 아사달을 만나지 않고 견딜 수 있는가? 그이 얼굴을 그리고도 배길 수 없는 일이거니와 더구나 공사가 얼마쯤 되어갔는지 궁금하여 참을 수가 없다.

이틀, 사흘, 나흘, 닷새! 주만은 인제 더 참을 수가 없었다. 무슨 변을 어떻게 당하고 무슨 벌역을 어떻게 치르더라도 불국사엘 아니 가지 못하게 되었다.

그래도 미심다워서 오늘 저녁은 털이를 데리고 가기로 하였다.

처음에는 둘이 나란히 말을 달려갔지만 나중은 역시 주만의 말이 앞서고 털이는 뒤떨어지고 말았다.

"아가씨, 아가씨, 구슬아가씨."

등뒤에서 나는 털이의 부르짖는 소리를 들었지만 주만의 마음은 너무 급하였고 또 길거리에서 머뭇거리는 것이 도무지 불길한 듯해서 주만은 그대로 말을 달리었다.

"아가씨, 아가씨, 저걸 좀 봅시오. 저걸 좀 보아요, 아가씨, 아가씨, 제발 좀 같이 가요."

털이가 물에나 빠진 듯한 소리를 떨기 때문에 주만은 하는 수 없이 말을 멈추었다.

털이는 쌔근쌔근 죽을 판 살 판 달려와서 숨이 턱에 닿은 목소리로,

"아가씨, 저, 저걸 좀 봅시오. 저 등불을!"
하고 손가락으로 제가 달려온 길 쪽을 가리키었다.

"흥, 등불이?"

주만도 깜짝 놀라며 털이의 손가락질하는 곳을 바라보니 과연 장고등 등불 한 개가 반짝반짝하며 줄달음질을 쳐 달아나는 것이 보이었다.

"그래, 저 등불이 어떡했단 말이냐?"

주만의 목소리도 허전허전하였다.

"왜 언젠가 고두쇠란 놈을 만나신 길목장이가 있지 않습니까, 아가씨는 먼저 달려가시고 쇤네가 뒤쫓아오랴니깐 그 등불이 그 목장이에서 반짝반짝하고 있다가 아가씨가 휙 지나치시니까 그때 그 불이 탁 꺼져버리겠습죠. 그리더니 쇤네가 올 때는 그 등불이 다시 켜져가지고 저렇게 달아를 납니다. 암만해도 수상치가 않아요?"

주만의 가슴은 뜨끔하였다. 저번에 본 그 수상한 그림자가 오늘 밤엔 또 등불로 나타난 것임에는 틀림이 없었다.

100

금시중 집 작은 사랑에는 헙수룩한 위인들이 여남은 주안상을 가운데 놓고 죽 둘러앉아 있다.

으리으리한 자단향 교자상에 번쩍이는 금기명 은기명부터 이 으시시해 보이는 손님들과 걸맞지 않았다. 더구나 모양과 본새를 차릴 대로 차린 음식은 볼품도 없이 그들의 염치 코치 없는 입 안으로 아귀아귀 사라졌다.

큼직한 구자틀에 거들먹하게 찼던 건더기는 어느 결엔지 가뭇도 없어지고 맨 말국만 바지짓 바지짓 마지막 비명을 올리고 있다. 통으로 삶아 놓은 애저(어린 돼지) 한 마리도 살이란 살은 감빨고 홈빨아 한 점 붙어 있지 않고 앙상한 뼈다귀만 가로 세로 지저분하게 흩어졌다.

일부러 그들의 비위를 맞추어 만든 듯한 두툼한 방자고기도 두 양푼이나 내어온 것을 눈 한번 깜짝일 사이에 드러내고 말았다.

어떤 위인은 생전복회가 매끄러워서 젓가락으로 잘 집혀지지를 않으니까 접시째 들어다가 손가락으로 마구 훔켜넣기까지 하였다.

짝짝 쩝쩝, 울경 볼강, 후루룩 꿀떡! 씹고 마시고 입맛 다시는 소리로 온 방 안의 공기는 어수선하게 흔들리었다.

말하는 사람은 물론 없었다. 말은커녕 먹기에 걸신이 들려서 숨쉴 여가조차 없는 듯하였다.

휘휘 젓는 술총이 끈끈하게 걸리도록 빽빽한 막걸리라야만 제 격에 맞을 그들이거늘 기름같이 맑은 소홍주와 눈알만한 옥잔은 입술도 채 추기지 못하는 것 같았다.

이따금 침묵을 깨뜨리는 것은 주인 금성의 호령이었다.

"술을 더 내오너라. 안주를 더 내오너라."

"네, 네"

하고 놀이는 쩔쩔매며 거행에 눈코를 못 떴건만 술이며 안주가 내어오는 대로 날개가 돋친 듯 달아나 버렸다.

인제는 김치 말국까지 말라들어갔다. 교자상 위의 그릇이란 그릇은 말 그대로 씻은 듯 부신 듯하게 되었다.

"어, 무던히들 먹는군."

안주라고는 몇 젓가락 집지도 않고 술만 들이켜서 벌써부터 얼근해진 금성은 늘 겪는 일이지만 이 훌륭한 제 친구들의 무서운 식욕에 새삼스럽게 놀라며 감탄하였다.

"허, 출출도 한 판이지만 자네 집 음식은 언제 먹어 보아도 천하 진미거든."

주독이 올라서 잔등이가 시뻘겋게 벗겨지고 엄청나게 넓은 콧구멍을 벌룸벌룸하는, 좌중에 제일 낫살이 든 듯한 위인이 장국물이 번지르르하게 묻은 수염을 쓰다듬으며 인사비스름하게 금성의 말대꾸를 하였다.

"코벌룸이 말이 하던 중 잘 하였네. 산해진미니 진수성찬이니 말은 들었지만 이런 맛난 음식은 생후 처음인걸."

거무트레한 얼굴이 얽둑얽둑 얽은 곰보가 지금까지 맛나게 빨고 있던 돼지발톱을 뱉으며 맞장구를 친다.

"이런 대접만 받고 우리의 할 일을 못 하니 주인께 미안하기 짝이 없는 일이야."

이번에는 강파르게 마르기는 말랐지만 툭 불거진 눈알맹이하며 모질디모질게 생긴 위인이 말참견을 하며 금성을 바라본다. 이 중에 누구 누구 해도 정말 너를 위해 일할 사람은 나 하나뿐이니라 하는 듯하였다. 그는 '샛바람'이란 별명을 가졌다.

"압다, 그 사람 급하기는 우물에 가서 숭늉 달라겠네. 혈마 일거리야 생기겠지그려. 한가한 동안에 이렇게 얼근하게 먹어두는 게 말하자면 기운을 기르는 것이어든, 혓허."

코밑과 뺨과 턱이 온통 구레나룻과 수염으로 뒤덮이어 겨우 눈과 코 언저리만 빤하게 보이는 텁석부리가 수염 속에 파묻힌 입을 떡 벌리고 너털웃음을 웃어 보인다.

"옳아. 옳에. 텁석부리 말이 옳에, 허허."

좌중은 모두들 찬성을 하고 껄껄댄다.

샛바람은 그 불거진 눈을 더욱 까뒤집으며,

"이역들은 얻어먹기만 하고 볼 일은 안 생겨도 좋단 말이지, 이 걸신들아"

하고 못마땅한 듯이 텁석부리를 노려본다

"금강산도 식후경이라네. 어디 자네는 안 먹고 배를 쪼루룩 쪼루룩 소리가 나도록 굶겨가지고 일만 좀 해보게나, 에헤헤."

텁석부리가 빈정거린다.

"어헛허."

좌중은 샛바람을 놀리듯 또 한바탕 웃어대었다.

샛바람은 새뚝하게 성이 치받쳐올랐으나 여럿이 욱대기는 바람에 대항거리도 못 하고 입술만 발발 떤다.

"여러분이 그렇게 웃을 것도 아니거든. 암, 일을 해야지, 일을 해야 되고말고."

코벌룸이가 샛바람을 두둔하는 척을 하고 나서,

"대관절 이 고두쇠란 놈은 한번 가더니 어째 감감소식이람"

하고 금성을 바라본다.

"그 녀석도 어디 가서 술이나 처먹고 자빠진 게지."
샛바람은 빗대놓고 한 마디를 쏘았다.

101

여럿은 먹는 데 넋을 잃고 고두쇠를 보낸 것도 까맣게 잊었던 것이다.

"참, 고두쇠를 보내놓았지. 그러면 오늘 밤이라도 톡톡한 일거리가 생길지도 모르네그려."

곰보가 코벌룸이의 말을 받는다.

"암, 그야 그렇고말고. 구슬아기가 가는 것을 정녕히 보고만 온다면야 주안상이 다 뭔가. 그래 우리들이 술타령만 하고 있을 사람들인가. 정작 일거리가 생긴 다음에야 너나 할 것 없이 목숨을 내어놓을 거란 말이거든. 그러니 자, 우리 술 한 잔 더 먹어두세나. 고두쇠가 금방 들어닥칠 줄 누가 아나베."

텁석부리가 한바탕 늘어놓는 말부리는 역시 술에 돌아가고 말았다.

"여보게 놀이아가씨, 자, 어서 술을 한 번만 더 내오게나."

놀이는 그 예쁘장한 눈을 한번 샐룩할 뿐이요, 말대꾸도 안 했다. 하도 같잖은 말이라 대답할 필요도 없다는 눈치다.

"고 예쁜 눈일랑 흘기지 말고, 또 뉘 간장을 녹이게. 어서 어서 여율령 시행이나 하소"

하고 되우 취한 텁석부리는 제 옆에 서 있는 놀이의 등채나 밀 듯이 비틀비틀 일어선다.

"왜 이래요."

놀이는 악을 바락 쓰고 몸을 빼쳐 달아난다.

"그러지 마소, 그러지 말어, 허허."

텁석부리는 비척비척 쫓아가며 놀이의 손목을 잡으려 하였다.

"원 별꼴을 다 보아"

하고 홱 놀이가 뿌리치는 바람에 텁석부리는 하마터면 중심을 잃고 나동그라질 뻔하였다.

좌중엔 웃음보가 터졌다.

"원 그런 걸신은 보다 처음 보아. 저따위를 데리고 무슨 일을 한담."

샛바람은 끝끝내 아까 앙갚음을 하였다.

"요런 북어 같은 말라꽝이가 주둥아리만 까가지고. 내가 칼을 쓰면 그래 네놈만 못할 줄 아느냐."

텁석부리는 개개 풀린 눈을 억지로 부릅뜨며 뇌까리었다.

"어디 그러면 한번 겨뤄보자."

샛바람은 제 별명마따나 재빠르게 몸을 일으켜 벽에 끌러서 걸어둔 제 환도를 떼어든다.

"허 이놈 봐라. 하룻강아지 범 무서운 줄 모르고. 어디 견디어 봐라. 네깐 놈이 검술을 몇 푼 어치나 안다고"

하고 텁석부리는 대번에 서리 같은 칼날을 뽑아든다.

좌중은 와 일어섰다.

"이게 무슨 짓이람."

"칼 쓸 데가 그렇게 없어서 친구끼리 칼부림을 한단 말인가?"

여럿이 달려들어 두 사람을 뜯어 말리고 텁석부리는 코벌룸이가 가까스로 제 자리로 끌고 갔다.

"어, 이 사람 그게 무슨 짓이람. 낫살이나 먹은 친구가."

"원 별 우스운 꼴을 다 보겠네. 나는 이놈아, 검술공부가 십년이다, 십년. 네깐 놈이야 한 칼에 당장 두 동강이가 날 것을."

텁석부리는 끌려가면서도 연해 큰소리를 하였다.

"에구, 이놈아, 네깐 놈이 십년 아니라 백년을 칼을 배웠으면 무슨 소용이냐. 털보 얼굴이 땅바닥에 뚝 떨어져 데굴데굴 구을기나 했지 별 수 있느냐."

자리에 앉기는 앉았지만 제 성에 받치어 몸을 부들부들 떨며 샛바람도 지지 않았다.

"원 되잖은 녀석 때문에 주흥이 다 깨였고나, 허허허."

텁석부리는 한 번 호걸스럽게 웃고 팔을 부르걷어 연신 엄포를 놓으며 이번에는 아주 점잖게 호령하였다.

"애, 놀아, 어서 술 좀 내오너라."

"그래도 또 술이야"

하고 누가 킥킥 웃는다. 코벌룸이가 유난스럽게 넓은 콧구멍을 더 벌룸벌룸하며,

"암, 화해주가 있어야지. 그렇지 않겠나?"

하고 금성을 바라본다.

금성은 고주가 되어 그 야단통에도 제 자리에서 일어나지도 못하고 '아서, 아서' 하며 손만 내저어 말리었고 싸움이 가라앉자 눈을 딱 감고 흔들흔들 부라질을 하고 있다가 코벌룸이 말에 개개 풀린 눈을 간신히 뜨고서,

"놀이란 년 어디 갔느냐. 어서 술을 내어오너라. 술 술"
하고 소리를 질렀다.

텁석부리가 칼을 쑥 뽑아드는 바람에 겁을 집어먹고 방 한 구석에 붙어섰던 놀이는 싸움도 하도 싱겁게 끝난 것이 속으로 우스웠다.

"술을 더 잡숫고 또 싸움들이나 하면 어떡해요. 그 칼들을 빼드시는 게 어떻게 무서운지, 호호."

"잔말 말고 어서 들어갔다 와."

금성은 소리를 질렀다.

놀이는 안에 들어갔다가 나와서,

"술이 없어요, 소홍주가 다 동이 났대요."

좌중은 서로 돌아보고 입맛을 다시며 흥이 깨어지는 듯하였다.

"뭐 소홍주가 떨어졌어…… 그러면 다른 술도 없단 말이냐?"

"꽃물을 받은 소주밖에 없대요."

"맏물소주, 더 좋지, 더 좋아."

곰보가 얼른 놀이의 말을 받는다.

"암, 좋다뿐이냐"
하고 여럿은 침을 삼키었다.

이때 열어놓은 영창 앞에 고두쇠가 나타나서 굽실하고 숨이 턱에 닿는 소리로,

"서, 서방님, 소, 소인 다녀왔습니다."

102

금성은 정신이 번쩍 나는 것처럼 곧 창 밖을 향해 돌아앉으며,

"오, 고두쇠냐. 그래 어떻게 되었느냐."

입에 침이 없이 물었다.

"가만 좀 겝시오. 소인이 숨을 좀 돌려야겠습니다. 후후."

연해 가쁜 숨길을 내어 쉰다. 방 안의 눈과 귀도 모조리 고두쇠의 입으로 몰리었다.

"그래 어떻게 되었단 말이냐. 갑갑하고나. 어서 말을 못 해?"

금성은 연상 재촉을 하였다.

"후, 후, 서 서방님 황송합니다만 소인에게 술 한 사발만 나립시오. 첫째 목부터 좀 추겨야……."

"그래, 그래, 술부터 한 잔 먹어야 하고말고."

텁석부리가 고두쇠의 말을 가로채며 눈으로 술을 찾다가 술 가지러 가던 놀이가 고두쇠의 말을 듣느라고 그대로 오도카니 서 있는 걸 보자,

"원, 그 술 내오기 참 어렵고나, 쩟쩟"

하고 혀를 찼다.

금성이가 그 말을 듣자 힐끈 돌아보고,

"요년 놀아, 왜 내오라는 술을 내오지 못하고 뭘 하고 거기 섰느냐, 매친년 같으니."

놀이는 샐쭉하며 텁석부리를 흘겨보고 들어가더니 재빠르게 오지 소주병을 통으로 들고 나왔다.

"요년, 어서 따르지를 못해?"

금성은 놀이가 술병을 들고 앉을 겨를도 없이 또 불호령을 하였다.

놀이가 술을 잔에다가 따르려는 것을 넘겨보고 고두쇠는,

"고 깍쟁이 잔에 따르어서야 어디 간에 기별이나 하겠다고, 대접이나 보시기가 없나?"

"원 오늘은 저것까지 말썽이야, 내 원 참."

놀이는 입을 배쭉하고 종알거린 다음에 행주질이나 친 듯이 비워놓은 나박김치 보시기에다가 가뜩 부어서 내밀었다.

고두쇠는 받아서 단숨에 들이켜고 연방 카 카 소리를 치면서 두리번두리번 교자상을 넘실거리는 것은 안주를 찾는 것이리라.

"인제 어서 얘기를 해. 그래 주만이가 그 목장이를 지나가더냐?"

"카, 카, 참 독한뎁시오. 빈 속이 되어서 대번에 핑핑 내어둘리는뎁시오."

"이놈아, 주만이가 가더냐, 안 가더냐?"

초조한 금성은 고래고래 소리를 질렀다. 좋은 안주나 얻어걸릴 줄 알고 말꼬리를 질질 끌다가 제 주인이 역정을 내는 걸 보고 고두쇠는 움찔해지며,

"네, 네, 곧 아뢰겠습니다. 소인이 분부대로 그 길목장이를 지켰습지요. 저녁도 못 먹고 해질녘부터 가서 지키는 게 밤이 되어요. 개미 한 마리 얼씬해얍지요……."

"그러면 오늘 밤도 또 헛다방이란 말이냐?"

금성은 고두쇠의 말을 가로채며 시무룩해진다.

"아닙시오. 소인이 허기가 지쳐서 아무것도 눈에 잘 보이

지 않아 오늘 밤에는 구슬아가씨께서 행차를 않으시는 줄 알고 또 너무 기다리실 듯해서 그냥 들어올까 하였으나 죽을 작정을 하고 한참을 더 기다리고 있으랴니 어디서 말 발굽소리가 들리겠지요."

"말굽소리가? 그래서……"

하고 금성은 고였던 침을 삼키었다.

"비호같이 소인 앞을 지나가는데 구슬아가씨가 분명하겠습지요. 어떻게 말을 잘 타시는지."

"뭐, 주만이가 지나가더란 말이냐? 네가 정녕히 보았더냐?"

"보고말곱시오. 그 뒤에 털이란 년이 아치랑아치랑 따라가는 것도 보았는뎁시오. 만일 잘못 보았으면 소인의 눈을 빼어 바쳐도 좋습지요."

"그래 그게 참말인가?"

텁석부리가 턱을 창 밖으로 내밀며 묻는다.

"참말이고말곱시오."

"자네, 배는 고프고 컴컴하니까 헛것이나 보지를 않았나?"

"아니올시다. 이 눈으로 분명히 보았습니다."

좌중에는 잠깐 긴장한 빛이 흘렀다. 술과 음식이나 흥껏 한껏 며칠을 두고 더 얻어먹어야 될 판인데 오늘 밤으로 이렇게 속히 일거리가 걸릴 줄은 몰랐다.

'하필 오늘 내가 왜 왔던고.'

속으로 후회하는 위인도 한둘이 아니었다.

금성은 주만이가 밤이면 불국사에 드나드는 듯하다는 말을 고두쇠에게 듣고 그 이튿날부터 고두쇠를 거의 밤마다 불국사에 보내어 염탐을 시키었다.

부여 석수장이와 무슨 짬짬이속이 적실히 있는 듯하다고 고두쇠가 여러 번 장담을 하였지만 금성은 종시 곧이들리지 않았다. 자기에게 촉촉히 망신은 주었지만 그래도 하늘의 별보다 더 높게 아는 주만이가 그따위 시골뜨기 석수장이하고 정분이 나리라고는 꿈에도 생각 못 할 일이기 때문이었다.

그러나 나중에는 능청맞은 고두쇠가 말을 보태어 그 석수장이와 주만이가 탑 속에서 끼고 누운 것까지 분명히 보았다는 바람에 금성은 펄펄 뛰고야 말았다.

주만이가 어느 날 밤 아사달을 작별하고 사다리를 내려서다가 보고 놀란 수상한 그림자의 정체는 기실 이 고두쇠였다.

103

짝사랑이란 저편이 쌀쌀히 굴수록 더욱 뜨거워지는 것. 차마 못 당할 그 망신을 당한 뒤에도 금성은 주만을 단념하기는커녕 도리어 잊을 날이 없었다. 그 추상 같은 호령과 쌀쌀한 비웃음이 눈 속에 어리고 귀에 스미어드는 듯 도무지 떼치랴 떼칠 수 없었다.

텅 빈 마음을 부둥켜안고 술판과 꽃거리로 헤매기도 이때부터였다. 무슨 수로 어떻게 하든지 주만을 제 손아귀에 넣어보든지, 그렇지 않으면 하다 못해 분풀이라도 톡톡히 해보려고 벼르고 벼르던 금성에게는 이 소식이야말로 하늘에서 주신 좋은 기회가 아닐 수 없었다.

높은 담과 겹겹이 닫은 대문과 수많은 하인들에게 옹위되어 깊고 깊은 별당 속에 들어 있으면 다시 어찌할 도리가 나서지 않았지만 휘넓은 절, 외딴 탑, 후미진 산길에서야 무슨 거조라도 얼마든지 차릴 수 있지 않느냐.

금성의 마음은 뛰었다.

그러나 섣불리 서둘렀다가 또 전번 모양으로 될 일도 안 되고 혼뗌만 할까보아 겁이 났다. 이번이란 이번이야말로 단단히 차려야 한다. 오밀조밀하게 일을 꾸며야 한다.

궁리궁리한 끝에, 그는 제갈량이가 다시 살아나도 탄복할 만한 꾀를 하나 생각해 내었다. 그 꾀를 실행하기에 제 혼자 힘으로는 조금 벅찬 것이 험절이었으나, 힘을 빌릴 사람이 그리 아쉽지도 아니하였다. 주사청루에서 사귀어둔 '장안호걸' 들을 이럴 때 안 쓰고 언제 쓸 것인가.

그 후로 금성의 사랑에는 거의 밤마다 모꼬지가 벌어졌다. 그들은 금성의 말을 듣자 모두 팔을 부르걷고 분개하였다. 서라벌 한다하는 집 딸로 부여놈 석수장이 따위에게 미쳐 다니다니 치가 떨릴 노릇이 아니냐. 그런 계집애는 단단히 버릇을 가르쳐야 한다.

오늘만 해도 고두쇠를 보내놓고 하회를 기다리며 그 기다리는 동안이 무료하다고 해서 술판을 벌린 것이지 그들의 변명마따나 결코 술타령만 하려는 것은 물론 아니었다.

그러나 고두쇠가 주만이가 적실히 불국사에 가는 것을 보고 왔건만 그들은 얼른 몸을 일으키려 들지 않았다. 한창 술이 빨리듯 당기는 판도 판이지만 정작 일거리가 생기고 보니 남의 초상에 단지하는 것 같아서 될 수만 있으면 슬슬 꽁무니를 빼고 싶었다.

"그래 적실히 주만이가 불국사엘 가더란 말이지?"

텁석부리는 그래도 미심다운 듯이 또 한 번 다지었다.

"여부없습니다."

고두쇠도 중언부언하는 데 성가신 듯이 볼멘 소리로 대답을 하였다.

"허, 그래"

하고 텁석부리는 힘없이 말하고 내밀었던 턱을 옴츠러들인다.

"자 여러분들, 일어들 서 보시지요."

하고 금성은 지척지척 일어선다.

"잠깐만 기다리오, 잠깐만."

텁석부리는 손을 내저어 금성에게 앉으란 뜻을 보이고,

"뭐 주만인가 하는 그 계집애가 불국사에 가기만 한 다음에야, 뭐 그야 독 안에 든 쥐지 별수 있겠소. 그렇게 서둘 것도 없거든. 자 우리 내어온 소주나 다 들이켜고 기운을 내어 가지고 서서히 일어서도 좋단 말이거든."

"옳소, 옳아."

코벌룸이가 대번에 찬성을 하였다.

"저희들에게도 여유를 좀 주어야 어쩌고저쩌고 할 틈이 있을 것 아니오. 한창 노닥거리는 판에 우리가 지쳐들어가야만 꼭 잡을 수가 있는 것이거든. 사냥을 해도 쫓겨가는 짐승은 슬쩍 한 번 늦추어주어야 그놈이 기진맥진해서 잡기가 쉽단 말이야."

금성은 하는 수 없이 다시 앉으며 화풀이로 놀이를 호령하였다.

"요년 놀아, 뭘 하고 있느냐. 술을 내왔거든 빨리빨리 부어드리지 못하고."

놀이는 입을 배쭉배쭉하며 잔에 술이 철철 넘치도록 찔금 찔금 재빠르게 부었다.

"얘, 찬찬히 부어라. 그 아까운 술 흘린다"

하고 곰보는 철철 넘는 술잔을 들면 더 쏟힐까보아, 잔 가장 자리에 제 입을 갖다대어 빨아 마신다.

꽃물 소주 한 두루미가 거의 다 말랐다.

"자, 인제는 그 연놈을 때려잡으러 가야"

하고 샛바람은 그 노란 얼굴이 더욱 샛노랗게 되어가지고 누구보다 먼저 몸을 일으킨다.

샛바람이 일어서는 바람에 더러는 엉거주춤하게 자리를 떴다.

코벌룸이도 따라 일어나려다가 말고,

"여러분, 그렇게 급할 건 없단 말이지. 그 연놈을 잡는 데 어떻게 잡으면 잘 잡을까 우리 여기서 난상토의를 하잔 말이어"

하고 벌써 몇 번을 작정한 습격 방법을 또다시 이렁성거리었다.

104

"우리가 풍우같이 몰아 불국사를 지쳐 들어간단 말이거든, 응, 다들 알아듣겠어? 그래가지고 다짜고짜로 그 석가탑인가 뭔가 연놈이 들어 박힌다는 탑을 철옹성같이 에워싼단 말이야."

코벌룸이는 제가 아주 대장격이나 되어 삼군을 호령하는 말투다.

"그러고 볼 지경이면은 저희가 아무리 기고 난들 그 천라지망을 벗어날 수가 있느냐 말이야. 그래서……."

"여보게, 고만두게, 고만두어. 그 소리는 대관절 이번까지 몇백 번을 하는 거야."

샛바람이 듣다가 못하여 한 마디 티를 넣었다.

"원, 저런 사람 보게."

코벌룸이는 펄쩍 뛰었다.

"대체 무슨 일이고 작사불밀하면 도리어 해를 입는단 말이거든. 백 번 아니라 천 번이라도 미리 일러둘 것은 일러두어야 된단 말이거든…… 가만 있거라 내가 어디까지 말을 하였던가."

"잊어버렸거든 고만하고 집어치우게, 집어치워. 아까 술안주로 까마귀 고기를 먹었나?"

"아니야, 술을 한잔 더 자셔야 새 정신이 돌아나실걸."

좌중은 짝자글 웃었다.

"어, 무슨 버릇없는 소리들인고. 아무튼 그 연놈을 끌어내린단 말이어."

"한 가지가 빠졌네. 왜 저번에는 연놈을 단단히 비끄러매어 가지고 끌어내린다더니."

"비끄러매든 어쩌든 아무튼 끌어내린단 말이야."

"그 더러운 연놈을 끌어내릴 건 있나. 한칼에 모가지를 뎅겅 베어 버렸으면 고만이지."

이번에는 텁석부리가 출반주왈을 하였다.

"아냐, 그것들도 젊으나 젊은 나인데 대번에 죽이는 것은 불쌍하지 않나베. 더구나 제 이름 말짝으로 구슬같이 어여쁜 구슬아기를."

곰보가 검고 얽은 제 상판과는 아주 딴판으로 가냘픈 목소리를 내며 저편을 두둔해 말하였다.

"자네는 그 연놈에게 톡톡히 얻어먹은 것이나 있나보이그려. 우리 서라벌 처녀들을 욕보이고 제 가문을 더럽히는 그런 화냥년을 살려두어서 뭣에 쓴단 말인가"

하고 샛바람이 입술을 떨면서 몰풍스럽게 내쏘았다.

"자, 이것 보란 말이야. 백 번을 짜고 천 번을 짜도 번번이 들 딴청을 부리니 내가 어떻게 다지지를 않겠느냐 말이야. 내가 만일 그 말을 끄집어내지 않았던들 이 군들이 우 달겨가서 뿌리뿌리 제멋대로 아사달을 죽이는 놈에, 주만이를 죽이는 놈에, 비끄러매고 끌어내리는 놈에, 안 비끄러매고 끌어내리는 놈에, 주만을 끼고 달아나는 놈에, 사람이 정신을 차릴 수가 있을 건가 말이야. 그러니 여기서들 작정을 딱 해가지고 들이치든지 내치든지 해야 된단 말이야."

코벌룸이가 줄기차게 늘어놓는 바람에 여럿은 잠깐 입을 다물었다.

"죽이기까지는 너무 과하고 연놈을 참바로 한데 친친 동여매가지고 서라벌 거리거리로 조리를 돌립시다. 그러면 달뜬 계집애들의 본보기가 될 거란 말이지요."

누가 이런 제의를 하였다.

"그것도 미상불 안 좋은 건 아닌데 그러면 너무 왁자지껄해지지 않을까, 이손 유종의 체모도 봐주어야지."
또 다른 사람이 이렇게 반대를 하였다.
"첫째 끌고 다닐 사람이 있어야 할 것 아니오?"
코벌룸이가 마지막 단안을 내리었다.
"이런 젠장맞을, 이것도 안 되고 저것도 안 된다면 그러면 어떻게들 하잔 말이오. 중의 공사나 삼일이지, 그래 명색이 장안 안에서 이렇다 하는 사람들이 이게 무슨 꼴들이란 말이오."
샛바람은 매우 못마땅한 듯이 한 마디 뇌까리었다.
"압다, 그렇거든 이역이 좋은 수단을 일르구려."
"연놈을 다 죽여 버리자는밖에."
샛바람은 잇새로 뱉는 듯 또 한 마디 뇌었다.
"자, 그러면 좌우 양단간 우리 주인의 의견을 들어봅시다"
하고 텁석부리는 금성을 바라보았다. 금성은 초조한 듯이 여럿의 공론이 끝나기를 기다리고 있다가 입을 열었다.
"글쎄, 그 연놈을 꼭 잡아가지고 수죄를 한 다음에 그 석수장이란 놈은 제 고장으로 쫓아버리고 주만은 동여다가 나를 갖다 맡기시오."
"옳소, 옳소, 주인의 말이 옳소, 년일랑 주인을 갖다 맡깁시다. 자기야 구워먹든지 삶아먹든지 그렇게 골똘히 못 잊겠거든 장가를 들든지. 그러면 또 혼인술이 걸릴 것 아닌가베, 헤헤"
하고 누가 웃는다.
그들이 그 긴 공론을 마치고 더러는 말을 타고 더러는 걸어서 불국사를 향한 때는 벌써 밤이 이슥한 때였다.

105

금성의 일행은 거칠 것 없이 불국사에 지쳐 들어갈 수 있었다.

문 어귀에서 문지기와 잠깐 힐난이 있었으나 금지 금시중댁 공자 한림학사 금성의 행차란 바람에 그 육중한 대문도 쉽사리 열려진 것이다.

고두쇠가 앞장을 서서 우둥우둥 석가탑 가까이 오자 돌 쪼는 소리가 자지러지게 일어났다.

모든 기척이 끊어진 캄캄한 아닌 밤중에 비오듯 일어나는 그 소리는 어쩐지 신비롭고 거룩한 가락을 띠어 지쳐 들어가는 자들의 발길을 멈추게 하였다.

"이렇게 캄캄한데 어떻게 일을 할까."

코벌룸이가 소리를 죽이며 감탄하였다.

"돌 쪼는 소리가 나는 것을 보면 놈이 있기는 적실히 있는 모양일세그려."

샛바람이 중얼거렸다.

"그야 여부없습지요."

고두쇠가 제 염탐이 고대로 들어맞은 것을 자랑삼아 말하였다.

여럿은 슬근슬근 탑 그늘로 모여들어 전후좌우로 빙 돌아서 에워싸고 칼들을 쑥쑥 뽑아 들었다.

샛바람이 선뜩 사다리에 올라 탑 안으로 뛰어들며 서리 같은 칼날을 휘둘러 한 번 엄포를 보이고,

"연놈 이리 나오너라."

벽력같이 소리를 질렀다. 그 소리를 메아리 받듯 밑에서도,

"연놈 이리 나오너라."

소리 소리 질렀다.

돌 쪼는 소리가 뚝 그치었다.

샛바람은 어느 틈에 아사달의 멱살을 잡아 낚아채며,

"이놈, 년은 어떻게 하였느냐?"

물었으나, 저편에서는 아무 대꾸가 없었다.

"이놈, 왜 말이 없느냐. 년을 어디다가 숨겨두었느냐. 바른대로 아뢰어라. 만일 그렇지 않으면 한 칼에 네 목은 달아나고 말 것이다."

"……."

역시 아사달은 아무 대꾸가 없었다.

"년이 없다니!"

금성이가 실망한 듯이 중얼거리고,

"이놈 고두쇠야, 주만이가 가는 것을 네가 적실히 보았다지?"

"녜, 녜, 가는 것을 여부없이 보았는뎁시오."

"그런데 없다니 웬 말이냐?"

"글쎄올시다, 거기 어디 숨었겠습지요."

"그러면 관솔불을 다려라."

고두쇠는 준비하였던 관솔을 켜들고 사다리를 올라왔다. 좁은 탑 속은 대번에 환하게 밝아졌다.

아사달은 잔뜩 멱살을 추켜잡힌 채 검다 쓰다 말이 없고 주만의 그림자는 보이지 아니하였다.

"허, 이게 웬일일까. 그 아가씨가 가는 것을 분명히 보았

는데.”

고두쇠는 눈을 두리번두리번하며 탑 안을 살펴보다가 머리를 긁적긁적하였다.

“좌우간 그놈을 이리로 끌어내립시다.”

밑에서 누가 제의를 한다.

“그놈을 이리로 끄집어 내리어 참바로 친친 동여매 놓고 구슬아긴가 뭔가 어디 있는 것을 문초를 해봅시다.”

“이놈, 이리 내려가자”

하며 샛바람이 잡아끌매 아사달은 선선히 사다리를 타고 내려왔다.

“이놈, 구슬아기를 어떻게 하였느냐?”

내려서는 아사달을 중심으로 여럿은 우 몰려서고, 금성이 쓱 나서면서 문초의 첫 화살을 던지었다.

아사달은 묵묵히 말이 없다.

“이놈이 갑자기 벙어리가 되었단 말인가. 왜 말을 못 해.”

이번에는 곰보가 한 마디 하고 술이 취해서 허둥허둥하는 다리로 아사달을 걷어찼다.

“이놈, 이놈, 바른대로 말을 못 해?”

여럿은 제각기 한 마디씩 하고 이 뺨 저 뺨을 갈기고 쥐어질렀다.

아사달의 코와 입에서 피가 흘러내렸건만 그는 닦으려 하지도 않고 그린 듯이 서 있을 뿐.

“그놈이 여간 고집통이가 아닌 모양일세그려. 자, 참바로 동여매고 욱대겨 봅시다. 그래 제놈이 말을 않고 배기나.”

코벌룸이 말에 여럿은 모두들 찬성을 하고 고두쇠를 시켜 손과 팔과 두 발목까지 한데 동여놓으니 아사달은 저절로 그 자리에 나동그라지고 말았다.

"이놈, 이래도 말을 못 할까?"

샛바람은 탑에서 내려와서 아사달을 걸타고 앉아서 두 손으로 아사달의 목을 냅다 눌렀다.

그때였다.

"웬 놈들이냐. 여러 놈이 한 사람을 치고 때리는 것은 무슨 까닭이냐?"

난데없는 호통이 그들의 머리 위에 떨어졌다.

이 난데없는 호통에 여럿은 아사달을 비끄러매고 때리고 차던 것을 그치고 소리 나는 곳을 바라보았다.

관솔불 빛이 거물거물하는 저편에 두 그림자가 뚜렷이 나타나 보였다.

처음에는 그 우렁찬 호통에 벼락이나 떨어진 듯 깜짝 놀라 사시나무 떨듯 경풍들을 하였으나 저편이 단둘밖에 안 되는 것을 넘보고 텁석부리가 이 별안간 나타난 방해자들을 향해 한 걸음 내달으며,

"너희놈들은 웬 놈들이냐. 우리는 까닭이 있어 이 석수장이를 문초하거니와 만일 우리 일에 헤살을 놓으면 너희놈들도 용서를 않을 테다."

"이놈들아, 문초할 말이 있으면 조용조용히 물어볼 것이지 열 놈이나 달겨들어 한 사람을 동여매놓고 무수난타를 하

다니 그런 더러운 행동이 어디 있단 말이냐. 아무리 법은 멀고 주먹은 가깝다는 세상이기로."

저편의 말씨도 갈수록 우락부락해갔다.

"우리야 이 석수장이를 뜯어 먹든지 삶아 먹든지 너희놈에게 무슨 계관이 있단 말이냐."

뒤에 섰던 그림자가 앞으로 나서며,

"이 석수로 말하면 멀리서 오신 손님, 이 땅의 절을 위해서 탑 둘을 쌓느라고 심혈을 뿌리는 갸륵한 사람, 내가 안 보았으면 모르지만 내가 본 다음에야 이 앞으론 이 사람에게 손가락 하나 다치지 못하게 할 터이다. 빨리 맨 것을 끌러놓고 너희들은 냉큼 물러가라."

"원 별 우스꽝스러운 소리도 다 들어보겠고나. 네 말을 듣고 물러설 우리인 줄 아느냐? 너희나 목숨이 아까웁거든 어서 쥐구멍이나 찾아라."

"어쩐지 오늘 내가 칼을 쓰고 싶더니 너희들의 더러운 피를 묻히게 되는가부다"
하고 그림자 하나가 천천히 칼을 뽑으려 할 제 또 다른 그림자 하나가 앞을 가리어 서며,

"서방님께서는 잠깐만 진정을 하십시오. 저따위 놈들은 제 혼잣손으로도 넉넉히 처치를 해버릴 테니까요."

두 그림자는 하나는 경신이요, 하나는 용돌이었다. 오래간만에 만난 두 동지는 그칠 줄 모르는 서회에 밤이 이슥하도록 수작을 주고받다가 경신이가 돌 쪼는 소리를 듣고 캄캄한 밤에도 일을 한다는 그 신통한 재주를 구경하고자 둘이 나왔던 길이었다.

용돌이가 칼을 뽑아드는 것을 보고 텁석부리도,

"야 이놈 봐라. 내가 누군 줄 알고 덤비느냐?"

하고 같이 칼을 뽑아들고 대들었다.

그러나 두 칼이 몇 번 어우러지지 않아 텁석부리는 도저히 용돌의 적이 아니었다. 한 걸음 두 걸음 자꾸 뒤로 물러서며 쫓기기 시작한다.

제 편의 형세가 불리한 것을 보자 여럿은 아사달을 내버리고 우 몰려들었다.

어지러운 칼날은 어두운 밤빛을 누비질하며 한데 부딪쳐 불꽃을 날리며 쟁그렁쟁그렁 귀가 가려운 소리를 내었다.

"인명일랑 다치지 말게."

경신은 용돌을 주의시키며 차차 그 능란한 칼솜씨를 내어놓았다. 여럿은 두 사람에게 쫓기어 자꾸 뒷걸음질만 치게 될 때 세찬 경신의 칼끝은 선뜩선뜩 지나가며 더러는 귀가 떨어지고 더러는 칼든 손가락이 잘라졌다.

"에쿠, 에쿠."

비명을 치며 칼을 떨어뜨리고 달아나기 시작하였다.

뿔뿔이 다들 헤어져 달아나고 맨 마지막으로 금성과 고두쇠가 남았다. 제 주인의 위기가 각각으로 닥쳐오는 것을 보고, 고두쇠는 마지막 수단으로 목소리를 가다듬어,

"이 어른을 다치면 정말 너희들은 생명을 보존하지 못하리라. 이 어른이 누구인 줄 아느냐. 금지 금시중 댁 공자 한림학사 금성이시다."

"응, 바루 금지의 아들이냐. 이놈 참 잘 만났다. 이놈 듣거라. 네 아비는 나라를 좀먹게 하고 너는 무뢰한을 끌고 다니

면서 외로운 나그네를 엄습하니 네놈의 죄는 절실가통이다. 네가 지금 당장 칼을 던지고 부복사죄하면이어니와 만일 그렇지 않으면 다른 놈들의 목숨은 붙여 주었거니와 네놈은 그대로 둘 수 없다. 짜른 목을 길게 늘이어 이 칼을 받으라."

경신의 호령은 산이 쩡쩡 울리었다.

"애구구."

막 제 목 위에 서리 같은 칼날이 떨어지려 할 제 금성은 칼을 집어던지고 그 자리에 그대로 주저앉으며 두 손을 어깨 위에 쳐들어 칼 받는 시늉을 하였다.

"세상에도 비겁한 녀석. 내 칼이 더러워질까보아 네 피를 묻히기 싫다마는 무슨 까닭으로 저 석수장이를 엄습하였느냐. 바른대로 아뢰어라. 만일 추호라도 기이면 네 목을 붙여 두지 않을 테다."

107

고두쇠는 제 주인의 명색을 내세우기만 하면 여간한 사람쯤이야 찔끔을 하고 칼을 거둘 줄 알았었다. 나는 새라도 한번 호령에 떨어뜨릴 만한 서슬이 푸른 금시중의 세도가 아니던가.

이렇게 당당한 세도객의 아드님이란 말을 듣고도 물러서기는커녕 더욱 치를 떨며 덤비는 이 난데없는 인물들이야말로 제 상전보다 더 무서운 양반이 아닐 수 없었다.

그 추상 같은 호령과 번개보다 더 빠른 칼 끝에 고두쇠의 혼은 반나마 허공에 뜨고 말았다. 선 그 자리에서 오금도 못 떼고 벌벌 떨었다.

"네 말을 듣자 하니 이놈 집 종놈일시 분명하고나. 냉큼 가서 저 석수의 매인 것을 끌러드려라."

경신은 금성의 머리 위에 칼을 빗기고 선 채 이번에는 고두쇠를 호령하였다.

"녜녜, 지당하신 분부올시다. 끌러드리고말곱시오."

"이놈, 잔말이 무슨 잔말이냐. 이른 말이나 어서 거행을 못 하고."

"녜, 녜."

고두쇠는 연거푸 대답을 하고 인제 제 목이 아니 떨어질 것을 알아차리고 천방지축으로 아사달의 곁에 가서 동여매인 것을 끄르기 부산하였다.

"금성이 듣거라. 너 무슨 원혐이 있관대 저 석수를 엄습하였느냐. 천리 타향에 외로운 나그네를 보호는 못 할지언정 깊은 밤에 십여 명씩 오마작대하여 그를 해치는 것은 무슨 까닭이냐?"

금성은 제 머리 위에 번쩍이는 칼날을 치어다보며 소태나 먹는 듯이 잔뜩 눈살을 찌푸린 채 말이 없었다.

"왜 말이 없느냐. 너도 적이 생각이 있는 놈 같으면 잘못된 일인 줄 모르느냐?"

금성은 무어라고 대꾸도 할 수 없고 무어라고 변명할 도리도 나서지 않았다. 다만 제가 끌고 온 '장안호걸'들이 원망스러웠다. 이날 이때까지 돈에 술에 밥에 흥껏 한껏 먹였거든 정작 자기가 위태한 경우를 당할 적에는 그대로 꽁무니를 빼고 말다니, 금성은 마음 속으로 발을 동동 굴렀으나 아무런 쓸데가 없었다. 주만과 아사달을 꼭 잡으려 한 노릇이 제가 도로 잡히고 말 줄이야.

"이놈이 벙어리가 되었느냐. 왜 말을 못 할꼬."

"잘못되었습니다. 그저 살려만 줍시사."

마침내 금성은 비두발괄하고 말았다.

"허허. 나는 금지의 아들이라기에 그래도 그 못된 가시라도 센 줄 알았더니 이런 겁쟁이인 줄 몰랐고나. 오냐 살려주마. 너 같은 인생을 죽인들 무슨 소용이 있겠느냐, 허허."

경신은 한번 껄껄 웃고 나서 빼어들었던 칼을 칼집에 꽂았다.

칼을 꽂는 것을 보고 다 죽게 된 금성은 조금 피어났으나 너무 놀란 것이 아직 가라앉지 못하고 새삼스럽게 부들부들 떤다.

고두쇠는 아사달을 끌러주느라고 한창 곱이 끼었다.

경신과 용돌은 금성을 내어버리고 아사달과 고두쇠의 앞으로 왔다.

"이놈, 어째 입때도 다 끄르지 못했느냐?"

용돌이가 허전거리는 고두쇠의 손길을 디밀다보며 재촉하였다.

"매듭이 너무 단단히 매어져서 얼른 끌러지지를 않사와요."

"이놈 무슨 소리냐. 이리 비켜나서 관솔불이나 다려라."

"네, 네"

하고 고두쇠가 굽실거리는 허리를 채 펴지도 못하고 관솔불을 잡히고 있는데 용돌은 동여매인 이에게 달겨들어 칼을 넣어 밧줄을 동강동강 끊어 버렸다.

“어 몹쓸 놈들, 단단히도 동여매었군.”

경신은 제 수건으로 아사달의 입과 코에 묻은 피를 닦아주고 나서,

“자 일어서 보오. 어디 다른 데 다친 데나 없나.”

아사달은 경신의 말을 따라 일어서기는 하였으나 웬 영문인지 알 수가 없었다.

“어디 좀 걸어보시오. 절리는 데나 없으신가.”

경신은 비호같이 날뛰던 때와는 아주 딴판으로 여간 자상하지 않았다.

아사달은 몇 걸음 걸어보고,

“다친 데는 별로 없는 것 같습니다.”

“어, 뜻밖에 큰 봉변이오”

하고 저만큼 엉거주춤하고 서 있는 금성을 돌아보며,

“금성아, 이리 와서 이분께도 잘못했다는 사과 말씀을 드려야 될 것 아니냐?”

금성이가 채 오기 전에 고두쇠가 아사달의 앞에 넙쭉 엎드리며,

“그저 죽을 때라 잘못하였습니다. 천만 용서하옵시기 바라옵니다.”

“옳지 그래, 금성이 너도 네 종의 뽄을 받아 엎드려 빌어라.”

“그저 소인이 서방님 몫까지 한꺼번에 사과를 올립니다.”

“안 된다, 안 돼. 염불도 몫몫이란다, 허허.”

경신이가 미처 말하기 전에 용돌이가 가로채고 나섰다.

금성은 할수없이 아사달의 앞에 꿇어엎드리고야 말았다.

108

"그만하면 되었다. 인제 일어나라. 너도 소위 행세한다는 집 자식으로 이게 무슨 꼴이란 말이냐. 앞으로는 행신을 조심하렷다."

경신은 아사달의 앞에 코가 땅에 닿도록 꿇어엎드린 채 얼핏 일어나지도 못하는 금성을 준절히 타일렀다.

금성은 명령대로 부시시 일어는 났으나 오도가도 못하고 그 자리에 박힌 듯이 서 있어 또 무슨 처분이 내리기를 기다리는 것 같다.

경신은 용돌을 돌아보며,

"인제 가세. 신신치도 않은 일에 잠만 밑졌네그려, 허허"

하고 아무 일도 없었던 것처럼 휘적휘적 걸어간다.

"서방님 서방님."

용돌은 떡 버티고 서서 금성의 주종을 노려보고 움직이지 않으며 경신을 불렀다.

그의 손에는 아까 아사달의 매인 것을 끊어주던 칼이 아직도 시퍼렇게 번쩍였다.

"이놈들을 그대로 내버리고 갈 수 없습니다. 저 석수 아사달을 엄습할 때에는 반드시 무슨 곡절이 있을 터인데 그 곡절을 들어봐야 될 것 아닙니까?"

경신은 몇 걸음 걸어가다가 다시 걸음을 멈추고,

"미상불 그것이 궁금은 하네마는 저희가 말을 하지 않는데 굳이 들을 필요가 있을까. 저희들도 사람인 다음에야 다시는 이런 행투는 못 부릴 것이니."

"서방님 말씀이 너그러우시기는 합니다마는 저것들을 보통 사람으로 대접은 할 수 없는 일입니다. 이번 일에 무슨 앙심을 어떻게 먹고 또 저 고단한 석수를 괴롭게 할지 모르는 일이 아닙니까."

"글쎄 자네 말도 그럴 듯하네마는……."

"그러니 이놈들에게 아사달을 엿보는 곡절을 알아두어야 앞일을 헤아리기도 얼마쯤 도움이 될 것 아닙니까."

"그는 그래"

하고 경신은 다시 금성과 고두쇠의 앞으로 걸어왔다.

경신이 용돌을 보고 돌아가자는 말을 듣자 금성의 주종은 다시 살아난 듯이 안심의 숨길을 돌리었다가 형세가 다시 변해지는 것을 보고 진작 틈을 타서 달아나지 못한 것을 뉘우쳤다. 기실 용돌이가 칼을 거두지 않았으니 달아나려 달아날 수도 없었지만.

"이놈 금성이 듣거라. 너도 지금 내 말을 들어 알았겠지만 너희들이 이 아사달을 습격한 곡절을 알리지 않으면 너희들을 돌려보낼 수 없다. 무슨 까닭이냐. 빨리 일러라."

"녜, 저어……"

하고 금성은 어물어물하였다.

용돌은 칼을 한 번 휘두르고 한 걸음 금성의 주종 앞으로 내달으며,

"바른대로 알려야 망정이지 만일 그렇지 않으면 두 놈의 머리를 한칼에 베어 후환을 없앨 터이다."

"애구구."

금성과 고두쇠는 일시에 비명을 치고 두 팔로 제각기 제

머리를 얼싸안았다.

"빨리 아뢰어라."

용돌의 호령은 갈수록 날카로웠다.

"네, 아뢰겠습니다. 소인이 아는 대로 아뢰겠습니다"
하고 고두쇠가 금성을 보고 눈을 껌쩍껌쩍하며 수작을 건네었다. 제 주인에게 말을 할까 말까 의향을 물어보는 모양이었다. 금성은 되는대로 되라는 듯이 고개를 끄덕여 보이었다.

"그래도 어서 아뢰지를 못하고."

용돌은 또 한 걸음 다가섰다.

"네 네, 아뢰고말곱시오…… 저어, 아가씨 한 분이 계시온데……."

아가씨란 의외의 고두쇠의 말에 용돌의 눈은 호기심에 번쩍였다.

"아가씨 한 분? 그래 아가씨가 어떡했단 말이냐?"

"그 아가씨로 말씀하오면 곧 저의 소인 댁 서방님과 혼인 말이 있사온 아가씨온데……."

"그래서, 그래서."

용돌은 입에 침이 없이 재쳤다.

"그러하온데 그 아가씨께서 자주 이 불국사엘 오신단 말씀입시오……."

"그래서, 그래서."

"그래서, 저 석수가 지금 짓고 있는 석가탑에 출입이 잦으시단 말씀입시오. 오늘 밤만 해도 그 아가씨께서 적실히 저 석가탑 속에 계신 줄 아옵고 저희들이 우 몰려온 것이랍니다."

"그러면 그 아가씨란 이는 어디로 갔느냐?"

"그러하온데 그게 이상야릇한 일이란 말씀입시오. 분명히 계신 줄 알았는데 정작 와보니까 계시지를 않단 말씀입시오. 이런 기막힐 일이 또 어디 있겠습니까?"

"그래 그 아가씨의 이름은 누구란 말이냐?"

용돌은 부리나케 물었다.

"그러면 계집 싸움이던가?"

경신은 시덥지않게 중얼거렸다.

109

금성 일파가 밤을 타서 아사달을 습격하였다가 경신과 용돌에게 혼뗌을 하고 쫓겨간 사단은 불국사 승려들 사이에 둘도 없는 화젯거리가 된 것은 물론이거니와, 순식간에 온 서라벌에 쫘아하고 퍼졌으나 그 진상이 올곧게 전해질 까닭은 없었다. 워낙 어두운 밤에 생긴 일이라 목도한 사람도 드물었거니와 직접 당사자로도 제가 관계한 어느 대목만 알았지 머리에서 끝까지 사단 전체를 샅샅이 아는 이는 하나도 없었기 때문이다.

그러므로 사단은 같은 날 같은 시각 같은 자리에서 일어났으되 전하는 사람을 따라 가지각색으로 변형이 되고 윤색되어 마치 수없는 사단이 일시에 일어난 것 같기도 하였다.

우선 사단이 일어난 본바닥인 불국사 중들의 수군숙덕거

리는 수작도 가지각색이었다.

"음충맞은 아사달놈이 어떤 유부녀를 꾀어내어 석가탑 속에서 끼고 자빠졌다가 그 본사내한테 꼭 들켰대. 그래 경을 파다발같이 쳤다네."

"딴은 무슨 그런 꿍꿍이속이 있기에 3년을 나려두고 탑을 짓노라 합시고 눌러붙어 있었겠지."

"그래, 그럴 듯도 한 일이야. 그놈이 낮에는 일을 않고 밤에만 일을 한다는 것이 벌써 수상쩍은 일이 아닌가베."

"그래, 그러면 그놈은 대관절 어떻게 되었나. 그 계집의 본사내 손에 맞아 죽었겠지."

"그야 여부없을 것 아닌가. 그 본사내란 것이 한다하는 대갓집 아들로 어제 밤만 해도 수십 명 구종을 거느리고 와서 요정을 내었다는데."

"그래, 아사달이가 죽었단 말인가?"

"그러면 죽지 않고."

"그러면 송장은 어떻게 했단 말인가?"

"원 그 사람은, 죽은 송장 어떻게 처치한 걸 누가 다 안단 말인가. 연못에 띄워 버렸든지 불에 태워 버렸든지. 그까짓 것 하나 처치를 못 할 위인들이 아닌 밤중에 들이쳤겠나?"

이 축은 명색만 중이지 절 안 컷속을 도무지 모르고 까닭 없이 아사달을 미워하는 위인들의 수작이다.

"아사달이 죽기는 왜 죽어. 눈이 등잔같이 살아 있다네. 지금이라도 제 처소를 가보게나. 아침 공양상을 받고 앉았을 테니."

이번 말참여에 뛰어든 위인은 또래는 같은 또래일망정 턱

없이 아사달을 추앙하는 터이리라.

"그러면 아사달이 죽지 않았단 말인가? 제 혼잣손에 어떻게 수십 명을 대적해 내었단 말인가?"

"그게 법술이란 말이거든. 그 사람이 탑 짓는 것을 보게. 여간 재주를 가지고야 그런 대공을 맡아볼 생의나 내겠나. 그이야말로 이만저만한 신통력을 가진 분이 아니란 말이어."

"허, 그래 자네는 그 사람이 신통력 부리는 걸 보았단 말인가?"

"그럼 보지 않고. 여러 놈들이 서리 같은 칼을 들고 덤비는데 그분은 조그마한 마치 하나를 가지고 이리 막고 저리 치는 바람에 몰려오는 군정들이 추풍낙엽처럼 우수수 떨어졌단 말이어."

"무엇이 우수수 떨어졌단 말인가?"

"무엇이 뭐야, 무엇이 뭐야……."

아사달을 너무 추어올리다가 제 허풍이 너무 지나쳐서 필경 말문이 막히고 말았다.

"이런 허풍쟁이는 생후 처음 보겠네. 그래 우수수 떨어진 게 뭐란 말인가. 사람의 머리가 떨어졌다면 피라도 흘렸을 것 아닌가, 에끼, 허허."

말막음은 필경 웃음으로 터지고 풍쟁이는 멀쑥해졌다. 정말 그 날 밤 광경을 먼 빛으로 본 중 하나를 둘러싸고 앉은 또 다른 한 축.

"그런 게 아니라네. 보기는 내가 적실히 보았다네."

"뭐, 자네가 보았다? 자네 같은 잠충이가 그때가 어느 때인데 잠 안 자고 보았단 말인가?"

"아닐세. 보기는 내가 정말 보았네. 마침 잠이 깨어서 염불을 모시고 있노라니 석가탑 근처에서 수선수선 인기척이 나기에 슬슬 올라가 보았더니 서리 같은 칼들을 빼들고 '연놈 바삐 나오라' 고 소리들을 질르지 않겠나."

"연놈 바삐 나오라고? 옳지 옳아, 그래서."

"거물거물 관솔빛이 비취는데 아사달을 붙들어 나리우는 것까지 보았는데 어디선지 난데없는 호통이 일어나며 웬 신장 두 분이 나타난단 말이야."

"신장이?"

"그럼, 신장이 아니고야 단둘이서 어떻게 그 여럿을 해낸단 말인가. 두 신장이 칼을 휘두르는 바람에 여럿은 혼비백산이 되어 쥐구멍을 찾고 다 달아나 버렸다네. 신장의 칼이 아니고는 목도 여러 개 떨어졌을 터인데 사람은 상하지 않고 뭇놈을 쫓아버린 것만 보아도 알조 아닌가?"

"딴은 그렇기도 한데."

"그 탑 밑에 보물이 여간 많이 들었나. 신장이 아니라 부처님이 신통력을 부리신 게지."

"그게 신장이 아니라 금강역사라는 거야."

"아무튼 이상한 노릇이야."

실상인즉 그 야단통에 한둘 깨어 나와본 중이 없지도 않았으나 칼날이 번쩍거리는 바람에 무서워서 가까이는 못 오고 먼 발치에서나마 구경이라도 한 축은 그래도 대담한 편이고 대개는 그대로 제 방구석에 달아들어가서 숨도 크게 쉬지 못하였다. 윗도리중은 밤이면은 대개 제 사삿처소로 달아나고 절에 있기가 쉽지 않았다.

이러나저러나 그 뒤부터는 절문 단속이 엄해지고 드나드는 잡인을 사실(査實)하게 되었다. 더구나 아사달을 찾아왔다는 사람을 절금하게 되었다.

그 사흘 되던 날 저녁때쯤 되어 웬 여자 거지 하나가 절문 앞에 나타났다.

110

그 여자 거지는 아픈 다리를 질질 끌며 절문 앞까지는 가까스로 왔으나 다시는 댓자국도 더 옮길 수 없다는 듯이 대문 기둥을 부여잡고 간신히 몸을 의지하였다.

켜켜이 앉은 때와 흙물이 군데군데 묻고 짚수세미가 다 된 옷으로 보아 땅바닥에나 아무데나 문자 그대로 풍찬노숙한 것을 대번에 짐작할 수가 있었으나 벌의 집같이 흩어질 대로 흩어진 머리, 때가 줄줄이 붙은 뺨을 보면 홑으로 거지만도 아니요, 미친 여자 같기도 하였다. 그렇다면 결곡하게 생긴 그 얼굴 모양과 맑고도 다정스러운 눈매에 어디인지 기품이 있어 보이는 것이 수수께끼였다.

몇 해를 문을 지키어 열인을 많이 한 탓에 웬만한 사람이면 한번 보아 그 지위와 인금까지 알아맞춘다는 문지기로도 이 여자 거지만은 대중이 나서지 않았다.

문지기는 이윽히 그 여자 거지를 치훑고 내리훑어 보다가,

"무슨 일로 이 절을 찾아왔소?"

하고 물었다. 웬만 하면 떨어지게 해라를 붙이고 호령호령해

서 쫓아버릴 것이로되, 어쩐지 이 여자 거지에게는 함부로 못 할 인품이 있어 보였던 것이다.

"여기가 분명 불국사입지요?"

말 한 마디 대답에도 지쳤다는 듯이 기신이 없었으나 그 목소리는 카랑카랑하면서도 부드러웠다.

"그렇소. 여기가 서라벌 제일 대찰 불국사가 분명하오."

"네, 여기가 분명 불국사……"

하고 그 여자 거지는 반색을 하며 호 한숨을 내쉬었다.

애를애를 쓰다가 마침내 목적지에 득달한 안심의 숨길을 내뿜은 것 같다. 그러고 또 한 마디,

"그러면 옳게 찾아왔구먼"

하고 스스로 중얼거렸다.

문지기는 더욱 수상해하며,

"아주먼네는 어디서 오는 길이오?"

"부여에서 온답니다."

"부여에서! 먼 길을 오셨군. 무슨 소관이 있어 불국사를 찾으시오?"

그 여자 거지는 고개를 숙여 무엇을 생각하는 듯 잠깐 망설이다가,

"이 절에 부여에서 온 석수가 있습지요? 아사달이라고."

그 여자 거지는 아사달이란 이름을 입길에 올리는 순간 살짝 얼굴을 붉히었다.

"있지요. 석가탑을 맡아 짓는 석수 말이오?"

"그 어른을 뵈려고 온 길입니다."

엊그저께 밤에 아사달로 말미암아 심상치 않는 야료가 절

안에 일어나서 그 때문에 잡인을 금하게 되고 밤중에 함부로 사람을 들이었다고 주지와 주장으로부터 톡톡히 꾸중도 듣고 혼도 났던 판이라 문지기는 아사달이라는 이름만 들어도 심사가 와락 났다.

"그 사람은 무엇 때문에 보자는 거요?"

하고 문지기는 오랫동안 출입하는 사람을 적간하는 사이에 사나워진 눈알을 굴려 그 여자 거지를 노려보며, 말씨까지 까슬까슬해졌다.

"그 어른이 제 남편예요. 그 어른을 뵈오랴고 그 먼 길을 걸어왔답니다."

그 여자 거지는 문지기의 태도가 별안간 변해지는 것을 보고 바른대로 쏘며 자기의 사정까지 약간 내비추었다.

"안 되오. 그 석수는 지금 볼 수 없소. 여기가 어딘 줄 알고 찾아왔담. 절간에 아무 여편네나 함부로 들이는 줄 아나 봐."

그 여자 거지는 가슴이 덜컥 내려앉은 듯 물끄러미 성난 문지기의 얼굴을 바라보다가,

"그러면 저는 여자의 더러운 몸이라 이 절문을 들어서지는 못할망정 그 아사달님께 잠깐 나오시라면 어떠하실지."

"그것도 안 되오. 그 사람은 3년을 끌고도 아직도 마칠 일을 마쳐놓지도 못했는데 그런 막중대공을 맡은 몸으로 한만히 제 계집을 만나보다니 될 뻔이나 한 일인가, 원"

하고 문지기는 볼멘소리로 뇌까리었다.

"원 문지기 20년에 별꼴을 다 보거든. 그 더러운 옷을 입고 얼굴도 몇달 몇날을 안 씻은 계집이 내 서방 찾아왔네 합

시고 절 문간에 발목을 들여놓다니. 참 말세가 되어놓으니 별별 더러운 꼴을 다 본단 말이거든."

문기둥에 붙어 섰던 그 여자 거지는 별안간 벼락이 뒷덜미를 내리짚은 듯 그대로 미끄러져 땅바닥에 주저앉고 말았다.

"그러면 이 일을 어떡하면 좋아요?"

이윽고 그 여자 거지는 가까스로 진정을 하는 듯하더니 부들부들 떨리는 입술로 또 한 마디를 속살거렸다.

"어떡하면 좋을 걸 내가 어떻게 아랑곳한단 말인가, 원."

문지기는 갈수록 몰풍스러웠다.

그 여자 거지야말로 묻지 않아 아사녀였다.

111

아사녀는 사자수 푸른 물결에 몸을 던지려는 순간 아사달의 이름을 부르짖고 나선 길에 서라벌을 향하였다.

남편이 있는 동쪽 서울을 멀리 바라보고 첫발짝을 내디딜 때 지금까지의 절망과 번민은 가뭇없이 사라지고 감격과 희망에 그의 마음은 뛰었다. 노자 한 푼 없는 외로운 여자의 홀홀단신으로 천 리 안팎 머나먼 길을 어떻게 갈 것인가 하는 근심과 걱정도 그의 불같은 희망을 흐리지 못하였다. 한 걸음 두 걸음 남편 있는 곳이 가까워온다는 것만 어떻게 신통하고 고마운지 몰랐다.

하루 밤 하루 낮을 그는 꼬바기 걸었다. 한 걸음이라도 빨리 걷는 것이 남편 만날 때를 다가주는 것임을 생각하면 좀

이 쏠아서도 한만히 쉴 수도 없거니와, 팽개 일파가 자기 뒤를 쫓아오는지도 모른다. 만일 머뭇머뭇하다가 그들에게 붙잡히는 날이면 또 무슨 욕을 어떻게 당할지 알 수 없는 일이 아닌가.

가자, 가자, 어서 가자. 서라벌로 어서 가자! 불국사로 어서 가자!

그는 염불이나 외우듯 하루에도 몇백 번 몇천 번을 '서라벌' '불국사' 하고 속으로 외우고 또 외우며 아픈 다리를 채찍질하였다. 그러나 사흘, 나흘 지나갈수록 젊은 여자의 먼 길 걷기란 죽기보다 더 어려운 줄 절절이 느끼었다.

갖은 슬픔과 번민과 근심에 부대끼고 쪼들리고 마지막엔 병에까지 지친 몸이라, 아픈 다리도 다리요 부르튼 발도 발이려니와 첫째 기운을 차릴 수가 없었다. 한 발을 옮기다가 쓰러지고 두 발을 떼어놓다가 고꾸라졌다.

반나절 한나절 넘어진 채로 갱신을 못 하기도 한두 번이 아니었다. 그래도 까무러쳐가는 기운을 모진 마음으로 얼마든지 불러일으킬 수 있었다. 지닌 것이 없으매 어엿한 주막은 못 들 값에 노자없는 것은 그의 처음 요량보다는 오히려 큰 고통이 아니었다. 물 한 모금 밥 한 술이면 더 바라는 것이 없는 탓도 탓이려니와, 처음에는 입 떼기가 어려웠을망정 요기할 거리를 얻기는 그렇게 힘들지 아니하였다.

먹는 것보다도 더 어려운 것은 잠자리였다. 여자이기 때문에 안으로 들어서서 하룻밤 쉬어가기를 청하면 더러는 몰인정하게 거절하는 집도 없지 않았으되, 세 집 중에 한 집은 선선히 승낙을 해주기는 해주었다.

"젊으나 젊은 이가 어떻게 홀몸으로 길을 떠났소? 아무리 남편이 보고 싶기로 어떻게 그 먼 길을 간단 말이오."

늙은 아낙네 중에는 그의 사정을 들어보고 측은한 눈물을 떨어뜨리며 반찬 있는 밥을 주고 일부러 자는 방에 불까지 더 지펴주는 이도 있었다. 겨우 7월달로 접어들었으니 추울 철도 아니지만 노독을 푸는 데는 더운 방이 반갑지 않음이 아니었다.

그러나 이런 친절이 값없을 때가 많지를 않았다.

전신만신이 바수어내는 듯하여 채 깊은 잠은 이루지 못하고 어릿어릿하게 눈이 감길락말락 할 적에 찌걱하고 방문 여는 소리가 들리었다. 언뜻 눈을 떠보면 사내의 그림자가 나타나기가 일쑤였다.

악을 쓰고, 달아나고…….

팽개와 작지는 부여에만 있는 것이 아니었다.

젊고 어여쁜 여자의 살점을 노리는 아귀의 떼는 어디든지 우글우글 끓었다. 그 지긋지긋한 놀람과 고통은 끝끝내 그를 쫓아다니었다.

아사녀는 인제 밤이 되어도 인가에 찾아들지 않았다. 밤은 커녕 해가 어둑만 해져도 산모퉁이로만 길을 접어들어야만 한다.

산등 벗겨진 황토흙 바닥이나, 운수가 좋아야 포근포근한 잔디밭을 얻어 하룻밤을 밝히게 되었다.

호랑이나 이리 떼보다도 사람이 몇 곱절 더 무서웠던 것이다.

그러니 가뜩이 때묻은 단벌옷이 이슬에 젖고 풀물이 들어서 갈데없는 상거지가 되고 말았다.

가다 오다 맑은 시내를 만나도 손으로 움켜 한 모금 해갈은 할지언정 결코 손등도 씻지 않았다. 더구나 얼굴에는 물 한 추기를 올려보지도 않았다. 될 수 있는 대로 얼굴을 보기 싫도록 흉하도록 하는 것이 이 흉측한 아귀 떼의 눈을 피하기에 가장 좋은 방법인 줄 터득한 것이다.

머리가 아무리 흩어지고 가려워도 손을 대지 않았다. 머리만 반지르르해도 그들의 눈에 띄일까보아 두려웠던 것이다.

그러고 보니 저절로 미친년 꼴이 되었다.

이러구러 하루에 10리 20리도 걷고 어떤 날은 4, 50리도 해내어 불국사까지에 달포가 걸리었다.

112

세상없어도 남편을 만나고야 말겠다는 외곬의 마음이 하마하마 끊어질 듯한 목숨을 이끌고 근근 득달한 불국사가 아니었던가.

불국사, 불국사! 그는 몇 번이나 외우고 또 외웠던고. 그에게는 검님보다도 부처님보다도 더 거룩하고 반가운 이름이 아니었던가.

"여기가 분명 불국사요?"

하는 한 마디는 마치 영검스러운 주문과 같이 그의 이날 이때까지의 액운과 슬픔과 설움을 쫓아버리고 넘치는 기쁨과 영롱한 행복을 약속하는 말이 아니었던가?

이렇듯이 믿고 바랐던 이 문전에서 또 악착한 운명이 그를 기다릴 줄이야. 무참한 거절을 당할 줄이야.

아사녀는 하도 어안이벙벙하여 멍하니 허공만 바라보고 있노라니 그 문지기는 더욱 기고만장하게 호령하였다.

"아니 이건 무슨 떼거리를 쓰는 거야. 남의 절문 앞에 털석 주저앉아서. 냉큼 갈 데로 가지를 못하고."

"갈 데, 갈 데."

아사녀는 앵무새가 말 옮기듯 두어 번 곱씹다가,

"갈데가 없어요"

하고 고개를 살레살레 흔들어 보이었다.

"이건 제 갈 데 있고 없는 것을 뉘게 하소연이야. 냉큼 발모가지나 돌려 세우지 못해."

"……."

아사녀는 대꾸는커녕 대번에 눈물이 앞을 가리었다. 비록 귀하고 넉넉지는 못했을지언정 무남독녀 외동딸로 고이고이 자라 나서 입때껏 외간 남자에게 이런 욕설은 처음 듣기 때문이다.

"저더러 가랬지 누가 쥐어질렀단 말인가, 울기는 왜 쪽쪽 운단 말인고. 원, 신수가 사나우려니까"

하고 얼굴을 외우시고 돌아서서 뒤재침을 짚고 왔다갔다하는 것은 차마 그 우는 꼴까지는 보기 안된 탓이리라.

한번 쏟아진 눈물은 좀처럼 그칠 줄 몰랐다.

"원 저게 무슨 꼴이람. 젊으나 젊은 여편네가 왜 남의 절문전에서 말썽을 부리는 거야."

문지기는 말로는 빈정거려도 아사녀의 눈물만은 무서운지

가까이 오지는 않았다.

아사녀는 흑흑 느끼는 소리로,

"여봅시오, 여봅시오. 정 제가 들어가서 아사달님을 뵈올 수도 없고 또 아사달님이 저를 나와 보실 수도 없다면…… 그러하다면 저는…… 저는……."

말끝은 껄꺽거리는 울음에 막히고 말았다.

"그러하다면 어떡한단 말이오? 원 말을 해야 알 것 아니오."

문지기의 빗새는 말씨도 얼마쯤은 부드러워졌다. 아사달 미운 생각에, 그보다도 책망 들은 것이 분한 김에 얼음장같이 닫혀진 그의 가슴에도 실날 같은 동정심이 움직이지 않음이 아니었으나, 그렇다고 제 맡은 직책상 아사녀의 소청을 들어주자는 수도 없다.

'구슬아기 모양으로 은이나 몇 냥쯤 넌지시 집어준다면 마치 모르지만.'

문지기는 털이를 통하여 여러 번 주만으로부터 은과 돈을 받아먹은 것을 속으로 따져보고 슬쩍 아사녀의 차림차림을 또 한 번 훑어보았다.

꼴이 저 꼴이니 돈 한 푼 지니고 있을 성싶지도 않았다.

생기는 것 없고 말썽만 스러운 이런 손님은 어서 떼어버리는 게 상책이다. 이런 판에 슬쩍 저편의 비위를 맞춰주면 곧잘 말을 듣는 수도 있지만 선불리 사정을 보는 척했다가 저편에서 다시 돌아나리는 날엔 더욱 떼치기 어려운 위험이 있다.

아사녀의 느끼는 소리는 뒤를 이었다.

"정 그도 저도 못 하신다면 저는 죽는 수밖에 다시 두 수가 없어요.”

‘아차 큰일났고나. 이 계집에게는 조금치라도 사정을 보는 척하면 정말 죽는다고 발버둥을 치겠고나. 제야 무에라 하든 그대로 내버려둘걸. 괜히 말참견을 하였거든.’

문지기는 제 목소리 가운데 가장 몰풍스럽고 쌀쌀하고 엇먹는 소리를 골라내었다.

“죽는다, 어 참 무서운데. 죽거나 뒤지거나 할 대로 하지. 누가 말릴 줄 아는 거야. 죽어 저승에 가서 혼이나 서방을 찾아다니지.”

과연 이 말은 영절스럽게 효과가 나타났다. 첫째로 그 여자 거지의 몸이 찬물을 끼얹은 듯이 부들부들 떨렸다. 그 맑은 눈동자에는 금시로 눈물이 마른 듯 반짝하고 반딧불이 이는 듯하였다.

그러나 문기둥을 부여잡고 비슬비슬 일어선다.

‘옳거니, 그러면 그렇지. 내님의 호통에 아니 쫓겨갈 장사가 있나. 인제는 저도 할 수 없는 줄 알고 돌아서려나부다.’

속으로 생각하고 문지기는 더욱 기가 나서,

“원 누가 죽는다면 설설 길 줄 아는 거야? 그까짓 목숨이 열이 없어진들 내게 하상대사냐 말이야”

하고 눈을 될 수 있는 대로 크게 부릅떠서 아사녀를 부라리었다.

아사녀는 하도 억색하여 제 흉중에 먹은 대로 바로 쏘아본 것이 이대도록 이 문지기를 노엽게 할 줄은 꿈에도 몰랐다.

113

아무리 사나운 언사와 표독한 태도로 으르딱딱거리고 훌뿌려도 그대로 물러설래야 물러설 수 없는 아사녀의 처지였다.

가까스로 몸을 가누고 일어선 아사녀는 조용히 눈을 들어 날뛰는 문지기를 바라보았다.

"여보세요. 제가 죽드래도 여기서는 죽지 않을 테니 그런 염려는 놓으시고……."

"바루 그렇다면 몰라도."

문지기는 퉁명스럽게 한 마디 티를 넣었으나 고개는 역시 뒤로 잔뜩 젖혔다. 자기를 쏘아오는 그 맥맥한 눈길을 마주 보기 어려웠던 것이다.

"그런 염렬랑 마시고 제 청 하나만 들어주십시오."

"그건 또 무슨 청이란 말이오."

문지기는 얼굴을 외우신 채로 말투는 역시 고분고분하지 않았으나 이번에는 욕설만은 뺐다.

"그건 다름이 아니라…… 첫째 아사달님이 몸 성히 잘 계시온지."

"사대육신이 튼튼하다오."

"식사나 잘 하시는지."

"고량진미에 파묻히어 발기름이 올랐다오."

"그러면 그 어른께 전갈 한 마디만 전해주세요. 부여 땅에서 아사녀가 왔더라고."

"그건 그 말이 그 말 아니오? 안 되오, 안 돼."

"아니, 오늘로 서로 만날 수는 없는 노릇이지만 아사녀가 찾아왔더라는 말이나마 전해달란 말씀예요."

"안 돼요, 안 돼. 그러면 젊은 사람이 괜히 마음이 싱숭생숭해져서 그런 대공을 반둥건둥해 버릴 것 아니오?"

아사녀는 고개를 갸우뚱하고 한동안 무엇을 골똘히 생각하다가,

"그러면 그 탑이 다 이뤄진 다음에 그 말씀을 전해주시면 어떠하실지."

"그것도 안 되오, 안 돼. 바쁜 사람이 누가 그걸 다 명념을 하고 있단 말이오"

하고 문지기는 외우신 고개를 쩔레쩔레 흔들었다. 그 청쯤은 들어주어도 좋으련만 버티는 김에 그대로 내버티고 만 것이다.

"그것도 못 하신다면…… 그러면 대체 그 탑이 언제나 끝이 날까요?"

"언제 끝날지 누가 안단 말이오."

하고 문지기는 또 내어밀다가 오래 실랑이를 하는 것도 귀찮아서 혼잣말같이 중얼거렸다.

"아마 수이 끝이 나기는 날 거야. 3년이나 걸렸으니."

아사녀는 절망의 한 그믐밤 가운데 한 가닥 광명을 얻은 듯,

"그럼 그 탑이 끝나면 제가 다시 와도 괜찮을 것 아녜요?"

"그야 그렇지만……."

"그러면 날마당이라도 오지요."

"안 되오, 안 돼."

문지기는 펄펄 뛰었다. 이런 성가신 손님이 매일 와서야 배길 노릇인가.

"오늘만 해도 처음 왔기에 망정이지, 두 번만 왔드래도 벌써 십리 밖으로 끌어 내치는 거란 말이야. 여자의 더러운 몸이란 멀리 비치기만 해도 부정을 타는 거요. 그 탑이 꼭 다 된 것을 보고 오란 말이오."

아사녀도 악이 아니 날 수 없었다.

"제가 어디서 그 탑이 다 되고 안 될 것을 보고 온단 말씀예요. 온, 그 탑 그림자라도 보아야 알 것 아녜요."

"그림자라도 보아야……"

하고 문지기는 말책을 잡았으나 아무리 언변 좋은 그로도 여기는 말이 막히었던지,

"그림자, 홍, 그림자……"

하며 몇 번을 곱삶다가 문득,

"오 옳지, 되었다, 되어"

하고 소리를 버럭 질렀다. 자기깐에는 신기한 생각이 언뜻 떠오른 모양이었다.

"여보, 아주먼네, 그러면 좋은 수가 있소. 여기서 훤하게 내다보이는 저 길이 있지 않소?"

하고 아주 친절스럽게 아사녀에게 언덕빼기 한복판으로 뚫린 흰 길을 가리켜 보였다.

"저 길로 자꾸만 내려간단 말이오. 한 10리만 가면 거기 그림자못〔影池〕이란 어마어마하게 큰 못이 있소. 그 못에는 이 세상에 어느 물건 치고 아니 비치는 게 없단 말이오. 지금 아사달이가 짓는 석가탑 그림자도 뚜렷이 비칠 거란 말이거든. 자, 그 연못에 가서 기다려보오"

하고 어떠냐 하는 듯이 문지기는 배를 쑥 내어밀며 아사녀를

바라보았다. 그의 말이 생판으로 거짓말은 아니었다. 과연 거기는 둘레가 10리에 가까운 크나큰 못이 있고, 물이 거울같이 맑아서 모든 그림자가 잘 비친다 하여 그림자못이라는 이름까지 얻은 것이다.

"그러면 지금 당장 가보아도 그 탑 그림자가 비칠까요?"

아사녀는 기연가미연가하여 또 한 마디 재차 물었다.

"암, 여부가 있소. 그러면 내가 거짓말을 한단 말이오?"

문지기는 또다시 볼멘소리를 내었다.

아사녀는 선뜻 돌아섰다. 정녕 그렇다면 제 남편이 짓는 탑의 그림자라도 보기가 한 시가 급하였던 것이다.

아사녀가 새로운 기운을 얻어 허전허전 몇 걸음 걸어가는 것을 보고 문지기는 무슨 생각이 또 났는지, 등뒤에서 '여보, 여보' 하고 다시 불렀다.

아사녀가 고개를 돌리자,

"그런데 그 못은 참으로 영검스러워서 다 된 물건의 그림자는 비치어도 덜 된 것은 비치지 않는다오. 그 탑도 그림자가 나타나야 다 된 것이지, 그림자가 비치지 않거든 아직 덜 된 줄로 아오."

114

주만의 점심상을 물려가지고 하인청에 갔던 털이는 얼굴이 새파랗게 질려서 구르는 듯 들어왔다.

"아가씨, 아가씨, 크 큰일 났는뎁시오."

"무슨 큰일?"

주만도 마음에 키는 것이 있는 판이라 깜짝 놀랐다.

"그저께 밤에 불국사에 큰 야료가 생겼다는뎁시오."

"응!"

"그 날 저녁에 아가씨께서 돌쳐서셨기에 망정이지 그렇지 않았던들 큰 봉변을 당할 뻔한 걸입시오."

"암만해도 그 등불이 수상쩍더니 그예 무슨 일을 내었고나. 그래, 무슨 야료가 어떻게 생겼다더냐?"

주만은 초조한 듯이 재쳐 물었다. 저번 밤 석가탑 사다리를 내려설 때 맞닥뜨린 사람의 그림자가 종시 마음에 키이고 꺼림칙한데다가 그 날 저녁에 또다시 그 수상한 등불을 보고 나니 섬뜩한 생각이 들어서 걸음이 내켜지지 않았었다. 더구나 겁쟁이 털이가 조바심을 하고 회정하기를 조른 탓에, 그 등불이 멀리 사라진 뒤 말 머리를 돌려 집으로 돌아와 버렸던 것이다.

"그 날 저녁 쇤네가 그렇게 아가씨를 조르지 않았던들 어느 지경에 갔을지 지금 생각해도 오마조마한뎁시오."

아무리 황급한 판에도 털이는 제 공치사를 잊지 않았다.

"그 잘난 공치사는 고만두고 어서 그 얘기나 해라. 갑갑하고나."

"그러니까 쇤네가 아가씨를 모시고 막 돌아온 뒨갑시오. 수십 명이나 되는 군정이 석가탑을 에워싸고 아사달 서방님을 마구잡이로 끌어내렸다납시오?"

"뭐? 아사달님을 석가탑에서 끌어내렸단 말이지?"

"그래가지고 뭇놈이 달겨들어 발길질 손찌검을 함부로 했다납시오."

"무슨 까닭일까. 그 어른이 남에게 원혐 살 일도 없으실 테고."

"그게 큰일이라 말입시오. 그놈들이 아사달 서방님을 치고 때리며 '계집은 어디로 갔느냐, 이놈 계집은 얻다가 숨겼느냐' 소리소리 지르더라니……."

"뭣이 어째!"

주만의 얼굴도 새파랗게 질리었다.

"그러니 그놈들이 분명 아가씨를 욕보이려고 들이친 것 아닙시오?"

"그래, 내 이름을 부르며 찾더라더냐?"

"아닙시오. 그건 우스운 거짓말이 퍼졌던뎁시오."

"우스운 거짓말?"

"뭐 아사달님이 유부녀를 꾀내어 석가탑 속으로 끌어들였다납시오. 그래 그 본사내가 그걸 알고 제 집 구종을 몰아가지고 들이친 게라납시오"

하고 털이는 입을 배쭉하고 웃어 보이었다. 주만은 웃을 경황도 없었다.

"그래, 아사달님은 어떻게 되셨다더냐?"

주만은 무엇보다도 이것이 제일 궁금하였다.

"몹시 다치지나 않으셨다더냐?"

"그게 또 이상한 일이란 말입시오. 그놈들이 한창 아사달님을 윽박지르는 판인데 난데없는 신장 두 분이 나타나서 서리 같은 칼을 휘둘러서 여러 놈을 다 쫓아버리고 아사달 서방님을 옹위하였답시오. 그래서 아사달 서방님은 손가락 하나 다치신 데가 없으시대요."

"그렇다면 만행이지만 어째 아니 다치실 수가 있겠느냐?"

"아니랍시오. 쇤네도 첫째 그 서방님 다치고 아니 다치신 게 궁금해서 여러 번 따져 보았는뎁시오. 워낙 도술이 높으신 어른이라 신장을 마음대로 부리시는 터이니 조금치라도 상하실 리 없다고들 하던뎁시오."

"그게 어디 종잡을 수 있는 소리냐?"

"아니랍시오. 아무튼 그 이튿날도 탑을 지으시는 정소리가 더 우렁차게 절 안을 울렸다는뎁시오."

"바로 그 이튿날로 다시 일을 잡으셨단 말이냐? 그러면 크게 상하시지는 않으셨던가"

하고 주만은 눈을 멍하게 떠서 천장을 쳐다보았다. 그의 넋은 벌써 석가탑 안으로 헤매고 있음이리라.

"대관절 어느 놈들이 그렇게 들이쳤을깝시오?"

하고 털이는 주만을 바라보았다.

"쇤네는 유두 전날 불국사 가시는 길에 고두쇠란 놈을 만나신 것이 암만해도 불길한 것 같은뎁시오. 그럴싸해서 그런지 몰라도 그 날 저녁 등불을 들고 달아난 녀석도 그 키꼴하며 걸음걸이하며 천연 고두쇠놈 비슷한 생각이 드는뎁시오."

주만은 고개를 끄떡끄떡하며,

"그야 못난이 금성의 장난이 분명하지마는 나는 그 신장 두 분이 누구신지 궁금하고나."

"그건 신장이라는데 누구신지를 어떻게 안단 말씀입시오. 바루 그 날 밤에 목도한 중의 얘기라는뎁시오. 신장이 아니고는 칼을 그렇게 잘 쓸 수도 없고 또 사람을 하나도 다치지 않았으니 신장의 소위가 아니냐 하던뎁시오."

"신라에 아직 사람이 있고나"

하고 주만은 혼잣말같이 중얼거리고 무엇인지 골똘히 생각하고 있었다.

115

주만은 바늘방석에 앉은 것처럼 안절부절 못하였다.

생각하면 생각할수록 아사달에게 미안한 일이었다. 자기 때문이 아니었던들 그런 곤욕을 당할 까닭이 만무한 노릇이 아니냐. 차라리 그런 줄 알았으면 그 날 밤에 회정을 말 것을. 아무리 기막힌 망신이라도 같이 겪을 것을. 목에 칼이 들어와도 그이의 앞에 막아설 것을!

새록새록이 살이 떨리기는 금성의 행동이었다. 저와 나와 무슨 업운이 그대도록 맺히었던고. 한번 그만한 창피를 보았으면 으레 단념을 할 것이거늘 끝끝내 남의 뒤를 밟고 안타까운 사랑에까지 살을 놓으려는 것은 그 무슨 못된 심청인고. 분한 대로 할 것 같으면 지금 당장이라도 필마단도로 저의 집에 쳐들어가 그 구축축하고 더러운 생각이 도는 머리를 뎅겅 베어 버려도 시원치 않을 것 같다.

"애규, 아가씨, 무슨 눈을 그렇게 무섭게 뜨십시오?"

앞에 앉았던 털이는 질색을 하였다.

"금성이 소위가 분해서 견딜 수 없고나."

주만은 쓴웃음을 웃고 꼿꼿이 세운 눈썹을 손가락으로 쓰다듬어 누이었다.

"아무리 분하신들 어쩌자는 수가 있어얍지요."

"그도 그렇다마는."

"쇤네의 어리석은 생각에는 더 걱정되는 일이 있는뎁시오. 금성 서방님이……."

"금성 서방님이 다 뭐냐. 금성이라고 마구 불러라. 그런 위인을 위해 말하는 소리만 들어도 치가 떨리는고나."

"그럼 금성이갑시오. 아사달 서방님과 아가씨가 그렇구 저렇다는 소문이나 퍼뜨리지 않을깝시오?"

"소문쯤 퍼뜨리는 거야 하상대사냐?"

"저희들이 들이쳐보아도 알마침 아가씨께서 계시지를 않으셨으니까 말썽을 부릴래야 부릴 건덕지가 없지마는 얼마 동안 불국사 행차는 정침을 하셔야 될 걸입시오."

"나는 지금 당장이라도 뛰어가고 싶고나. 아사달님이 어떻게 되셨는지 궁금해 어디 견딜 수 있느냐?"

"안 됩니다, 안 되고말곱시오. 단 며칠이라도 지나서 그 소문이나마 쑥진 뒤면 몰라도 지금 만일 행차를 하셨다가 혹시 중의 눈에나 띄어보십시오. 당장에 해괴한 소문이 퍼질 것 아닙시오? 그 유부녀라는 게 아가씨로 지목이 될 것 아닙시오?"

"딴은 네 말도 그럴 듯하다마는 어디 궁금해서 견딜 수 있느냐. 그럼 너 혼자라도 잠깐 다녀올 수 없느냐?"

"안 됩니다, 안 됩니다. 쇤네가 가도 유표하게 보일 것은 마찬가지 아닙시오? 더구나 아가씨를 안 모시고야 그 어두운 밤길을 어떻게 갈 수 있어야지요."

털이는 그 동그란 눈을 더욱 호동그랗게 떠서 무서움에 떠는 시늉을 해보이었다.

하루가 지났다. 이틀이 지났다.

주만의 생각은 석가탑으로 살같이 닫건마는 털이가 종시 말을 아니 듣고 말리기도 하였거니와 더구나 사초부인이 혼인 옷마름질을 조용한 별당으로 가져와서 밤늦도록 있기 때문에 자리를 뜰 수 없었다.

하루는 저녁 나절 주만은 털이를 보고 간청하다시피 하였다.

"얘, 암만해도 궁금해서 견딜 수 없고나. 오늘은 세상없어도 좀 가봐야겠다."

"글쎄입시오"

하고 오늘 따라 털이는 굳이 말리지를 않고 고개를 갸우뚱하고 무엇을 생각하는 눈치였다.

"글쎄가 뭐냐. 가면 꼭 가야지."

주만은 일부러 화증을 더럭 내었다.

"벌써 여러 날이 되었으니 혹시 올까 하곱시오"

하면서 털이는 고개를 탁 숙이었다.

"오기는 누가 온단 말이냐. 아사달님이 온단 말이냐?"

"아닙시오, 저어……."

웬일인지 털이는 숙인 목덜미가 발그스름해진다.

주만은 수상쩍다는 듯이 털이의 얼굴을 디밀다보려니까 털이는 더욱더욱 고개를 외우시는데 그 뺨 언저리가 꽃불을 담아 부은 듯 이글이글 타오르는 듯하였다.

"누가 온단 말이냐? 말을 해야 알 것 아니냐?"

주만은 더욱 괴이쩍어하며 또 한 번 재쳐 물었다.
“사람이 어쩌면 그렇게 매정스러울깝시오. 벌써 여러 날이 되어 쇤네는 이렇게 보고 싶은데……”
하고 털이는 아주 얼굴을 뒤로 돌려버린다.
“누가 매정하단 말이냐?”
주만은 다시 재쳐 묻다가,
“오, 옳지, 차돌이 말이로고나.”
스스로 깨우치고 오래간만에 얼굴을 펴고 웃었다.
“우리는 못 갈 사정이 있어 못 가나마 저는 어연듯이 와볼 수 있을 것 아닌갑시오. 그런데 당초에 올 생각도 않으니 그런 매몰한…….”
“호호, 딴은 차돌이가 왔으면 얼마쯤 궁금한 생각이 풀리기도 하겠다마는…….”
주종이 이런 수작을 주고받을 때에 별당문을 가만가만히 두드리는 소리가 났다.

116

“누가 문을 두드리는 것 같고나.”
털이와 허튼소리를 주고받으나마 찢어질 듯이 긴장한 주만의 신경은 그윽한 소리라도 귓결에 울려왔던 것이다.
털이도 귀를 기울이며,
“글쎄입시오, 그 문을 두드릴 사람은 아무도 없는데……”
하고 의아해한다.

별당문이란 바로 뒷길로 통한 것이므로 한 달에 몇 번씩 쓰레기를 쳐낼 적에나 쓰는 문이요, 별로 사람이 통행하는 문은 아니었다. 이마적해서는 주만이가 집안 사람 몰래 불국사 출입에 가끔 쓰기는 하였지만.

"그 문으로 찾아올 사람은 없는데 혹시나……."

주만의 가슴은 두근거렸다.

"혹시나 아사달님 신변에 또 무슨 일이 생겨서……."

"글쎄입시오, 쇤네가 한번 차돌이더러 별당을 찾으려거든 이러저러한 골목으로 들어와 뒷길로 통한 중문을 넌지시 두드려보라고는 일러주었습지요만."

"그럼 차돌인지도 모르겠고나. 얼핏 나가서 문을 열어보려무나."

"차돌이가 아니고 딴 사람이면 어떡해요."

"아직 해구녁도 막히지 않았는데 혈마 무슨 다른 변이야 생기겠니?"

털이는 용기를 내어 바시시 몸을 일으켜 나갔다. 뜰 위에 짤짤 신 끄는 소리가 나고 중문이 덜컹하고 열리자마자 털이는 덴겁을 하고 뒤짚어 뛰어들어오며 숨찬 소리로,

"아가씨, 아가씨!"

하고 연거푸 불렀다.

주만도 몸을 소스라쳐 방에서 급히 마주 나오며,

"왜? 또 무슨 일이 생겼느냐?"

하고 재쳐 물었다. 털이는 가뜩이나 달라붙은 목을 자라처럼 더 옴츠려 붙이고 새빨개진 얼굴을 바로 들지를 못할 값에 그 촉 처진 빰이 벙글벙글 피어나는 꽃과 같다.

"왜 그러느냐? 방정맞게."

"저, 차돌이가 왔는뎁시오."

"응, 차돌이가 왔어! 범도 제 말을 하면 온다더니만. 왜 얼른 들어오라지를 않니?"

"……."

그 재재거리던 털이도 입을 닫치고 몸둘 곳을 모르는 듯 고개만 가볍게 도리질을 한다.

"인제 새삼스럽게 무에 그리 부끄러우냐? 난 네가 너무 방정을 떠는 바람에 또 가슴이 덜썩 내려앉았고나, 호호."

주만은 어이없다는 듯이 웃고 나서,

"어서 들어오라고 하려무나."

"싫여요. 쇤네는 싫여요"

하고 그대로 섬돌에 올라서더니 나는 듯이 방 안으로 뛰어들어 한구석에 고개를 처박고 숨어 버린다. 마치 꿩이 제 대가리만 숨기는 격으로.

"원, 그 애는, 호호."

털이의 하는 꼴이 하도 우스워서 툭툭이 나무랄 수도 없었다.

주만이가 댓돌을 막 내려서려고 할 때 차돌은 조용조용히 뜰 앞까지 들어와 주만의 앞에 합장배례하였다.

주만은 다시 마루로 올라오며,

"오 차돌이냐, 너 참 잘 왔고나. 어서 올라오려무나."

차돌의 두 뺨도 꽃물을 들인 듯하다. 열다섯 살로는 숙성한 편이었으나 그 여상진 얼굴은 어리디어려 보이었다.

'저것들도 벌써 사랑을 아는고나'

하매 주만이 저는 제법 노성한 듯이 자깝스러운 생각이 들었으나,

'그래도 그들의 사랑은 우리보담 얼마나 더 수월하고 자유로운지 모른다.'

생각하면 한편으로는 부럽기도 하였다.

차돌이가 몇 번 멈칫멈칫하다가 윗방으로 들어오게 되자 털이는 다시 마루로 달아났다.

"아사달님이 그래 어떠하시냐? 저번 밤 야료에 다치신 데나 없으시냐?"

주만은 차돌이가 채 자리도 잡기 전에 다짜고짜로 물었다.

"천만다행으로 다치신 데는 별로 없다고 하서요. 다만 동여매인 자리가 얼얼하시어 팔 쓰시기가 전만은 못하다고 하서요."

"그러면 결박까지 지었던가?"

주만은 새로운 사실에 또다시 놀랐다.

"그러면입시오. 그 나쁜 놈들이 아사달님을 칭칭 동여매고 이리 차고 저리 구을리고 하는 판에 우리 용돌 스님이 뛰어드셨지요."

"용돌 스님? 말인즉은 두 분 신장이 나타나서 아사달님을 구해내었다는데."

"그러면 자세한 얘기는 아직 다 못 들으셨군요. 그 두 분 신장의 한 분이 곧 용돌 스님이에요, 그 스님은 워낙 검술이 도고하시어 천하에 별로 당할 이가 없다시지만, 그 날 밤 마침 그 스님을 찾아오신 손님이 한 분 계셨는데 그 어른의 검술은 또 용돌 스님의 선생님이시라니까요."

"오, 옳지, 옳아. 그럼 그 두 분이 아사달님을 구하였네그려. 신장이 아니라……."

"신장이란 말은 괜히 지어낸 소립지요. 용돌 스님과 아사달님께서 소승더러 그런 말은 입 밖에도 내지 말라고 쉬쉬하시기 때문에 말경엔 그런 헛소문까지 난겝지요."

"그러면 그 또 한 분은 누구시라던가?"

주만은 제 사랑의 위기를 구해낸 은인의 명자를 알고 싶었다.

117

알뜰한 제 사랑 아사달이 절대의 위경에 빠졌을 때 표연히 나타나 그를 구해준 이는 과연 누구이었던가. 그 중에 한 사람은 불국사에 있는 중이라 한즉 그 공은 갚을 수가 어렵지 않겠지마는 그 중을 찾아온 손님이라는 또 한 사람의 근지가 더욱 알고 싶었던 것이다.

주만의 시선은 차돌의 입술에 맥맥히 몰리었다.

"소승도 분명히는 모릅니다마는 용돌 스님이 그 어른을 경신 서방님이라고 부르시더군요."

"경신 서방님?"

하고 주만은 깜짝 놀랐다.

"그러면 개운포(開雲浦)에 계시는 금량상 어른의 아우님이라더냐?"

"글쎄입시오. 개운포 계시다는 말은 듣지 못했습니다마는 그 어른 형님 되시는 어른이 전에 무슨 높은 벼슬을 지내신 분이신데 지금은 시골서 많은 낭도를 모으시고 교훈에 힘쓰신다고 해요"

하고 차돌은 그 맑은 눈동자를 깜박깜박하며 마루를 내다본다. 털이의 간 곳을 찾는 모양이리라.

"경신 서방님!"

주만은 혼잣말같이 또 한 번 뇌었다. 그렇다면 갈데 없는 금량상의 아우 경신이가 분명하다. 궁술과 검술에 놀라운 재주를 가지시어 '천하영웅'이라고 아버지께서 입에 침이 없이 칭찬하시던 그이가 분명하다.

그 형님이 다녀가시고 그 분도 수이 온다더니만, 그 분이 어떻게 그 밤에 마침 불국사에 나타나 금성 일파를 쫓아버릴 줄이야. 운명의 장난이란 새록새록이 공교롭고나. 저와 정혼한 남자가 저의 애인을 구해낼 줄이야.

주만은 끝없는 생각에 잦아지다가 뻔히 아는 노릇이지만,

"그래, 지쳐 들어온 작자들은 누구라더냐?"

"금시중 댁 사람들이래요. 그래 후환이 무섭다고 주장스님은 벌벌 떠시고 그런 소문은 입 밖에도 내지 말라고 신칙이 여간이 아니랍니다."

"그래, 그 패에 다친 사람은 별로 없다더냐?"

"왜요, 더러는 귀도 떨어지고 손가락도 떨어졌지만 경신 서방님이란 그 어른이 인명은 해치지 말라고 용돌 스님에게 이르셨다니까요. 아무튼 세상에도 무섭고 인자한 어른인가 보아요."

"그래, 그 패들은 한 놈 떨어지지 않고 고시란히 다 달아

났다더냐?"

"맨 마지막에 두 사람이 남았는데 그 중 한 사람이 그 댁 서방님이래요. 그 서방님이라는 이가 경신 서방님께 부복사죄를 하고 다시는 그런 일을 않겠다고 맹서 맹서하였대요. 그러고 아사달님께도 코가 땅에 닿도록 절을 하고 사죄를 하였다니까요. 소위 행세하는 집 자식으로 그런 망신이 어디 있느냐고들 말을 하더군요."

차돌이가 계집애 모양으로 손으로 입을 가리며 웃었다.

"아이, 고소해라."

달아났던 털이가 어느 틈에 다시 들어와서 말참견을 하고 낄낄대었다.

"오, 아사달님께도 잘못하였다고 절을 하였어?"

주만도 얼굴을 펴고 웃었다.

"금성인가 뭔가 망신살이 뻗쳤는뎁시오. 그전에는 아가씨께 그런 혼뗌을 하고…… 아이 고소해라, 오호호."

털이는 연송 재재거리며 한번 터진 웃음보를 걷잡지 못하였다.

"그래 절 안에서는 무슨 까닭으로 금성이가 쳐들어온 줄 아느냐?"

"똑똑히는 모르는 모양입니다. 분명히 아시기는 용돌 스님과 그 어른뿐인데 뭐 그 금성이라는 이와 혼인 말이 있던 뉘댁 아가씨가 석가탑 속에 숨은 줄 알고 쳐들어온 거라나요."

"그러면, 그러면……."

주만은 낯빛이 변해졌다.

"그러면 그 못난 금성이가 내 이름까지 주워섬겼을런지도 모르겠고나."

"글쎄입시오. 그건 소승도 잘 모르겠습니다마는 용돌 스님 말씀에 아가씨 말씀은 없으시던데요."

"저이들도 사람인데 혈마 아가씨 함자까지 대었을깝시오."

"누가 아느냐마는 설령 내 이름을 대었다 한들 무슨 계관이 있겠느냐."

"아닙시오, 그렇다면 큰일입지요. 만일에 경신 서방님이 아셨다면 혼사가 터질 것 아닌갑시오?"

"혼사가 터지는 게 그렇게 겁이 나느냐. 너는 내가 시집을 갈 줄 알았니?"

하고 주만은 어이없다는 듯이 웃다가,

"그보담도 더 큰 일이 또 한 가지 생겼고나."

수수께끼 같은 말을 중얼거리며 무엇을 골똘히 생각하는 모양이었다.

그 동안에 차돌과 털이는 주만의 어깨 넘어로 슬쩍슬쩍 마주보다가 눈길이 서로 마주치면 피차에 고개를 숙이고 얼굴을 붉히었다.

아사달 신변에 또 무슨 다른 변이 생기지 않았고, 또 이렇다 할만한 전갈이 없는 것을 보면 차돌이도 털이와 마찬가지로 풋사랑의 안타까운 실마리에 끄들리어 며칠을 그리던 제 사랑을 찾아온 모양이었다.

차돌이가 돌아간 후 주만은 골머리가 아프다고 애저녁부터 이불을 뒤집어쓰고 누웠다.

아아, 이상한 운명!

생각하면 생각할수록 운명의 장난은 오밀조밀하다. 하고많은 날 가운데 하필 그 날 그이가 용돌을 찾아가고 하필 그 날 금성이가 들이쳤던고. 하고많은 사람 가운데 하필 그이의 구원을 받게 되었던고. 은혜를 입게 되었던고.

그이가 아니고 다른 분이라면 무슨 수를 하더라도 그 은혜의 만분지 일, 만만분지 일이라도 갚을 수 있지마는 그이에게는 갚으랴 갚을 도리가 없지 않은가.

은혜를 갚기는커녕 그이에게는 원수가 될 이 몸이 아닌가. 그이가 장가를 오기 전에 나는 아사달과 달아날 사람이 아닌가. 아무것도 모르고 꾸벅꾸벅 초행을 왔다가 신부가 달아나고 없다면 신랑에게 그런 모욕이 또 있을까. 아무리 내가 나쁜년이고 매친년이고 죽일년이라고 돌리더라도 그이는 그이대로 못난이가 되고 웃음거리가 될 것 아닌가. 이 몸이야 내가 지은 업원 때문이니 천참만육을 당한들 한할 줄이 있으랴마는 그이야 무슨 죄가 있는가, 무슨 잘못이 있는가. 그야말로 못된 놈 곁에 있다가 벼락을 맞는 격이 아닌가.

생각할수록 경신의 처지가 딱하고 민망스러웠다.

전에라도 아버지께서 그렇게 좋아하시는 그이를 욕보이는 것 같아서 마음에 꺼림칙하지 않음이 아니었으나 그래도 그때는 그와 나와 아무런 계관이 없던 터수가 아니었던가.

그러나 오늘날 와서는 그이는 아사달의 은인이요, 따라서 내 은인이 되지 않았는가. 비록 은혜는 갚지 못할 값에 도리어 그이에게 망신을 주고 창피를 주고 모욕을 준다는 것은 차마 못 할 노릇이 아닌가.

'아아, 아사달님이 왜 하필 그이의 구원을 입었던고.'

만 사람의 구원은 다 입어도 그이의 구원만은 입어서는 안 된다. 그이의 은혜만은 받아서는 안 된다.

그러나 어찌하리, 이왕 받은 은혜를 어찌하리. 지금 와서 주만이가 아무리 발을 동동 굴러보아야 아무 쓸데없는 일이었다.

'이 일을 장차 어찌할까.'

주만은 이불자락을 걷어치고 돌아누우며 소리를 내어 또 한 번 뇌어보았다.

아무리 생각해보아도 생각은 개미 쳇바퀴 돌듯 그 자리에서 그 자리로 뱅뱅 돌기만 할 뿐이요, 다시 한 걸음 내켜지지를 않았다.

'암만해도 이 혼인은 물리쳐야 한다. 그이가 망신을 당하기 전에 파혼을 해버려야 한다.'

이것이 그이에게 은혜를 갚는 오직 한 가닥 길이 아닐 수 없다.

그러나 이것도 여간 어려운 일은 아니다. 어렵다느니보다 차라리 될 수가 도무지 없는 일이었다.

여간 응석과 말버둥쯤으로 아버지와 어머니를 조른다 해도 정혼이 다 된 오늘날 될 성싶지도 않은 일이다. 그러면 아사달과의 사정을 저저이 고해 올리는 수밖에 없겠는데, 아버지께서 이 걸맞지 않은 사랑을 용서하실 리는 꿈 밖이요, 필경 아사달과 부여로 닫는 실낱 같은 희망조차 부서지고 말 것이다. 이쪽에서 파혼을 시키기는 동해바다 물을 말리기보다 어려운 노릇이다.

'그러면 저편에서 파혼을 하도록 할 수가 없을까.'

주만은 발딱 일어앉았다.

그렇다, 저편에서 파혼을 하도록 하는 것이 무엇보다도 상책이다. 정혼된 것도 신랑집에서 파혼하려면 못 할 것이 아니다. 그렇게 된다면 신부가 망신을 당할지언정 신랑에게는 아무런 누가 없을 것 아닌가.

'그러면 어떻게?'

주만은 눈을 떴다 감았다 하며 한동안 생각이 잦아졌다. 그 맑은 눈동자에 이상한 광채가 반짝하고 빛난다.

'내가 그이를 찾아 뵈옵자.'

주만은 마침내 마지막 결론을 얻었다.

아무리 어색하고 부끄러워도 내가 그이를 만나보자. 우리의 사정을 낱낱이 일러드리고 혼인 못 할 내력을 알려드리자. 아무리 이 몸은 깨끗하다 하더라도 마음의 정조는 벌써 깨어진 것. 어엿한 남편을 모시랴 모실 수 없다는 것을 직설거해 버리자. 한 칼로 수십 명을 휘몰아내는 그이, 악한 놈들을 쫓고 옳은 이를 구할지언정 인명을 해치지 않는다는 그이, 영웅의 지혜와 도량을 가졌다는 그이가 아닌가. 사정만 듣고 보면 우리의 애달픈 사랑을 막지 않으리라. 안타까운 이 비밀을 끝까지 지켜주리라. 너그럽게 모든 것을 용서하고 두말없이 파혼을 승낙해 주리라.

주만이가 이렇게 마음을 결단할 때는 벌써 밤이 환하게 밝았다.

미닫이에 부유스름하게 깃들인 새벽빛이 그의 어두운 운명의 길도 헤쳐주는 듯하였다.

119

아사녀는 맥이 풀린 다리를 절며 끌며 문지기가 가리켜준 대로 언덕빼기 흰 길을 좇아 내려갔다. 가도 또 가도 훤하게 뚫린 길은 꼬불꼬불 좀처럼 끝이 나지 않았다.

고생 고생 하여도 이런 고생이 또 있을까. 그만하면 하마 끝날 때도 되었건만 산은 넘을수록 높고 강은 건널수록 깊을 뿐.

그렇게도 그립고 그렇게도 보고 싶던 남편을 지척에 두고 못 만나는 슬프고 애달픈 마음이야 여북하랴마는 대공을 수이 끝내게 된다는 것과 몸 성히 잘 있다는 소식만 들어도 어떻게 반갑고 든든한지 몰랐다.

이왕 고생길에 나선 다음에야 하루를 더 하고 한 달을 더 한들 어떠하랴. 그이의 대공에 조금치라도 누가 되고 폐가 된다면 문지기가 설령 선선히 들어준다 해도 그이를 굳이 만날 염의가 없지 않느냐.

3년도 참았거든 단 며칠이야 더 못 참으랴. 더구나 그이가 짓던 탑 그림자가 비치는 못이 있다고 하지 않느냐. 거울 같은 물 얼굴을 디밀다보며 그 그림자를 찾아내는 것도 그리 적은 기쁨은 아닐 것 같았다.

이런 생각을 하고 아사녀는 고분고분히 불국사 문 앞을 떠난 것이었다.

다 된 물건의 그림자는 비치어도 덜 된 물건의 그림자는 비치지 않고, 그 탑도 비치거든 다 된 줄 알라는 문지기의 마지막 말이 지금 당장이라도 그 탑 그림자나마 보기를 즐겨했던 아사녀에게 새삼스럽게 타격을 주었으나, 다시 돌쳐 서서 그 문지기랑 실랑이를 할 기신도 없거니와 문지기의 그 말 속에 깊은 뜻이 숨긴 줄을 몰라들었다.

덜 된 물건이라도 그림자가 아니 비칠 리도 없을 것 같고, 설령 문지기의 말과 같다 할지라도 다 이룩만 되면 으레 그림자가 나타날 것이고, 또 그 그림자가 나타날 날도 멀지 않은 것을 아사녀는 믿었다.

10리 안팎 길이 이다지도 멀고 지리할까.

아사녀는 시오리도 넘어 왔거니 생각할 때 그 줄기찬 흰 길이 산기슭 모퉁이로 돌아가며 쪽으로 그린 듯한 휘넓은 못이 길 위로 넘칠 듯이 떠 보이었다.

못을 발견한 순간, 그대도록 몹시 쑤시고 저리던 다리도 금세로 거뿐해졌다.

아사녀는 거의 줄달음을 치다시피하여 못 가에 다다랐다.

어느덧 해는 떨어져 어둑어둑해오는 황혼빛에 그 못 물은 넘실넘실 아사녀를 반기는 것 같다.

아사녀는 못 언덕 풀밭에 펄썩 주저앉아서 한동안은 모든 것을 잊어버리고 물 얼굴을 들여다보기에 넋을 잃었다.

초가을 물밑이 맑기는 맑았으나 어스레한 저녁빛이라, 수없는 검은 그림자가 일렁거렸으되 어느 것이 어느 것인지 흐릿하여 뚜렷이 알아볼 수가 없었다.

그래도 아사녀는 희망을 잃지 않았다. 물둘레가 이렇듯 넓고 못 물이 이렇듯 맑으니 참으로 무슨 그림자라도 넉넉히 비칠 것만 같았다. 과연 그 문지기가 나를 속이지 않았구나 하며 그렇게 몰풍스럽고 밉살맞던 문지기가 어떻게 고마운지 몰랐다. 그가 아니었더면 누가 여기를 지시해줄 것인가.

아사녀는 한시 바삐 못 온 것을 한하였다. 조금만 일찍이 왔던들, 해 지기 전에 왔던들 저 그림자들이 똑똑히 보였을 것을 원수에 다리가 지척거리어 다 어두운 연에야 대어왔으니 어디 분간을 할 수가 있어야지.

'가만 있거라, 오늘이 며칠인가.'

그는 속으로 따져보았다. 달이라도 있으면 오늘 밤에라도 알아볼 수 있으련마는 그렇지 않으면 또 하룻밤을 밝히는 수밖에 없다.

그러나 그는 아무리 날짜를 따져보아도 알 길이 없었다. 부여 있을 적엔 아사달을 기다리느라고 하루하루 가는 것도 손꼽아 헤어보았건만, 길을 떠난 뒤로는 몇 날 몇 달이 걸려도 서라벌에만 득달하면 그만이니 날 가는 것을 아랑곳할 일도 없었던 것이다.

아무튼 아사녀는 그 거물거물하는 많은 그림자 가운데 반드시 석가탑의 그림자도 가로누웠을 것을 믿고 의심하지 않았다. 다만 어두운 탓에 제 눈이 무디어 못 알아보는 줄로만 여겼다.

찰랑찰랑 밀려 들어오는 물결이 어떻게 살가운지 몰랐다. 손으로 한 번 두 번 움켜보다가 문득 몇 달을 얼굴도 씻지 않은 더러운 계집이라는 문지기의 말을 생각하고 오래간만에 세수를 하기 시작하였다. 한번 손을 대고보니 너겁이 켜켜이 앉은 때는 문적문적 일어났다. 씻고 또 씻어도 땟국은 줄줄이 흐르는 것만 같았다.

훙껏 한껏 늘어지게 씻고 나매, 온몸이 날 것같이 가든해지고 새로운 정신조차 돌아나는 듯하였다.

시내의 아귀떼를 막느라고 달포를 두고 때무겁으로 무장을 하였지만 인제 남편의 지척에 왔으니 그럴 필요는 다시 없었다.

깨끗한 몸과 마음으로 거룩한 대공을 이루신 남편을 뵈어야 할 것 아닌가.

아사녀는 못만 보아도 마음이 느긋하였다.

남편의 곁에나 있는 듯이 마음놓고 이내 고달픈 잠 속에 떨어졌다.

120

"보아하니 젊으나 젊은 이가 길바닥에서 이게 무슨 잠이란 말이오, 쿵쿵."

누가 등을 흔들며 자꾸 깨우는 바람에 아사녀는 겨우 잠을 깨었다. 턱없는 안심으로 지치고 지친 피로가 잠을 퍼부어 밤새도록 나무등걸같이 내쳐 자고 만 것이다.

어느덧 곤한 눈시울이 섬벅섬벅하도록 햇발은 부시게 떠올랐다.

아사녀는 눈을 비비면서도 덴겁을 하고 일어앉으며 첫말에,
"그림자!"
하고 소근거렸다.
"킁킁, 그림자? 여보 일어나든 말에 그림자는 뭐요? 으흐흐."
웃는 소리에 아사녀는 힐끗 제 옆을 보았다. 거기는 늙수그레한 여편네가 빨던 걸레를 쥔 채 쭈그리고 앉아서 아사녀를 들여다보고 있었다. 머리털은 희끗희끗하나마 육색 좋은 얼굴은 기름기가 질질 흐르고 관자놀이는 옴숙 파고들어갔으나 두 뺨은 이들이들하다.
"킁킁, 그래 얼토당토않은 그림자는 왜 찾소? 에그 가엾어라. 저렇듯 옥 같은 얼굴이 아까워라, 킁킁."
늙은이답지 않게 눈웃음을 쳐가며 연신 콧소리를 내었다.
아사녀는 잠이 완전히 깨자 생전 처음 보는 사람 듣는 데 다짜고짜로 그림자를 찾은 것이 무색하였다.
"그래, 그림자는 무선 그림자요? 킁킁."
그 늙은이는 짓궂게 아사녀를 놀리는 듯한 눈초리로 연거푸 묻는다.
"아녜요, 잠꼬대예요"
하고 아사녀는 얼굴을 살짝 붉히며 상긋 웃었다. 초대면한 이분에게 그림자 내력을 일러 듣긴다 한들 무슨 소용이 있을까.
"얼굴도 저렇게 어여쁘고 목소리도 저렇게 상냥스럽고…… 킁킁…… 그러면 내가 잘못 생각을 하였나."
늙은이는 혼잣말처럼 중얼거리며 유심히 아사녀를 훑어보

았다.

"여보 젊으신네, 어디서 오시는 길이오?"
하고 다시 정중하게 묻는다.

"부여에서 오는 길이에요."

아사녀는 제 본색을 감출 까닭은 조금도 없었다.

"킁킁, 부여에서?"

그 늙은이는 깜짝 놀랐다.

"젊으나 젊은 이가 그 먼 길을 어떻게 오셨단 말이오, 킁킁. 그래서 옷 꼴이 그 모양이었구먼. 난 그 옷 꼴하며 언덕빼기에 자는 꼴하며 실성한 인 줄만 알았구려. 그래도 그렇지 않아서 깨워나볼까 하고 흔들어본 거라오. 그러면 지나가는 나그네로 서라벌에는 아는 집도 없는가보구려"
하고 그 노파는 저 혼자서 무엇을 생각하는지 연방 고개를 끄덕인다.

"생후 처음 온 곳이라 아는 집이라곤 없어요."

"오 그렇구먼, 오 그래, 킁킁. 아이 가엾어라. 젊으나 젊은 이라 잘 데도 만만치 않아서 한동을 한 거로구려. 킁킁. 아이 가엾어라. 그 좋은 얼굴이 저렇게 파리한 걸 보면 굶기도 많이 굶었겠구려. 아이 딱해라. 지금이라도 시장치나 않으시오, 아이 불쌍해라."

그 노파는 애처로워 못 견디겠다는 듯이 말뿐만 아니라 온 얼굴까지 찌푸려 보이었다.

아사녀는 시장치 않으냐 하는 말을 듣고 나니 그 말이 떨어지기를 등대나 하고 있었던 것처럼 배에서 쪼르륵 소리가 일어났다.

어제 낮에 밥 한 술을 얻어먹고 입때까지 빈 속이니 허기가 아니 날 수 없었다.

"참말 배가 고파요."

아사녀는 기이지 않았다. 비록 처음 보는 이라도 어떻게 친절하고 다정스러운지 그에게는 무슨 말을 해도 괜찮을 듯이 생각되었다.

"쿵쿵, 배가 고프고말고, 아이 가엾어라. 자, 그러면 우리 집으로 가요. 여기서 얼마 되지를 않으니, 쿵쿵"

하다가 노파는 일어서서 손을 들어 가리키며,

"저길 봐요. 저기 수양버들이 보이지 않소. 벌써 잎사귀가 누렇게 된 저 버드나무 말이오, 쿵쿵. 그 뒤에 조그마한 집이 보이지 않소. 그게 바로 우리 집이오. 자, 어서 갑시다. 찬 없는 밥이나마 요기를 하시게, 쿵쿵."

노파는 성화같이 재촉을 하였다. 아사녀는 선뜩 몸을 일으키고 싶었으나 인제 날이 다 밝았으니 첫째는 석가탑 그림자를 찾아보아야겠고, 둘째는 도중에 하도 여러 번 겪어본 노릇이라 이 지나친 동정을 경계하는 마음이 없지도 않았다.

"어서 일어서구려. 왜 오금이 붙어서 잘 일어나지를 않소, 아이 딱해라. 쿵쿵. 자아, 내 손을 잡고 일어서구려"

하고 노파는 아사녀의 손을 잡아 일으켰다. 그 손은 늙은이 손으로는 너무 덥고 힘이 세었다.

"꺼릴 건 조금도 없소. 젊은 몸이라 염려가 안될 리도 없지만 우리 집에는 아무도 없소. 영감도 없고 자식도 없는 불쌍한 늙은이라오. 우리 집에는 사내꼬불이란 약에 쓰랴도 없다오. 쿵쿵."

그 노파는 화경같이 아사녀의 속을 꿰뚫어보는 듯 말하였다.

121

아사녀는 그 노파에게 끌려 일어나다가 말고 다시금 물 얼굴을 디밀다보았다.

아침 햇발을 받은 물결 위엔 무수한 금별 은별이 수멸수멸 춤을 추는데 동쪽 언덕에 우뚝우뚝 서 있는 수양버들 몇 주가 그 축축 늘어진 머리카락을 펴더버리고 제 본 형체보다 어마어마하게 길게 가로누웠고 건너 마을 초가지붕 몇 채가 거꾸로 떠 보이었다.

아무리 눈을 닦고 또 닦아보아도 탑 비슷한 그림자는 눈에 띄지 않았다.

"무엇을 이렇게 골똘히 들여다보시오? 쿵쿵. 그 못 속에, 원, 무엇이 있단 말이오?"

노파도 덩달아 못 속을 디밀다보다가 아사녀에게 물었다.

아사녀는 대꾸도 않고 휘넓은 못 얼굴로 눈을 이리저리 굴리었다.

"무엇을 빠뜨렸소? 쿵쿵. 저렇게 밑바닥이 환히 보이는 듯해도 그 못 물이 어떻게 깊은데, 쿵쿵. 무엇을 빠뜨렸다면 건져내기는 가망 밖이오, 쿵쿵."

"아녜요. 아무것도 빠뜨린 것은 없어요."

"그러면 무엇을 그렇게 디밀다보고 있단 말이오. 시장은 하다며, 킁킁."

"그림자를 찾아요."

"그림자를 찾아? 킁킁"

하고 노파는 얼굴을 번쩍 들어 아사녀를 다시금 훑어보았다. 암만해도 이 계집이 약간 가기는 갔구나 생각한 것이다. 그 결곡한 얼굴과 샛별 같은 눈매가 암만해도 미친 사람 같지는 않은데.

"그림자란 대체 무슨 그림자요. 아까 눈을 막 비비면서도…… 킁킁. 그림자라길래 나는 잠꼬댄 줄로만 알았더니. 그러면 그 그림자가 무슨 곡절이 있구려. 도대체 어떤 그림자를 찾으시오?"

"저어…… 저어."

아사녀는 말을 할까말까 망설이다가 이렇게 정답게 굴고 마음 좋은 늙은이를 속이기도 무엇하였다.

"저어, 석가탑 그림자 말씀예요."

"석가탑 그림자?"

하고 노파는 더욱 수상하다는 듯이 아사녀를 뚫어지게 바라보았다.

"석가탑이라면 지금 불국사에서 이룩하는 큰 탑 말이구려, 킁킁."

"네, 그래요."

노파는 누구에게 눈짓이나 하는 듯이 눈을 껌벅한다.

이것은 제 비위에 틀리거나 또는 제 생각 밖의 일을 당할 때 그의 하는 버릇이었다.

"석가탑 그림자는 왜 찾으시오?"

"그 탑이 다 되었나 덜 되었나 그림자를 보아야 알 것 아녜요?"

아사녀는 노파와 수작을 주고받으면서도 그의 눈길은 못을 떠나지 않았다. 그는 제 생각만 하고 성가신 듯이 불쑥 이렇게 대답한 것이다.

노파의 눈은 더 유난스럽게 껌벅거렸다. 아사녀의 말은 갈수록 그에게 수수께끼요, 또 약간 비위에도 거슬린 탓이리라.

"여보 젊으신네, 그 탑이 다 되고 덜 된 것은 알아서 또 무엇하고? 킁킁."

그 노파는 제 비위를 누르고 다시 한 번 아사녀의 속을 떠보기로 하였다. 그러나 지금까지 잡고 있던 아사녀의 손목을 슬며시 놓아버렸다.

"그럴 일이 있어요. 그 탑 다 된 것을 꼭 알아야 될 일이 있어요."

아사녀는 그래도 물 얼굴에서 눈을 떼지 않고 대답하였다.

"킁킁, 그래, 그 탑 그림자가 여기 비칠 줄 어떻게 꼭 아시오?"

그제야 아사녀는 놀란 듯이 노파를 돌아보았다.

"그럼 비치지 않고요?"

"여보 젊으신네, 아니 여기가 어딘 줄 아오. 불국사에서 예까지 오자면 몇 리나 되는지 알기나 하오? 킁킁. 말인즉은 10리라 해도 거진 15리나 될 것이오. 설령 10리만 된다 해도 10리 밖에 있는 석가탑 그림자가 이 못에 비치다니 될 뻔이나 할 말이오, 킁킁."

"그러면 비치지 않는단 말씀예요?"

아사녀는 열이 나서 노파의 말을 반박하였다. 그리고 속으로 이 늙은이는 아무것도 모르는구나 하였다.

"어림도 없는 말이오. 10리 밖 그림자가 비치다께, 콩콩. 바루 그 탑이 천층 만층 구만층이나 된다면 혹시 모르지만……."

"이 못 이름이 그림자못이 아네요?"

"못 이름이야 그렇지만."

아사녀는 이 늙은이가 사람은 좋아도 그림자못 내력은 잘 모르는구나 하였다. 세상의 모든 그림자가 다 비친다고 그림자못이라 하였거늘 십리 안팎 그림자가 아니 비칠 리가 있으랴.

아사녀는 이 말을 하고 싶었으나 시장기가 너무 져서 말할 기력도 없었다. 말없이 그 자리에 다시 주저앉으려 할 때 그 노파는 놓았던 손을 다시 잡으며 애연한 듯이,

"여보 젊으신네, 그림자를 찾는다 해도 우리 집에 가서 요기나 하고 찾으시오, 콩콩. 허기가 너무 지면 눈에 헛것이 보이고 정말 찾을 것도 못 찾는 법이라오."

아사녀도 그 말은 옳게 여기었다.

너무 허기가 진 탓에 눈이 핑핑 내어둘리어 정작 보일 그림자가 안 보이거니 생각하고 그 노파를 따라갔다.

122

그 노파의 집은 비록 초가집일망정 겉보기도 아담스러웠거니와 안치장의 으리으리한 데 아사녀는 놀랐다.

아랫목과 드나드는 문만 남겨놓고 벽이 보이지 않도록 가지각색 장농과 세간이 그뜩 들어 쌓이어 크나큰 방이 좁다랗게 보이었다. 더구나 그 비싼 당경(唐鏡)이 여기저기 아무데나 걸려 있어 이편을 보아도 허술한 제 모양이 엿보이고 저리로 돌아보아도 제 거지꼴이 나타나는 데 아사녀는 눈이 어리둥절하였다. 꽃무늬 놓은 돗자리도 어떻게 곱고 정결한지 흙과 때가 덕지덕지 묻은 옷과 걸레 다 된 버선으로 차마 앉기가 황송하였다.

"이렇게 털썩 앉아요, 킁킁."

노파는 어쩔 줄 모르는 아사녀의 손목을 끌어 거의 잡아 나꿔채는 듯이 앉히고 말았다.

"잠깐만 기다리오, 킁킁. 내가 나가서 밥상을 가져올게."

노파는 휑하니 나가 버린다.

집은 호화롭게 꾸며놓았지만 인기척은 없고 과연 그 노파 말마따나 사내의 그림자란 얼씬도 않는 것이 아사녀에게 얼마쯤 안심을 주었다.

아사녀는 홀로 앉아서 무료한 김에 맑고 바르게 잘 비치는 거울을 보고 또 보았다. 거울을 본 지도 달포가 넘었다.

제 꼴이 이렇게 될 줄이야. 이 꼴을 하고 갔으니 문지기가 문전축객을 한 것도 당연하다는 생각이 들었다.

얹은 머리가 빠져 뒤로 떨어지고 귀밑머리조차 풀리어 푸

수수 일어선 모양이 제가 보아도 정말 사나웠다. 때에 절다가 못해 헤져서 너불너불하는 옷자락. 더군다나 어제밤에 얼굴을 씻느라고 씻었건만 목덜미와 귀밑 언저리에 물기 간 데는 지렁이 지나간 자국 같고, 그 양 가는 땟국이 지르르 흐르다가 그대로 말라붙은 꼴이란 두눈 뜨고 볼 수가 없었다.

얼굴도 환형이었다. 여윈들 이대도록 여위랴. 볼이 쪽 빨아든 탓인가, 입은 새부리처럼 내민 것 같다. 관자놀이 맥이 어떻게 저렇듯 드러났으며 콧마루까지 뼈가 앙상하게 솟은 듯하다.

그러나 파리한 것은 오히려 두번째였다. 눈살 어림에 가는 금이 여러 가닥 긁히고 이마에도 잔 금이 긁어져서 찌푸리지 않아도 눈에 뜨이게 되었다. 한 달 장간에 나이를 몇 살을 더 먹은 듯. 아무리 친숙한 이라도 지나치면 몰라보게 되었다.

한 달 만에 내가 보는 내 얼굴도 이렇게 서툴거든 3년이나 못 보신 이 얼굴을 알아보실까. 어리고 애띤 아사녀는 간곳 없고 슬픔과 고생에 파김치가 되어 바스러진 이 얼굴을 알아보실까. 서라벌 여자를 보시던 안목으로 이 꼴을 보면 반눈에나 차시랴. 더러운 벌레로밖에 보이지 않으리라…….

아사녀가 끝없이 회심한 생각을 자아내고 있노라니 그 노파는 어느 결에 밥상을 가지고 들어왔다.

"킁킁, 원, 찬이 있어야지. 시장은 하실 테고 부리나케 하느라고 뭐 차릴 수 있어야지. 늙은이 솜씨는 다 이렇다오."

노파는 연해 너설을 떠는데 아사녀는 진 반찬 마른 반찬을 갖추갖추 담은 숱한 그릇만 보고도 어마 싶었다. 접시와 주발 뚜껑을 벗기는 대로 구수하고 맛난 냄새가 주린 창자를 거의 뒤틀리게 하였다.

"자, 이 국물부터 홀홀 자시구려. 마른 속에 단단한 것은 나종 자시고, 킁킁."

"노인께서는 진지를 어떡하셨어요?"

아사녀는 뱃속에서 들이라고 발버둥을 치건만, 가까스로 인사를 차리었다.

"킁킁, 내 걱정일랑 마시고 얼른 자시구려."

아사녀는 무엇을 먹어보아도 진미였다. 개중에는 이름도 모를 반찬도 한두 가지가 아니었다.

아사녀는 밥을 먹는 사이에 노파는 상머리에 앉아서 이걸 자셔보오, 이것은 여기 찍어 먹는 거라오, 하면서 자상스럽게 먹는 법까지 일러주었다.

아사녀가 함복고복을 하고 물러앉자 노파는 또다시 늘어놓았다.

"인제 조금 쉬어가지고 목욕을 좀 하시구려, 킁킁. 젊으신네가 아무리 객지에 나왔기로 땟국이 줄줄이 흘러가지고 어디 되었소. 내 물을 좀 뎁혀 드릴까. 우리 집에 왕만한 대야가 있다오. 그 대야는 사람 둘이라도 넉넉히 들어앉을 수 있다오, 킁킁. 우리 집이야 어디 올 사람이 있나. 아무리 발가숭이가 된대도 볼 사람은 나 하나뿐인걸 뭐, 킁킁. 정 미심다우면 사립문이라도 걸어주께, 응."

그 노파는 마치 제 딸이나 된 듯이 아사녀의 등을 뚝뚝 두드리다가 별안간 코를 싸쥐고,

"에이 냄새도 흉하군, 킁킁. 그 헌털방이 옷을랑 벗어 버리오. 내 옷 한 벌 주께, 응."

말씨도 벌써 무관해져서 가끔 존대와 하대가 뒤죽박죽이 되었다.

그리고 선뜩 일어나 장 속을 뒤적뒤적하더니 옷 한 벌을 내어다가 대수롭지 않게 아사녀에게 안기고는 상을 들고 나가며,

"내 물 뎁혀놓으리다"

한다.

그 옷은 진짜 당나라 비단 윗옷과 속속들이 능라주단으로 쪽 빼낸 것이다.

아사녀는 옛이야기에 듣던 용궁에나 들어온 듯싶었다.

123

그 노파가 자랑한 것만큼 청동대야는 과연 어떻게 크고 넓은지 거의 물두멍만하였다.

미리 방문을 지쳐주며,

"활활 벗고 어서 씻으시오."

아사녀 혼자만 남겨놓고 자기는 슬쩍 나가 버린다.

알맞게 뜨듯한 물은 때 너겁을 빼기에 넉넉하였다. 처음에는 그래도 그렇지 않아서 웃통만 벗고 씻다가 나중에는 필경 온몸을 그 큰 대야 안에 잠그고 말았다.

거의 다 씻고 수건으로 물기를 닦을 때쯤 하여 노파는 다시 문을 빠끔히 열고 디밀다보면서,

"어유, 인제 다 씻었구려. 저렇게 곱고 어여쁘고 옥 같은

살을 땟국에 파묻어두다께, 킁킁. 어유, 저렇게 잘난 얼굴을. 어유, 손길도 곱기도 해라. 발꿈치가 달걀 같다고 흉이나 볼까, 킁킁. 이 늙은이도 홀딱 반하겠구려."

노파는 입에 침이 없이 추어올리는 바람에 아사녀는 얼굴을 살짝 붉히었다.

"왜 내어준 옷을 가져오지를 안 했소. 킁킁. 저 얼굴에 저 몸꼴에 그 옷을 입으면 얼마나 더 어울릴까, 킁킁. 그럼 내가 가서 옷을 갖다드리께. 불안스럽게 알지 말고 입어두구려. 그까짓 옷 한 벌을 뭐 그렇게 어렵게 안단 말이오"

하고 노파는 부리나케 나가더니 한 옆에 옷을 끼고 한 손에는 걸레를 들고 들어와서 마룻바닥 위에 떨어진 물방울을 훔치고 옷을 내려놓는다.

그 아늘아늘한 무늬와 혼란한 빛깔에 아사녀의 눈은 어리었다. 몸도 목욕까지 하였으니 그 새옷을 입고 싶은 마음이야 불같았건만, 하도 시장하던 판이라 요기나 할까 하고 들어왔을 뿐인데 얼토당토 않은 생면부지의 사람에게 옷까지 얻어 입을 염의는 없었다. 옷이라도 어디 이만저만한 좋은 옷은 아니다.

아사녀는 헌털방이 옷을 주섬주섬 주워입으려 하니 노파는 질색을 하며,

"여보 젊으신네, 젊은이 고집이 어떻게 그렇게 세단 말이오. 그래 기껏 씻은 고운 살에 염치에 또 그 누더기를 뀔 생각을 한단 말이오, 킁킁. 이리 주오. 그 헌옷일랑 빨아서 걸레나 하게스리"

하고 노파는 재빠르게 헌옷을 뺏어가지고 그대로 나가 버린

다. 아사녀는 어쩔 줄을 모르고 한동안 어리둥절하고 있었다.

발가벗은 몸으로 뛰어나가 제 옷을 찾아올 수도 없는 노릇이요, 그렇다고 남의 중값진 옷을 마구 입자는 수도 없었다.

"왜 이러고 앉아 있소. 원 아직 춥지는 않지만 오래 벗고 있다가 지친 몸에 또 감기나 들면 어떡하자고, 킁킁."

노파는 다시 들어와서 또 푸념을 하고 대어들어 손수 아사녀에게 굳이굳이 새옷을 입히고 말았다.

"자, 인제 안방으로 가서 거울이나 좀 보구려. 아까보담 아주 딴사람이 되지를 않았나. 그야 말짝으로 꽃도 같고 달도 같구려, 킁킁. 저런 인물은 서라벌이 넓다 해도 없겠구려, 으흐흐."

노파는 여간 기뻐하지 않았다. 세상에 제것을 주고 이렇게 기뻐하는 사람이 있을까? 아사녀는 그 노파의 선심이 눈물을 흘릴 만큼 고마웠다.

"인제 그만하면 참뻐 귀인 아가씨라도 빰치게 더 어여쁘게 되었소, 킁킁."

노파는 아사녀를 당경 앞에 데리고 와서 모로도 세워보고 바로도 세워보고 이모저모를 뜯어보며 매우 만족해 하였다.

"여보 젊으신네, 그 먼 길을 왔다니 노독인들 좀 나셨겠소, 킁킁. 보다시피 우리 집이야 누가 있소. 나는 자식도 없는 불쌍한 늙은이라오. 어미같이 알고 우리 집에 있구려. 나도 딸같이 며느리같이 젊으신네를 여길 테니. 그래 다리를 쉬어가지고 어디 갈 데가 있으면 다시 가도 좋을 것 아니오."

"고맙습니다만 너무 폐를 끼치는 것 같애서!"

"원 나중에는 별소리를 다 하는구려. 킁킁. 폐가 무슨 폐란 말이오, 킁킁. 늙은 것이 혼자 있자니 고적할 때도 많고 심심할 때도 많고. 피차에 의지삼아 지내봅시다그려."

"이렇듯 고마우신 은혜를 어떻게 갚으면 잘 갚을런지……."

아사녀는 진정으로 사례사례하였다.

"은혜 갚을 것을 어떻게 생각한단 말이오, 킁킁. 내가 어디 받을 것을 생각하오? 그저 조그마한 사피를 보아주는 게지. 우리 신라는 인정의 나라. 곤란한 형편에 있는 이를 구해주는 게 떳떳한 일. 그걸 무슨 은혜니 뭐니 애당초에 염두에도 두지 말란 말이오, 킁킁."

아사녀는 그저 고마울 뿐이었다. 석가탑이 이룩될 때까지 몸담아 있을 데를 얻은 것이 어떻게 다행한지 몰랐다.

그 노파는 서라벌에 유명한 뚜쟁이 '콩콩' 이었다.

124

차돌이가 다녀간 이튿날 저녁때, 털이는 안에 갔다가 또 종종걸음을 치고 들어오며,

"아가씨, 아가씨!"

하고 물에 빠진 사람 같은 소리를 내었다.

"왜 또 방정을 떠느냐. 차돌이가 또 왔단 말이냐."

여러 번 털이의 경풍에 속은 주만은 시들하게 놀라지도 않았다.

"오늘은 참 정말 큰 손님이 드셨다납시오. 온 집안이 북적

대고 야단법석인뎁시오."

털이의 눈은 더욱 호동그래진다.

"또 무슨 허풍이냐. 늘 드는 손님인데 번번이 놀랄 거야 뭐 있단 말이냐."

"아닙시오, 이번 손님은 아가씨께 큰 계관이 계실 손님이랍시오."

"내게 계관 있는 손님. 그 애는 별소리를 다 하는고나."

"오늘 오신 손님이 바로 경신 서방님이라납시오."

"너보담 먼저 나는 짐작을 하고 있었단다."

"어규, 아가씨는 참 이인이시어. 미리 다 알고 계시니."

"벌써부터 오신다 오신다 소문이 난 터이고 또 저번 밤에 불국사에 나타나셨으니 으레 집에 들르실 것 아니냐."

주만은 겉으로 태연하나마 두 뺨이 불같이 붉어지는 것을 보면 속으로는 흥분에 떠는 탓이리라. 언제라도 한번 만나야 할 그이. 제 속에 숨은 비밀을 쏟아버리려고 작정한 그이. 하루바삐 찾아오기를 마음 그윽히 기다린 그이건마는 정작 오고 보니 가슴은 까닭없이 두 방망이질을 한 것이다.

어제 밤에 차돌이를 만나서 자세한 경과는 들었지만, 경과를 듣고 보니 더욱 궁금증이 나서 오늘 밤에는 기어코 아사달을 찾아볼까 하였더니 경신이가 정말 왔다고 또 하면 자리를 뜰 수가 없게 되었다.

아무리 괴롭고 부끄러운 어색한 노릇이라도 이왕 작정한 일은 귀정을 내어야 한다.

주만은 벌써 경신과 만나는 장면을 생각하고 마음이 찢어지도록 긴장해짐을 느끼었다.

"오실 줄 번연히 아셨다면서 왜 신색이 붉으십시오? 오호호."
털이는 벌써 제 아가씨의 기색을 살피고 또다시 버릇없는 소리를 내놓았다. 그러나 주만이가 대척도 않는 것을 보고 제 말이 빗나간 것을 깨닫고 다시 근심스러운 얼굴로,
"아가씨, 어떻게 하실 작정입시오. 정말 이 혼인이 된다면 어떻게 하시겝시오. 마당과 뜰에 황토흙까지 깔고 정말 초행 손님이 드신 듯이 야단이던뎁시오."
"듣기 싫다. 작작 떠들어라"
하고 주만은 성가신 듯이 쥐어지르듯 한 마디 하고 허공을 노려보며 덤덤히 입을 닫아 버린다.
"오늘 밤 불국사 행차는 또 틀리셨고……."
털이도 혼잣말같이 중얼거리며 목을 움츠린다. 꿈에 본 것같이 다녀간 차돌이를 생각하고 오늘 밤에 또 못 만나게 되는 것이 섭섭함이리라.
"얘, 안에나 들어가봐라. 손님이 드셨다면 좀 바쁘겠느냐? 무슨 일이라도 거들어야 될 것 아니냐."
주만은 조용히 털이에게 일렀다. 그는 제 홀로 끝없는 생각에 잦아지고 싶었다. 바늘 끝같이 날카로워진 신경은 털이가 아무 말 없이 앉아 있어도, 그 얼굴이 눈에 뜨이는 것도 까닭없이 제 생각을 흔들리게 하였던 것이다.
"쇤네 없으면 사람이 없는 갑시오. 사람이 발길에 채일 지경인뎁시오."
털이는 종알종알하면서도 몸을 일으켜 나갔다. 저는 저대로 차돌이 생각을 하고 있는 판에 쫓아나 내는 듯해서 골이 잔뜩 난 것이었다.

얼마 안 되어 털이는 구으는 듯 또 돌아왔다.

"어규, 그때 아가씨께서 쇤네를 안 보내셨더라면 더 큰 꾸중을 모실 뻔했는뎁시오. 일이 이렇게 바쁜데 털이년은 뭘 한다고 별당 구석에 자빠져 있느냐고 마님께서 야단야단을 치시겠습지요?"

"그러기에 봐라. 일은 바쁜데 잘캉하게 들어박혀 있어야 쓸 노릇이냐?"

"어규, 마님께서 그렇게 역정을 내실 줄은 정말 몰랐는뎁시오."

"그런데 왜 또 왔느냐? 일은 거들지 않고……."

"아무튼 이년 오기는 잘 왔다. 너 아가씨께 냉큼 가서 다시 세수를 하고 새옷 갈아입고 기다리라고 여쭈어라 하시든뎁시오."

"그건 또 무슨 까닭일까?"

"대감님께서 사랑에서 진동한둥 들어오시더니 마님께 무슨 분부를 내리신 모양이던뎁시오. 처음에 마님께서 무에 그리 급하냐고 하신 눈치였는데 대감께서 펄펄 뛰시며 그 사람이 며칠 묵어갈 줄 알았더니 내일로 당장 떠나겠다 하니 오늘 저녁에라도 저희 둘을 만나보게 해야 될 것 아니냐고 역정을 내시던뎁시오. 그러니 아마 아가씨 선을 보이실 모양이던뎁시오. 아가씨도 경신 서방님 선을 보시고……."

주만은 고개를 끄덕였으나 그의 가슴은 울렁거렸다. 조만간 상면을 해야 될 줄 알았지만 그 기회가 이렇게 속히 닥칠 줄은 몰랐다.

125

장래 사위라도 유만부동, 외동딸에 외동사위, 웬만해도 살갑고 귀여운 정을 금하지 못하려든, 세상에 다시없는 배필을 구했거니 생각하는 어버이의 마음은 얼마나 즐겁고 기쁘고 전지도지할 것이랴. 아무리 융숭하게, 아무리 중난하게 대접을 하고 또 하여도 그래도 미진한 듯 필경에는 안방에까지 맞아들이기로 하였다.

혼인은 이미 다 된 혼인이니 장래 장모님도 뵙고 장래 아내까지 상면을 시키는 것도 무방할 듯한 것이요, 그보다도 딸의 평일의 기상을 잘 아는 유종은 비록 자기 마음에 열 번 스무 번 든다 하더라도 주만에게 미혼 전 신랑감을 한번 보여두자는 생각도 없지 않았던 것이다. 설령 혼인 말이 없는 터수라 하더라도 친구의 아우, 동지의 아우에게 연상약한 그들을 내외시킬 까닭은 조금도 없었다. 당나라 풍속, 당나라 예법이 물밀듯 밀려 들어오는 오늘날이지마는 아직도 꽃각씨〔花娘〕 꽃서방〔花郎〕의 유풍을 버리지 않고 명절 때로나 풍월당에서나 젊은 남녀끼리의 같이 노는 기회는 얼마든지 있음에랴.

주만은 결심을 한 바이지만 그래도 두근거리는 가슴을 억지로 누르며 별당에서 불려왔다.

어머니를 따라 방문을 열고 들어설 때 얼굴은 화끈하고 달았으나 뜻밖에 가슴은 가을 호수처럼 가라앉았다.

"여보게, 저 애가 미거한 내 딸이라네, 어허."

아버지는 긴 수염을 한번 쓰다듬고 너그러운 웃음을 터뜨리며 어머니의 등뒤에 반쯤 숨은 주만을 눈으로 가리켰다.

"녜, 녜."

경신도 유종의 말에 웃으며 대답하고 벌써 좌정했던 몸을 기거를 하는데 그 눈길이 번개같이 주만의 뺨을 스쳐가는 듯하였다.

주만은 그 안광에 놀라면서도 슬쩍 보아도 그 너글너글한 뺨과 번듯한 이맛전과 쭉 일어선 콧대가 야무지게 뚜렷하게 눈 속에 꽉 차는 듯하였다.

'과연 아버지 말씀과 같고나. 저분 한 분이면 금성이 따위 백 명은 넉넉히 대적하시겠고나.'

주만은 속으로 생각하였다.

"다들 앉어, 앉어."

유종은 장래 사위와 딸을 번갈아보며 앉기를 청하였다. 앉기를 기다려 정중한 목소리로,

"아까도 말했거니와 자네 댁과 우리 집안은 대대로 세의가 두터운 터. 더구나 나라일에는 언제든지 한 마음 한 뜻으로 오늘날까지 힘을 아울러왔지만 자네 백씨는 벼슬을 버리고 나 혼자는 고장난명. 인제 조정에 간특한 무리가 차고 들에 유현이 없으니 나날이 기울어가는 이 국운을 어떻게 한단 말인가. 나는 벌써 늙고 병든 몸. 자식이라고는 저것 하나뿐. 후사를 부탁할래야 우리 집안에는 부탁할 사람이 없네그려. 오직 믿는 것은 자네 형제분뿐. 백씨도 벌써 늙으셨으니 이 막중대사를 맡을 이는 오직 연부역강한 자네뿐이란 말일세……."

유종은 예까지 말하고 숨이 가쁜 듯이 말을 잠깐 끊었다.

잠자코 듣고 있던 경신은 자리를 피하여 절하며,

“저같이 나이 어리고 아는 것이 없사오니 어찌 그런 막중대사를 맡을 수 있겠습니까? 세상이 넓으온즉 저절로 그 사람이 있을까 합니다.”

그 말소리는 지극히 공손하나마 마치 큰 종 모양으로 주만의 귀를 잉잉 울리는 듯하였다.

“그 사람이야 많을수록 좋지마는 어디 사람 얻기가 쉬운가. 어서 일어나게, 일어나. 자네가 그렇게 겸양하면 이 늙은 내가 도리어 부끄럽네.”

유종은 한탄하고 다시 주만을 돌아보며,

“아가, 구슬아가, 너도 잘 알아듣느냐?”

주만은 몸을 흠칫하며,

“네”

하고 모기 소리만큼 들릴락말락 대답하였다.

“왜 대답이 시원치 않으냐. 너는 장래에 이분을 홑으로 남편으로 알고 섬길 뿐만 아니라 우리 신라를 바로잡을 영웅으로도 섬겨야 하느니라.”

주만은 그 자리에 엎드리고 말았다. 하도 억색하여 엉엉 목을 놓고 울고 싶은 것을 참고 떨리는 소리로,

“저, 저는 저는 감, 감당할 수 없습니다.”

“응, 감당할 수 없어, 허허.”

아버지는 딸의 말이 어리광 비슷하나마 이런 경우에 썩 잘된 대답인 줄 알아들었다.

“오늘 밤 얘기로는 내가 너무 지나쳤나보다. 내가 있으면 도리어 불편하겠고나. 여보 부인. 뭐 밤참이나 좀 내시구려.”

유종은 나가버렸다.

사초부인은 음식 준비 하느라고 들락날락하게 되고 주만과 경신이 단둘만 남아 있을 때가 많게 되었다.

주만은 아까부터 벼르고 벼르다가 필경 죽을 힘을 다 들여 입을 열었다.

"좀 청짜올 말씀이 있사온데……."

경신도 장래 아내가 먼저 말을 보내는 데 적지 않게 놀란 모양이었다.

"무슨 말씀이신지."

"내일은 정녕 떠나셔야 되실런지."

"뭐 꼭 갈 일은 없습니다마는……."

"그러시다면 내일 하루만 더 묵어가시면 어떠하실지……."

"……."

"그렇게 하실 수 있다면 내일 밤 술시 초쯤 되어 임해전 궁장 뒷길로 좀 뵈옵고 여쭐 말씀이 있습니다만……."

126

팔월 초생달은 은고리 모양으로 임해전 꺽대기에 비스듬히 걸리었다. 궁 안 언저리 하늘에 뿌연 무지개 같은 기운이 훤하게 떠오르는 것은 횃불 화톳불 초롱불이 휘황한 탓이리라. 그러나 드높은 궁장 밑은 으슥하게 어두웠다.

아까부터 경신과 주만은 아무 말 없이 어슴푸레하게 보이는 길을 겨우 발로 찾으며 나란히 걸었다.

만일 누가 보았다면 정겨운 남녀 단둘이 애달픈 사랑이나 속살거리는 줄 알련마는 서울 한복판에도 후미진 골이라 인적도 드물었다.

그렇게 도지게 먹고 또 먹은 마음이건만, 주만은 어안이벙벙하여 어디서부터 말을 끄집어내어야 좋을지 갈래를 잡을 수 없었다.

출렁출렁 안압지(雁鴨池)의 물결 치는 소리만 새어 들려도 까닭없이 마음이 울렁울렁하였다.

경신은 웬 영문인지 알 길이 없었다. 아무리 정해놓은 아내이지만 초대면하던 말에 가만히 만나자는 것부터 이상스러웠다. 그 얼굴찌와 몸가짐으로 보아 털끝만치라도 딴 의심을 품을 수 없는 것이 더욱 수수께끼였다. 그렇다고 그 간절하고 조그마한 청을 물리칠 수도 없었다. 저렇듯 뛰어나게 아름다운 장래 아내와 거닐어보는 것도 그리 싫지 않은 구실이었다.

물론 선선히 승낙하였다. 첫눈에도 주만이가 그의 꿈꾸는 아냇감으로 모든 자격을 갖춘 것 같았다. 행복의 꽃구름 속에 쌓일 듯한 그는 승낙을 한 뒤에도 적이 호기심이 움직이기는 하였지만 조금도 불길한 생각은 들지 않았다. 오히려 주만이가 한결 더 정다워지는 듯하였다. 이 꽃다운 약속이 그에게 더 자지러진 기쁨을 갖다줄지언정 손톱만한 슬픔인들 실어올 리가 있느냐?

언약대로 만나기는 만났는데 그 '여쭐 말씀'이란 과연 무엇일까. 벌써 활 반바탕 거리는 더 걸었겠거늘 종시 말이 없으니 웬 까닭일까. 그렇게도 하기 어려운 말일까…….

경신은 차차 갑갑증이 났다. 더구나 고개를 다소곳하고 자기 옆을 따르는 주만의 뺨 언저리가 으늑한 달의 원광에도 옥으로나 새긴 듯이 빳빳하게 움직이지 않는 양이 단단한 결심이나 깊은 수심에 잦아진 듯하여 그의 햇발같이 밝은 가슴에도 흐릿한 구름 흔적을 던져 주었다.

침묵은 갈수록 답답해졌다.

경신은 주만이 말하기를 기다릴 것 없이 자기가 먼저 이 답답한 침묵을 깨뜨리려 하였다. 그러나 호방한 그도 어쩐지 목이 닫혀진 듯 얼른 말이 잘 나오지 않았다.

그들의 발길은 안압지를 에두른 궁장 옆으로 왔다.

어느 결에 달은 그 까마득한 담을 넘었는지 선들선들 이는 맑은 바람을 따라 눈보라처럼 그 은가루를 휘날린다.

못 가라 그러한지 축축한 기운이 한결 더 옷깃으로 선뜩선뜩 스며드는 듯.

"날이 제법 선선해졌군요, 인제!"

경신은 마침내 말 허두를 잡았다.

"네, 그래요. 벌써 8월……."

주만은 경신이가 먼저 말을 끄집어낸 것을 매우 반기는 듯하다가 이내 목소리를 떨어뜨리고,

"그러면 8월 한가위도 인제 며칠 남지를 않았지요"

하고, 달빛을 덤숙 안은 경신의 얼굴을 우러러본다.

"뭘요, 아직도 초생인데 열흘은 더……"

하다가 경신은 빙그레 웃었다. 그는 언뜻 자기네들 혼인 날짜가 8월 스무 날로 작정된 것을 생각함이리라.

주만은 불쑥 나오는 말에,

"고까짓 열흘……"

하고 무참한 듯이 말을 끊어 버렸다.

'내가 왜 악정 비슷하게 이분께 이런 말을 할까. 이분께는 아직 우리의 비밀을 알려드리지도 않고…….'

"그러면 그 열흘이 멀단 말씀입니까? 가깝단 말씀입니까? 어허허."

경신은 기탄없이 크게 웃으며 주만의 얼굴을 내려다보았다. 아까 그의 가슴에 얼찐하였던 구름 그림자는 벌써 가뭇없이 사라졌다. 아름다운 장래 아내의 까닭 붙은 한 마디도 그의 귀에는 거슬리지 않을 뿐인가, 기름같이 미끈하게 지나고 만 것이다. 수줍은 듯 고개를 숙이고 망설이는 아냇감을 눈에 넣어도 아프지 않을 것 같았다.

'이때다, 이때다.'

주만은 속으로 부르짖었다.

'이때야말로 이분께 모든 사정을 얘기해야 한다. 모든 비밀을 알려드려야 한다.'

주만은 용기를 가다듬어 숙였던 얼굴을 번쩍 들었다.

담 밖의 인기척에 놀람인가, 달빛을 샐녘으로 속음인가, 무슨 새인지 푸드륵 날아오르는 소리가 바로 임해전 석가산 어림에서 그윽히 들리었다.

127

경신은 자기의 우스갯말에 부끄러워서 땅으로 기어들어가는 줄 알았던 제 장래 아내가 무망중에 돌올하게 얼굴을 쳐드는 것을 보고 마음 그윽히 놀랐으나 그 별같이 번쩍이는 눈과 꽃봉오리처럼 쪼무린 입술이 씩씩하고도 어여뻤다.

"경신님, 제 청을 꼭 들어주시올지."

주만은 새삼스럽게 또 한 번 따지고는 호하고 입김을 내쉬었다. 가느다란 뜨거운 숨 줄기가 거울 같은 달빛에 어리다가 스러졌다.

이렇듯 아름답고 안타까운 장래 아내의 청이거니 천하를 달라 한들 아낄 줄이 있으랴.

경신은 크게 고개를 끄덕여 보이었다.

"저번 날 밤에 불국사엘 가셨더라지요?"

"불국사?"

하고 경신으로도 몸을 흠칫하며 서먹서먹하였다. 이 말을 물을 줄이야 참말 꿈 밖에도 꿈 밖이었다.

"가기는 갔습니다만!"

하고 뚫어지게 아낫감의 얼굴을 바라보았다.

"불국사엘 가셨다가 금지 금시중 아들 금성 일파를 한 칼에 몰아내시고 아사달님……"

하다가 주만은 다시 말을 고쳐,

"그 절에 탑을 짓고 있는 석수 하나를 구해내셨다는데 정녕 그런 일이 계신지!"

하고 고마움과 슬픔이 뒤섞인 눈초리로 살짝 경신의 얼굴을 더듬는 듯하다가 다시 눈길을 돌려 버렸다.

경신은 들을수록 놀랐다. 쥐도 새도 모르는 그 일이거늘 어찌 깊은 별당에 들어앉은 처녀의 귀에까지 들어갔을까. 그 수선쟁이 용돌이가 누구를 보고 얼마나 떠들었기에 그 소문이 이대도록 왁자지껄하게 퍼지었을까. 그렇다고 큰 자랑거리는 못 될망정 어리고 살가운 장래 아내를 기일 것까지도 없는 일이라,

"그런 일이 있었습니다만 어떻게 아셨나요?"

일 자체보다도 주만이가 안다는 것이 궁금하고도 신기하였다.

"그저 들어 알았지요. 그런데 그 금성이란 이가 무엇 때문에 그런 나쁜 짓을 했대요."

인제 수작은 한 마루터기에 올랐다. 만일 경신이가 계집까닭이라는 말을 내기만 하면 주만은 그 계집이란 곧 내노라고 실토를 할 작정이었다.

경신은 어느새 뉘엿뉘엿 사라져가는 으스레한 달빛 가운데 해당화 송이처럼 새빨갛게 떠오른 장래 아내의 얼굴을 이윽히 바라보았으나, 저이가 대번에 이렇게 상기가 된 것은 전수 이 의분 때문이거니 생각하였다. 그리고 이 앳되고 깨끗한 장래 아내에게 그런 상스러운 사실을 가르치기가 싫었다.

"그건 자세히 모르지요. 이러쿵 저러쿵들 하니까……."

"모르실 리야……."

"몰라요, 몰라요"

하고 경신은 손까지 내저어 보였다.

주만은 대번에 경신의 속을 살피었다.

'이분은 그런 소리를 입에 담기도 싫어하는고나.'

저편이 의젓하고 점잖을수록 말하기는 더욱 거북상스러웠다.

"여보세요, 그 날 그 금성이란 이가 어떻게 달아났어요. 그렇게 수많은 군정을 데리고 왔더라는데……."

주만은 다시 말을 다른 데로 돌렸다. 암만해도 제 흉중에 품은 말이 쉽사리 나올 것 같지도 않은 까닭이리라.

"군정이 많다 한들 오합지졸이라 뭐 그렇게 대단할 것은 없었지요. 왜 그 말은 뇌이고 또 뇌이십니까?"

경신은 그까짓 일쯤 우습다는 듯이 신신치 않게 대답하였다.

"그래도 그 여러 사람을 한 칼에……."

주만은 경신의 얼굴을 새삼스럽게 쳐다보았다.

"허허. 저런 말 보았나. 칼이란 언제든지 한 칼이지요. 쌍검을 쓰는 이도 있지마는, 허허."

경신은 대수롭지 않다는 듯이 자꾸 웃기만 하였다. 장래 아내가 그만 일에 이대도록 흥미를 가지는 것이 귀엽지 않은 것도 아니었다.

"칼은 한 칼이라 하시지만 어떻게 혼자서 여러 사람을……."

"그것도 마찬가지입니다. 한 칼로 여러 칼을 막는 것이 아니라 한 칼의 대적은 언제든지 한 칼이지요. 이 한 칼이 저 한 칼을 이기는가 지는가 겨눌 뿐입니다. 천 칼 만 칼이 들어온들 어디 낱낱이 대적하는 건 아니지요. 그와 마찬가지로 열 사람이거나 백 사람이거나 결국 대적은 한 사람뿐이지요. 한 사람을 이기고 또 한 사람을 이기는 것을 곁에서 보면 혼자서 여럿을 이기는 듯이 생각되지요."

경신은 검술의 한 가닥을 타이르듯 알리었다.

"그러시다면 천만 사람이라도 결국 대적은 한 사람이란 말씀예요?"

하고 주만은 경신의 검술 논란에 잠깐 흥미를 느끼었다.

"그렇지요. 언제든지 적은 꼭 하나뿐이지요"

하고 경신은 또다시 빙그레 웃었다. 장래 아내에게 제 득의의 검술 얘기를 하는 것도 바이 성가시지 않은 모양이었다.

어느덧 달은 지려는지 사면은 컴컴해온다.

128

저 눈썹만한 달마저 아주 지고 나면 이 어스레하게 보이는 길조차 어두워지리라. 어서 할 말을 훨훨 해버리고 집으로 돌아가야 한다.

주만은 한 걸음 바싹 경신의 곁으로 다가들었다.

"저어, 마, 말씀 여쭙기는 어렵지만……"

하고 주만은 더듬거렸다. 경신은 제 장래 아내의 얼굴빛이 심상치 않게 긴장해지는 것을 유심히 바라보았다.

"무슨 말씀이신지?"

"저어, 파, 파혼을 해주실 수 없으실지……."

주만은 마침내 벼르고 벼르던 한 마디를 내뱉고 말았다.

"파, 파혼!"
하고 태연한 경신으로도 이 뜻밖의 말에 제 귀를 의심하는 모양이었다.

"저, 저는, 저는 경신님을 모실 사람이 못 됩니다. 서방님과 백년을 같이할 아냇감이 못 됩니다……."

"그것은 무, 무슨 말씀이신지."

경신의 씩씩한 얼굴빛도 변하였다.

"저는, 저는 누구의 아내 노릇도 할 수 없는 운명을 타고 났습니다. 제 마음의 구슬은 벌써 깨어지고 말았습니다."

주만의 말낱은 가느나마 여무지었다. 그의 숨길은 홀홀 불길을 날리는 듯하였다.

"구슬아기님, 구슬아기님! 무슨 까닭인지 자세히 일러주시오."

경신의 숨소리도 거칠어졌다. 이렇듯 아름답고 깨끗해 보이는 장래 아내의 입으로 이런 말을 들을 줄이야.

행복의 꿈이 나련하게 막 온몸에 퍼지려 할 제 무참한 파탄이 뒷덜미를 짚을 줄이야.

"저번 때 서방님이 불국사에서 구해주신 부여 석수, 곧 아사달이야말로 저의 마음을 바친 사람입니다. 서방님과 혼인 말이 있기 전에, 서방님이 오시기 전에 저는 벌써 그이에게 백년을 맹서하고 말았습니다. 정혼이 되기 전에 아버지께 이 사정을 알리려고 여러 번 생각도 해보았으나 완고한 아버지께서 제 말씀을 들어주시기는 천만 꿈 밖. 이 안타까운 비밀을 가슴 속 깊이 간직해 놓고 서방님 뵈올 때만 고대고대하였습니다. 이 비밀을 알릴 데는 오직 서방님 한 분뿐……"

하고 호하며 주만은 한숨을 내쉬고 나서 다시 말끝을 이었다.

"서방님께서 이런 줄을 아시고 저희들의 비밀을 어여삐 여겨주셔도 좋고, 또 분노에 넘치시어 저를 한 칼에 베어버리셔도 여한이 없으리라 결단하였습니다. 지금 아사달이 짓는 그 탑만 다 되는 날이면 저희들은 서라벌을 버리고 멀리 그의 고장인 부여로 달아날 작정입니다. 혼인 날 전으로 세상 없어도 그 탑을 끝내 버리고 저희들은 몸을 숨겨 버릴 작정을 한 것입니다"

하고 주만은 가쁜 숨길을 돌리었다.

경신은 입을 쭉 다문 채 제 장래 아내의 불 같은 하소연을 들으며 새록새록이 놀랐다.

달은 아주 넘어가 버리고 캄캄한 어둠이 그들의 둘레를 진하게 진하게 휩싸 버렸다.

경신의 눈앞에 번쩍이던 행복의 광채도 사라졌다. 야릇한 검은 운명의 구름장이 겹겹이 앞길을 막는 듯하였다.

"그 날 밤만 하여도 만일 서방님이 아니시더면 아사달의 목숨은 벌써 없어진 것. 설령 목숨이 붙어 있다 하더라도 그 못된 금성의 일파에게 붙들리어 갖은 망신을 다 당하고 어느 지경에 갔을런지. 태산 같은 그 은혜를 생각한들 저는 서방님을 속일 수 없었습니다. 기일 수 없었습니다. 아무것도 모르시고 초행을 오셨다가 소위 신부가 도망을 하고 없으면 서방님 모양이 무엇이 되겠습니까……."

"금성이가 왜 아사달인가 하는 그 석수를 미워합니까. 무슨 그런 곡절이 있습니까?"

경신은 어색한 제 처지도 잊어버리고 사건 자체의 흥미에 차차 끌리는 모양이었다.

"사실인즉 아무 까닭도 없습니다. 다만 그 금성이가 저한테 청혼한 것을 거절했을 따름입니다. 어찌 알았던지 저와 아사달의 관계를 눈치채고 그 날 밤에도 들이친 것입니다. 말하자면 제가 거기 있는 줄 알고 망신을 주자고 한 노릇 같습니다."

경신은 고개를 끄덕이며,

"저런 못된 자가……"

하고 자기 일같이 분해한다.

"그런 줄 알았더면 그 밤에 그대로 돌려보내지를 않았을 것을."

"그만큼만 해두셔도 적이 사람 같으면 인제는 그 못된 버릇을 고쳤겠지요."

"글쎄올시다, 워낙 그 부자란 못된 자들이라, 무슨 앙심을 어떻게 먹고 또 우리 두 집에 해를 끼칠지 모르지요."

"서방님께서 저희들 때문에 괜히 그런 자들과 척이 지시고!"

주만은 미안해 하였다.

"그까짓 군이야 백 명과 척이 진들 무슨 상관이 있겠습니까마는 늙으신 이손과 구슬아기님을 무슨 못된 꾀로 또 모함을 할런지."

"그는 그러하거니와 서방님, 제 청은 들어주실런지……."

하고 주만은 어둠 속에서도 경신의 얼굴을 눈으로 더듬었다.

129

경신은 덤덤히 무엇을 생각하다가,

"그러면 기예 파혼을 해달란 말씀입니다그려?"

하고 다시 한 번 다지었다. 그 말소리는 어딘지 구슬픈 가락을 띠었다. 걸걸한 장부의 심장에도 손아귀에 들었던 보옥을 놓치는 듯한 애틋하고 아까운 정이 없지 않은 탓이리라.

"서방님이 초행을 오셨다가 창피를 보시느니……."

주만도 목이 메이었다. 이렇듯 의젓하고 훤칠한 약혼한 이를 만나자마자 갈리는 것이 슬펐다. 은인은 될 값에 척진 일이 없는 그이에게 괴로움을 주는 것이 설거웠다.

"사정이 정 그러하시다면……."

경신의 목소리는 침통하였다.

"우리가 부부는 될 수 없는 노릇. 그것만은 나도 단념을 하겠습니다."

"그러면 파혼을 해주신단 말씀인지?"

"파혼이야 그렇게 급할 것 있겠습니까?"

"날짜는 부둥부둥 닥쳐오는데 파혼을 하신다면 하루바삐 하시는 것이……."

주만은 빠득빠득 조르는 듯한 것이 미안스러워서 말끝을 흐리마리하였다.

경신은 황소의 울음 같은 큰 한숨을 내뿜었다. 그리고 깊은 생각에 잦아진 듯 한동안 말이 없다가 자상스럽게 다시 물었다.

"그런데 그 탑은 언제쯤 완성이 된답디까. 분명히는 모르시겠지만 어림치고."

"아마 8월 한가위 안팎으로 될 법하대요."

"그러면 아직도 날짜가 많이 남았습니다그려. 그 안에 또 무슨 일이나 생기지 않았으면 좋겠습니다만."

경신은 두 애인의 장래를 위하여 걱정까지 해주었다. 주만은 눈물이 나도록 고마웠다. 무던한 남자란 말은 미리 소문을 들어 알았지만 이대도록 점잖고 자상할 줄은 몰랐다. 웬만한 사내 같으면 그 말을 들었으면 펄펄 뛰고 빼쭉 샐쭉 하며 돌아서 버리거나, 그렇지 않으면 되잖게 빈정거리고 놀려먹으려 들것이거늘, 이렇게 정중하게 진국으로 동정까지 해줄 줄은 참말 뜻밖이었다.

"그런 염려까지 해주시니 저는, 저는……."

주만은 너무 억색하여 말을 잘 이루지 못하였다.

"나는 암만해도 그 간특한 금지가 무슨 일을 또 저지를까 싶어서 종시 마음이 놓이지를 않습니다. 하루바삐 탑이 끝이 나서 두 분이 서라벌을 떠나 버리셔야 될 터인데."

"저도 마음이 조비비는 듯합니다만, 어디 탑이 그렇게 뜻대로 속히 끝이 나야지요."

"저번 날 밤에도 그 아사달이란 이가 많이 다쳤을 테니 또 며칠 동안은 일을 잘 못했을 것이고……."

"서방님께서 곧 구해내신 탓에 그리 많이 다치지는 않았던 모양이야요."

"그렇다면 다행입니다만, 그러고 아까 말씀하신 파혼은 고만두시는 게 좋을 듯합니다."

"네?"

주만은 경신의 말뜻을 잘 알아듣지 못하였다. 자기네의 사랑에 동정을 해주신다면서 파혼을 거절하는 것은 또 무슨 까닭일까.

"그것은 안될 말씀입니다. 첫째 내가 파혼을 한다면 늙으신 이손께서 적지않게 언짢아하시고 기예 파혼하려는 까닭을 아시려 들 것 아닙니까. 그러니 그 좋으신 어른을 상심을 시키는 것이 마음에 불안 막심한 일이고, 둘째는 파혼이고 뭐고 해서 소문이 왁자지껄하게 나게 되면 두 분이 몸을 빼어 달아나시는데도 적지않은 방해가 될런지 모르지요?"

"그러면 서방님만 창피하실 것 아녜요?"

"내야 뭐 관계없을 것 같습니다. 정혼한 아내가 달아났다기로 애깃거리가 될런지는 모르지만 큰 탈이야 날 것이 없지마는, 파혼으로 말미암아 두 분의 일이 혹시 탄로라도 된다면 그야말로 큰일이 아니겠습니까. 그렇지 않습니까?"

경신의 말은 차근차근하고도 어디까지나 정중하였다.

주만은 감격의 회오리바람 속에 몸을 부들부들 떨었다. 자기를 마다하고 다른 남자를 따라가겠다는 장래 아내를 이렇듯 곰살궂고 알뜰하게 두호하고 위해줄 줄이야.

주만은 땅바닥에 그대로 꿇어 엎드렸다.

"고맙습니다, 참으로 고맙습니다. 이 넓으신 은혜를 어떻게 갚사올지."

경신은 깜짝 놀라는 듯이 주만을 붙들어 일으키며,

"이게 무슨 일이십니까. 그 눅눅한 찬 땅바닥에. 고마울게 무엇 됩니까. 사람이 목석이 아닌 다음에야 그런 애달픈 사정을 듣고도 모르는 체할 수 있습니까?"

주만의 눈에는 눈물이 글썽글썽 고이었다.

"아, 알 수 없는 건 사람의 운명!"

경신은 홀로 한탄하다가 주만을 돌아보며,

"자, 인제 돌아가십시다. 밤바람이 너무 찹니다. 혹은 집에서 찾으실런지도 모르니."

둘은 또 아까 모양으로 사랑하는 부부처럼 어두운 밤길을 나란히 더듬더듬 걸었다.

130

아사녀가 그 노파의 집에 묵은 지도 어느덧 사흘 나흘이 지나갔건만 주인 노파의 친절은 조금도 변함이 없었다.

끼니마다 고량진미와 포근포근한 비단 이부자리는 노독을 흠씬 풀어내고 지친 몸을 소복시키기에 넉넉하였다.

그 해쓱하게 여윈 뺨에도 발그스름하게 화색이 돌아났다. 분결 같은 손등에는 포동포동하게 부어오른 것이 그대로 살이 되고 말았다. 거울 속에 나타나는 제가 보아도 며칠 전과는 아주 딴판으로 고와 보였다.

노파는 이따금 홀린 듯이 물끄러미 아사녀를 바라보다가,

"킁킁, 예쁘기도 하올시고, 의젓도 하올시고, 으흐흐. 천상 선녀는 마치 몰라도 지상에는 저런 인물은 다시 없겠구려."

무슨 노래나 읊조리는 가락으로 칭찬 칭찬을 하였다.

"옥으로 새겼는가, 꽃으로 그렸는가, 킁킁. 귀빗감도 훌륭한 좋은 얼굴, 쇠뿔한 마마님이 되어도 귀염받기는 혼자 할

이가 그 고생을 하다니, 그 거지 중에도 상거지 꼴을 하다니, 으흐흐."

노파는 연방 콧소리 웃음소리를 뒤섞어 내며 벌어지는 입을 다물지 못하였다.

"여보, 젊으신네, 한다하는 재상가의 마마가 되시려오, 의엿한 귀공자의 알뜰한 사랑 노릇을 하시려오, 킁킁. 열두 대문에 남종 여종 수백 명을 거느리고 능라주단을 휘감고 치감고 옥주발 은탕기에 진수성찬이 썩어나고 눈이 부신 황금 팔찌, 가락지, 구슬목걸이, 귀고리를 끼고 달고 걸고, 나가면 침향목 수레에 수없는 수종들이 앞서거니 뒤서거니, 에라 치워라, 벽제성도 호기롭고 들면 호피방석에, 당나라 비단 금침에, 원앙몽을 달게 꿀 자리를 내 한 군데 지시해드릴까, 으흐흐."

노파는 신들린 사람이 넋두리하듯 한바탕 늘어놓기도 하였다.

그러나 아사녀는 그 푸념 가운데 뼈가 든 줄을 꿈에도 몰랐다. 마음 좋은 노파가 자기를 놀려먹느라고 농담을 지껄이는 줄만 알고 흘려들었다.

이따금 너무 불안스러워서 설거지라도 거들려 나갈라치면 그 노파는 질색을 하였다.

"킁킁, 그 고운 손에 왜 물을 묻힌단 말이오. 그 옥 같은 손등이 거칠어지면 어쩌자고. 젊은이란 열손 재배하고 가만히 있어야 되는 거라오, 킁킁, 가꾸고 꾸며도 가는 청춘이야 잡을 수 없지마는 왜 일새로 겉늙힌단 말이오. 젊으신네 같은 이는 분세수 단장이나 하고 고이고이 그 어여쁜 얼굴을 아끼셔야 됩네다. 일을 거든다께, 원 천만에 될 뻔이나 한 말인가, 킁킁. 그저 일은 늙은것이 해먹어야지. 알아볼 눈퉁이 없고 쥐어볼 젖통이 없으니 어느 나비가 다시 찾아들겠소. 그저 마른 일 진 일로나 세월을 보낼 것 아니오, 킁킁. 더군다나 내가 눈두덩에 흙이 들어가기 전에야 왜 내 집에 온 손님이 손끝인들 까딱을 하게 한단 말이오, 킁킁."

"어떻게 노인네를 일을 시켜요. 일은 젊은 사람이 해야지요" 하고 아사녀가 웃으며 반박을 할 것 같으면 노파는 천길 만길 더 뛴다.

"킁킁, 원 이런 말 보았나. 그렇게 떡먹듯이 일러듣겨도 못 알아듣는단 말이오, 킁킁. 그건 시골 무지렁이나 그런 소리를 하는 거라오. 그 서방이란 게 서방이오, 건방이지. 여편네한테 건방이나 부리고 부려먹기나 하고 걸핏하면 난장이나 치고 그래서 여편네의 아까운 청춘을 다 늙힌단 말이오, 킁킁. 젊으신네도 이왕 서울 왔으니 그 서방이란 게 있거든 하루바삐 떼어 버리시구려. 그 무지막지한 것들이 어디 인간이오. 우리 서라벌 사내야 다들 제 계집 귀애할 줄 안다오. 어디 일을 시킬까, 손찌검을 할까, 킁킁. 또 그 시부모란 건 늙은 것들은 제 젊었을 때 고생한 건 잊어버리고 며느리만 보면 들볶기나 하고 일만 시켜먹으려 들지 않소. 그래서 젊으신네도 그런 말을 하는가 보오마는, 사람이란 나이나 젊었을 때 홍청도 거리고 고이 가꾸어야지 다 늙은 내야 아무리 꾸민들 주름살이 펴질 거요, 악센 뼈마디가 몰신몰신해질 거요. 그러니 일을 암만 해도 상관이 없단 말이거든. 그런데 젊은이를 왜 일을 시킨단 말이오."

아사녀는 빵긋이 웃고 물러서는 수밖에 없었다. 그 노파가 시골뜨기는 사람이 아닌 듯이 휘몰아세고 욕지거리를 하는 것이 적이 마음에 불쾌는 하였지만 그렇지 않다고 끝끝내 고집을 세워서 그의 비위를 거스를 수도 없었다. 이렇게 자기를 얻들고 받들고 위해주는 그의 고마움을 생각한들 어떻게 조금치라도 그의 뜻을 받지 않고 불쾌하게 할 것이랴. 그러나 그 노파가 그렇게 시골 시부모를 미워하는 것이 다른 까닭이 붙은 줄이야 아사녀는 멍충이같이 몰라들었다. 시집살이를 못 해본 아사녀이매 시부모가 아무리 그악스럽다 한들 자기에게 아무 상관도 없는 일이요, 더구나 그 노파가 아무리 시골 사내를 욕을 해도 아사달을 빗대놓고 하는 말이거니 생각할 까닭이 없지 않으냐.

131

아사녀는 물론 하루에도 몇 번씩 그림자못을 찾았다. 그 노파 집에서 그리 멀지 않은 것도 얼마나 다행한지 몰랐다.

한낮은 말할 것도 없거니와, 아닌 밤중에나 꼭두새벽이라도 남편 그리운 생각이 간절할 때마다 불현듯 뛰어나오기에 가까운 것이 무엇보다도 좋고 편하였다.

여러 번 돌아보고 들여다본 탓으로 인제 물 속에 일렁거리는 그림자란 그림자는 낯이 익다시피 되었다.

해가 어디만큼 떠오르면 어느 그림자가 어떻게 가로눕고 또 그 길이가 얼마큼 되는 것까지 짐작하게 되었다.

수멸수멸하는 물 얼굴도 정이 들었다.

그러나 탑 같은 그림자는 종시 나타나지 않았다. 이따금 눈에 서투른 그림자가 얼찐 하면,

"옳지 인제야 ——"

하고 가슴을 두근거렸으나 흘러가는 구름 조각이 그를 속일 때가 한두 번이 아니었다.

"오늘도 그 탑이 덜 되었고나."

발길을 돌릴 적마다 아사녀는 실망한 듯이 혼자 속살거렸으나 그 탑이 완성만 되면 그림자가 비칠 것을 믿고 의심하지 않았다.

오늘 밤은 제법 달이 밝았다.

아사녀는 꿈꾸는 듯한 걸음걸이로 휘넓은 못 가를 돌고 또 돌며 탑 그림자를 눈여겨 찾아보았지만 새파란 하늘이 가로눕고 별들이 한들한들 춤추며 지나갈 뿐.

지친 듯이 풀밭에 주저앉아 은사실을 출렁거리며 흘러가는 달빛을 바라보고 있노라니,

"나는 또 어디를 가셨나 하고 찾았더니, 킁킁, 또 여길 나왔구려."

등뒤에서 콩콩이 소리가 났다. 오늘은 무슨 볼일이 있다고 다 저녁 때나 되어 잔뜩 꾸미고 나가더니 어느 결에 돌아온 모양이었다.

"킁킁, 오늘은 달이 꽤 있구려. 젊으신네 같은 이는 심회도 날 만하구려"

하고 아사녀 곁에 와서 나란히 앉으며 어깨를 툭 친다.

"볼일은 다 잘 보셨어요?"

콩콩이는 연방 웃어 보이며 기뻐서 못 견디는 눈치였다.

"이번 볼일이 쩍말없이 들어맞기만 하면, 킁킁, 나한테도 좋지만 젊으신네한테 더 좋은 일이라오, 으흐흐."

아사녀는 그 수수께끼 같은 말이 수상스러웠다.

"저한테 좋을 일이 무슨 일일까요?"

"글쎄 가만 있구려. 이 늙은것한테 만사를 맡기구려, 킁킁. 내가 젊으신네를 이롭게 했으면 했지 혈마 해야 붙이겠소. 그런데 그 그림자는 인제 찾았소?"

"아녜요, 아직 그 탑이 덜 되었는지 그림자가 보이지 않아요."

"여기서 거기가 어디라고……"

하다가 콩콩이는 아사녀에게 실망을 줄까보아 슬쩍 말 허두를 돌리었다.

"도대체 그 탑이 완성되기를 왜 그렇게 바라시오. 필경 곡절이 있겠구려, 킁킁."

아사녀는 벌써 며칠을 콩콩이 집에 있었지만 자기 속사정은 아직 이야기하지도 않았고 그 노파 또한 굳이 알려 들지도 않았다.

"입때 참 말씀을 못 여쭈었습니다마는 그 탑을 짓는 이가 제 남편이랍니다. 그 탑이 완성이 되어야 그이를 만나게 해 준대요. 여자의 부정한 몸으로 절 안에 발을 못 들여놓게 한답니다."

"아니, 그러면 그 탑 쌓는 석수장이가 젊으신네의 남편이 된단 말이오? 이름은 무어라 하오?"

"아사달이랍니다."

"오 그래요? 그래서 이 못에 그림자를 찾는 게로구려. 오, 옳지, 옳아, 킁킁."

콩콩이는 몇 번 고개를 끄덕끄덕하였다.

"그러면 진작 그런 말을 할게지, 킁킁"

하고 매우 못마땅해하다가 다시 생각을 돌리는 듯 혼잣말같이 중얼거렸다.

"그 어른 마음에 든 다음에야 남편이 있으면 어떻고 없으면 어떻단 말인고."

"그건 무슨 말씀이야요."

아사녀도 차차 콩콩의 말씨에 의심을 품게 되었다. 이 좋은 늙은이도 무슨 꿍꿍이속이 있구나 생각하매 마음이 섬뜩해짐을 느꼈다.

"아니오, 젊으신네 알 것은 아니오, 킁킁. 내 혼자 무슨 딴 생각을 한 거라오. 주책머리없는 늙은이란 이럴 때 알아본단 말이거든. 무두무미하게 그게 무슨 소리람. 아무튼 아깝소, 아까워……."

"뭣이 아깝단 말씀이에요?"

아사녀는 더럭 의증을 내며 재쳐 물었다.

"그러면 아깝지 않고, 그 옥 같은 얼굴로 석수장이 계집 노릇은 아깝지, 아까워, 으흐흐"

하며 콩콩이는 능갈지게 또 웃어댔다.

132

'석수장이 계집 노릇은 너무 아깝다.'

아사녀는 다른 말은 다 흘려 들었지만 이 말만은 뼈가 저리도록 새겨 들리었다.

그렇듯 좋고 착하고 보살님의 현신인 듯하던 이 늙은이가 그 언사와 거동이 오늘 밤 따라 어떻게 천착스럽고 수상한 생각이 와락 일어나는 것을 건잡을 수 없었다. 주름살이 메이도록 분을 덕지덕지 올린 것도, 시들어진 뺨에 발그스럼하게 연지를 칠한 것도 망칙스럽고 제 본색을 드러내는 것 같았다.

"그건 어, 어떻게 하시는 말씀이야요?"

아사녀의 두 뺨도 뾰로통해지고 절로 말소리도 날카로워졌다.

노파는 말끄러미 아사녀의 얼굴을 들여다보다가 제 말이 너무 지나친 것을 깨달았음이리라.

"어규 젊으신네, 잘못되었구려. 늙은것 말이 어디 종작이 있소. 원 지껄이기만 하면 말이 되는 줄 알고, 킁킁. 원 망한 년의 주둥아리가……."

제가 저를 여지없이 나무라다가,

"여보, 젊으신네, 늙은것이 그저 입버릇이 사나워서 그렇지 무슨 다른 뜻이야 있었겠소? 킁킁. 젊으신네가 하도 아름답고 의젓하기에 웃느라고 한 소리 아니오. 그만 일에 그렇게 화를 낼 거야 무엇 있소. 내가 젊으신네 영감을 보기나 하였기에 헐뜯어 말할 거요. 하도 젊으신네가 잘나서 이 늙은 것이 반은 미치다시피 되어 말이 함부로 나왔구려."

너스레를 놓는 바람에, 아사녀는 이렇듯 신세 많이 진 늙은이에게 괜히 촉바른 소리를 하였다고 후회하였다.

노파는 눈을 두리번두리번하며 한동안 무엇을 생각하다가,

"여보 젊으신네, 일인즉은 매우 수상하구려. 젊은 아내가 천 리 원정을 멀다 않고 찾아왔는데 안 만나는 까닭이 무슨 까닭이란 말이오, 킁킁. 사람이 목석이 아닌 다음에야 그렇듯 매정할 수가 있소. 그야 말짝으로 필유곡절이지."

"제 남편이야 제 온 것을 어디 알기나 해요? 문지기가 가로막고 들이지를 않으니 그렇지."

"그럴싸도 싶지마는 그렇지 않은 까닭도 또 있다오. 젊으신네 영감이 미리 문지기에게 일러두지 않은 다음에야 그 문지기가 억하심정으로 들이지를 않는단 말이오, 킁킁."

"어떻게 저 올 것을 알고 미리 부탁을 해둔단 말씀이야요?"

노파는 매우 딱한 듯이,

"어규 딱해라, 저렇게 고지식하게 생각을 하니까 나타나지도 않을 그림자나 찾아보라고 어리더덤한 수작으로 돌려세웠구려, 킁킁. 말하기는 안되었지만 만일 젊으신네 영감이 젊으신네 같이 잘났다면."

"저보다 여러 곱절 잘나셨답니다."

"그러면, 그러면, 킁킁, 큰일이로구려. 그래 여기 온 지는 얼마나 되었소?"

"3년이나 되었어요."

"3년! 어규, 3년 동안에 그래 새파란 젊은이가 독수공방을 할 것 같소? 킁킁. 벌써 탈이 난 거요. 더구나 불국사 같은

대찰에는 대갓집 마마들의 불공이 잦고, 그렇게 잘난 젊은이가 그들의 눈에 띄었다면 그대로 둘 것 같소? 여부없지. 여부없어."

"혈마……."

"여보, 혈마가 다 뭐요, 혈마가 사람을 죽인다오. 큥큥. 큰일났구먼. 어규, 가엾어라. 저렇게 예쁜 댁네를……."

아사녀의 가슴엔 무엇이 탁 마치는 것이 있었다. 그러면 팽개와 싹불의 말이 과연 참말이었던가? 따는 그 문지기가 처음에는 그렇게 몰풍스럽게 굴지를 않더니 아사달을 찾아왔다는 말을 듣고 노발대발 천 길 만 길 뛰지를 않았던가.

노파는 아사녀의 얼굴이 파랗게 질려가는 것을 보고,

"어규 가엾어라, 어규 딱해라. 그야 젊으신네 남편이야 문지기를 보고 그런 부탁을 안 했는지 모르지, 큥큥. 보아하니 두 분의 금실이 여간 좋지 않았던 모양이니, 큥큥. 어느 년인지는 모르지만 그 계집년이 죽일년이지. 필경은 그년이 그 문지기를 돈푼이나 주고 본여편네가 오거든 절 문 안에 들어서지도 못하도록 하라고 신신당부를 했는지도 모르지. 원 세상에 원수년도 있지그려, 몹쓸년도 있지그려."

아사녀는 '혹' 하고 앞으로 고꾸라지고 말았다.

"여보 젊으신네, 너무 상심일랑 마시오. 꼭 그런 줄야 낸들 알 수 있소, 큥큥. 세상에 못 믿을 건 사내의 마음입네다. 계집한테 미치기만 하면 그대로 환장이 되는 게니, 큥큥. 그걸 다 속을 썩여서야 어디 사람이 배겨날 수가 있소. 어디 저 아니면 세상에 사내씨가 말랐답니까. 유들유들하게 생각을 해야 된단 말이거든, 큥큥. 자아 일어나오. 우리 집으로 들어

가서 잠이나 잡시다. 이것저것 생각하면 무얼 한단 말이오. 살이나 내렸지. 내일이라도 또 좋은 일이 생길지 어떻게 아오, 킁킁."

133

그 이튿날 저녁 나절 아사녀는 못 가를 또 한 바퀴 휘 돌아오니까 콩콩이 집 문 앞에 으리으리한 좋은 수레가 한 채 놓이고, 홍달모 달린 벙거지를 젖혀쓴 구종 몇몇이 두런두런 지껄이고 있었다.

콩콩이 집에 손님이 들기도 처음이요, 손님이 든대도 이런 굉장한 손님이 들 줄은 정말 뜻밖이었다.

아사녀는 어쩐지 무시무시한 생각이 들어서 곧 발길을 돌려 서려다가 그래도 자기가 신세지고 있는 집에 별안간 손님이 들어 그 노파가 혼잣손에 쩔쩔맬 것을 생각하고 조심조심 걸어 들어와 보니 바깥에 들리는 것과는 딴판으로 안에는 조용한 게 인기척도 없는 듯하였다.

아사녀가 가만히 마루에 올라서매 안방에서 영창 하나를 새에 두고 은밀한 수작이 새어흘렀다.

"그래, 자네 말마따나 그 천하 절색은 어디로 갔나, 허허."

점잖으나마 꺽세디꺽센 목소리는 아마 노파를 찾아온 사내 손님의 음성이리라.

"인제 고대 들어오겠지요. 어규, 대감께서도 그렇게 급하십니까, 으흐흐."

갈데 없는 주인 노파의 흐무러진 수작이 분명하다.
"그래. 오기는 어데서 왔다던가. 자네가 근지를 분명히 아는가."
"벌써 몇째 마마님이 되실 텐데 근지를 캐시면 무얼하십니까. 인물만 무던하면 고만입지요."
"원 자네는 인물 인물하고 인물만 추지마는 내 집 사람을 맨들자면 첫째 근지를 알아야 될 것 아닌가."
"뭐 —— 성골 진골의 정실부인을 구하시는 것 아니겠고, 대감의 눈에 드시면 고만이지 근지는 알아 무엇합니까, 킁킁. 아무튼 한번 보시기만 하십시오. 당명황의 양귀비도 저만큼 물러앉으라 하실 테니, 으흐흐."
"압다, 추어올리기는. 양태진만 할 말로야 황금 만 냥도 아깝지 않지마는."
엿듣는 아사녀는 아까부터 불길한 예감에 가슴이 두근거렸으나, 과연 자기를 두고 하는 말인지 또는 다른 수작인지 분명히 종잡을 수가 없었다. 그러나 온몸이 귀가 되어 한 걸음 두 걸음 안방 옆으로 다가 들어섰다.
"그런데 여봅시오 대감, 한 가지 난처한 일이 있답니다. 그 사람이 서, 서방이 있대요."
콩콩이는 어떻게 목소리를 낮추는지 하마터면 몰라 들을 뻔하였다.
"응, 서, 서방이 있어? 그러면 유부녀란 말이지? 그러면 안 되지 안 돼, 될 말인가."
사내 손님의 성난 듯한 목소리가 울려나왔다.
"안 될 것이 뭐입시오? 그까짓 시골뜨기 서방이 백 명이 있은들 무슨 상관입니까. 한번 서슬 푸른 대감 댁으로 들어간 다음에야 제가 하늘 위에 별 쳐다보기지, 무슨 별수가 있겠습니까, 킁킁. 그래서 저도 근지도 알아보지를 않았답니다. 엊저녁에야 말말끝에 서방 있는 계집이란 소리를 들어 알았지요."

아사녀는 머리 위에서 벼락이 떨어지는 듯하였다. 갈데 없는 제 이야기다.

'어서 달아나야, 어서 달아나야…….'

속으로 외치면서도 웬일인지 발을 동여매 놓은 듯 움직일 수 없는데 회오리바람이 설레는 듯한 귀 속으로는 방 안의 가만가만한 말낱이 마치 화살촉 모양으로 들어박혔다.

"서방 있는 계집을, 안 될 말, 안 될 말."

사내는 종시 의려를 한다.

"원 대감도 딱도 하십니다. 그까짓 서방은 생각하실 것도 없대도 그러시네. 그까짓 돌이나 쪼아먹고 사는 위인을 정 말썽을 부리거든 돈냥간이나 두둑히 주면 저도 새장가 들고 좋아할 것 아닙니까?"

아사녀는 온몸의 피가 거꾸로 흐르는 듯하여 살이 부들부들 떨리었다.

"오, 그러면 그 서방이란 자가 석수장이란 말인가?"

"그렇대요. 바루 저 불국사에서 탑을 짓는 석수래요, 킁킁. 그 석수의 짓는 탑 그림자가 비친다고 해서 하루에도 몇 번을 그림자못으로 간답니다. 지금도 아마 거길 간 듯합니다. 여기서 거기가 어디라고 우두커니 못 가에 앉아서 그림자 나타나는 것을 들여다보고 있는 꼴은 아닌 게 아니라 불쌍도 해요."

"그러면 숫백이는 아주 숫백인 모양이나 석수장이 계집이 오죽 할까."

"아닙시오. 천만에, 그렇지 않습니다……."

아사녀는 더 들을 필요가 없었다. 살그머니 마루를 내려서서 나는 듯이 뒤꼍으로 돌았다. 앞문으로 나가다가는 그 감때사나운 구종들에게 잡힐 듯한 염려도 없지 않았던 것이다.

그 집에는 뒤꼍도 조그마한 중문이 하나도 아니요 둘씩이나 있었다. 남의 눈에 뜨이지 않고 드나들기에는 막상이었다.

아사녀는 그 중문 하나를 열고 진동한동 뛰어나왔다.

134

콩콩이 집 뒷문을 빠져나온 아사녀는 사나운 짐승에게 쫓기는 모양으로 한동안 허방지방 줄달음질을 쳤다. 뒤에서 누가 시근벌떡거리고 잡으러 오는 듯 오는 듯하여 발길 닿는 대로 들숨날숨 없이 달아나기만 하였다. 물론 어디로 간다는 지향조차 없었다.

얼마를 뛰어왔는지 숨은 턱에 닿고 댓자국을 옮길 수 없어, 마침 길옆에 우거진 갈밭을 발견하고 그 속에 뛰어들어 은신을 하고 눈을 내어 바라보매 벌써 어슬어슬한 저녁 안개에 싸이고 콩콩이 집이 보이지 않았다.

남편 있는 지척에서 또 이런 변을 당할 줄이야, 오는 도중에는 뜨내기 못된 젊은 것들의 성화를 받았지만 그것은 오히려 모면하기가 쉬웠던 셈이다. 의엿한 구종을 늘어세우고 버젓한 수레에 높이 앉은 명색 '대감'이 이런 불측한 출입을 할 줄이야. 애송이 이리 떼보다 이 늙은 이리가 여러 백곱절 더 무섭고 더 치가 떨리렸다. 더구나 그 소중한 남편을 개새끼보다 더 우습게 아는 것이 절통절통하였다.

'이것도 내 탓이다. 나 때문에 공연히 남편까지 욕을 보이는고나'

하매 아사녀는 몸둘 곳을 몰랐다. 그때 죽어 버렸을 것을. 그 사자수 푸른 물결에 몸을 던져 버렸던들 그 몹쓸 고생도 아니하였을 것을. 몸은 비록 어복중에 장사를 지냈을망정 혼이라도 고장의 하늘에 남아 있다가 아사달님이 돌아오시는 것을 보았을 것을.

생각하면 생각할수록 모두가 제 잘못이었다. 한번 죽음을 결단한 다음에야 무서울 것이 무엇이며 어려울 것이 무엇이랴 하고 길을 떠난 것부터 잘못이었다. 죽음보다 몇 곱절 더 무섭고 더 어려운 고비를 얼마나 겪었는가.

그 흉물스러운 콩콩이를 태산같이 믿은 것은 잘못 중에도 큰 잘못이었다. 아무리 의지가지가 없는 형편이라 하기로, 아무리 하루 이틀만 지나면 탑 그림자가 나타나고 곧 남편을 만날 수 있다기로 턱없이 남의 신세를 진 것이 불찰이다.

그러면 어찌하랴. 지금 새삼스럽게 또 어디로 달아날 것이랴. 전자에는 이런 변을 당할 적마다 서라벌로 서라벌로! 이를 악물고 내달았거니와 인제는 갈길조차 없지 않으냐.

그렇다고 한만히 있을 수도 없는 노릇. 만일 붙들리기만 하면 이번이란 이번이야말로 빼쳐날 길이 없다. 어디든지 좀 더 멀리라도 피신을 해야 한다.

아사녀는 깜틀하며 다시 몸을 일으켰다. 그 순간 언뜩 불국사 생각이 떠올랐다.

'옳다, 좌우간 또 불국사로나 가볼 수밖에 없다.'

그러나 해는 벌써 떨어지고 어둑어둑 땅거미가 내리기 시작하여 길을 찾기가 아득하였으나 아무튼 불국사 방향을 어림잡고 갈팡질팡 걷기 시작하였다.

어디로 어떻게 돌았는지 아사녀 저 자신도 알 수는 없었으되 으스레한 가운데에도 훤하게 트인 큰길이 보였다. 아사녀가 문지기에게 쫓기어 그림자못을 찾아가던 좁은 길과는 딴판으로 크고 넓은 것을 보면 서라벌에서 불국사로 바로 뚫린 대로가 분명하다.

아사녀가 그 길로 휘잡아들어 얼마 걷지 않아서 과연 불국사 대문의 붉은 기둥이 그리 멀지 않게 뚜렷이 바라보였다.

아사녀는 딴 길로 나온 것이 오히려 다행이었다.

불국사 문을 바라만 보고 허둥지둥 발길을 옮기고 있을 제 문득 등뒤에서 말굽소리가 들렸다.

아사녀는 몸을 흠칫하며 길 한옆으로 비켜서는데 가슴은 두방망이질을 하였다.

'나를 잡으러 오는가부다.'

길가라 으슥한 숲도 없으니 은신할 도리도 없고 그렇다고 달아나자 하니 저편에서 말을 달려 오는 다음에야 몇 걸음을 안 옮겨놓아 잡힐 것은 정한 이치였다.

아사녀는 뒤도 돌아보지 않고 그 자리에 웅숭그린 채 움직이지 않았다.

뚜벅뚜벅하는 말굽소리는 과연 아사녀 있는 곳으로 가까워 왔다.

아사녀의 등에서는 찬 소름이 쭉쭉 끼쳤다.

별안간 동이 좀 뜨게 난데없는 숨찬 여자의 음성이 들려왔다.

"애구, 애구, 아가씨, 구슬아가씨. 좀 같이 가요. 쇤네는 죽겠는뎁시오."

"어서 오너라, 어서 와! 왜 네 말은 절룸절룸 저느냐?"
하고 앞장을 섰던 말굽소리가 바로 아사녀의 등뒤에서 멈춰지는 듯하였다.

아사녀는 여자의 말소리에 적이 마음을 놓고 제 뒤를 힐끗 돌아다 보았다. 두 간통도 안 떨어진 곳에 웬 젊은 여자가 마상에 높이 앉은 뒷모양이 보였다.

135

어둠이 짙어지자 솟은 때 모르는 달빛이 백금과 같이 번쩍인다.

'세상에 출중한 여자도 있고나.'

아사녀는 그 여자의 훨씬 편 날씬한 허리와 동그스름한 어깨판과 달빛에 아롱거리는 비단 옷자락의 무늬를 바라보며 일순간 제 비참한 경우도 잊어버리고 속으로 속살거렸다.

한 손으로 느슨하게 말고삐를 거사거리고 또 한 손으로 손잡이에 옥을 물린 채찍을 빗겨든 모양은 옛이야기 속에서나 빠져나오는 여장부를 생각나게 하였다. 옥충 등자는 새파란 불길이 이는 듯한데 맵시 있는 말이 하부이 놓이어 가만히 멈춰 있는데도 항청항청 그네질을 하는 것 같다.

저만큼 말 등에 거의 달라붙은 듯한 방구리 같은 여자가 쌔근쌔근하며 말을 채쳐 달려온다.

아까 같이 가자고 소리를 쳐서 앞선 이의 말을 멈추게 한 여자이리라.

거의 거의 따라서게 되자 뒤떨어졌던 이는 할딱할딱 숨이 넘어가는 듯하다가 그래도 연방 종알거렸다.

"애구, 아가씨도 아무리 급하시기로, 애구 아가씨도 아무리 아사달 서방님을 만나시기가 급하시기로 그렇게 그렇게 급하게 가신단 말입시오. 이 털이 년을 죽으라면 그냥 죽으라시지."

아사녀는 저도 모를 사이에 몸을 소스라쳤다. '아사달 서방님' 이란 말이 그의 귀를 칼로 에어내는 듯한 까닭이었다.

"아사달님 말은 왜 또 이렁성거리느냐?"

앞선 여자가 꾸짖는 듯이 한 마디 하고 말 머리를 돌이켜 두 여자가 나란히 아사녀를 마주보며 말을 놓아 지나간다.

아사녀의 핑핑 내어둘리는 시선 가운데 달빛을 안은 그 여자의 앞모양이 뚜렷이 나타났다.

뒷모양보다 앞모양은 약간 파리한 듯하였으나 그 얼굴은 황홀하도록 아름다웠다.

'이 여자!'

아사녀의 가슴 속에서 무엇이 피를 뿜으며 부르짖었다.

'이 여자다! 아사달님의 사랑이 바루 이 여자다.'

아사녀의 눈에는 핏발이 섰다. 온몸은 설한풍에 휘불리는 것처럼 와들와들 떨렸다.

그 여자도 지나치면서 유심히 아사녀의 얼굴을 내려다보았다. 그리고 제가 데리고 가는 시비인 듯한 뒤따라온 여자에게 가만히 속살거렸다.

"세상에 어여쁜 여자도 있고나."

"글쎄입시오. 이만저만한 인물이 아닌뎁시오."

"저렇게 어여쁜 여자는 난생 처음 보겠고나"

하고 그 여자는 또 한 번 힐끗 돌아보았다.

두 눈길은 쩽하고 소리라도 낼 듯이 마주 부딪쳤다.

"웬 여자일깝시오? 이 어두울 녘에 길가에 혼자 섰으니."

"그야 누가 알겠니."

그리고 두 여자는 뚜벅뚜벅 말을 채쳐 지나갔다.

아사녀는 돌쳐서서 그들의 가는 곳을 안청이 퉁겨나오도록 바라보았다.

그들의 그림자는 불국사 절 문 안으로 빨려 들어가듯 사라져 버렸다.

아사녀는 뿌리나 난 것처럼 제 선 그 자리에서 한동안 움직이지 않았다. 그리다가 마치 열에 뜨인 사람 모양으로 불국사를 향하여 줄달음질을 하였다.

거의 불국사 문전에 다다르자마자 아사녀는 주춤 걸음을 멈추었다.

문은 어서 들어오라고 손짓이나 하는 듯이 훨씬 열리었고, 그 말썽꾼이 문지기도 어디로 갔는지 보이지 않았다. 그대로 뛰어들어가도 아무도 막을 이는 없을 것 같다.

아사녀는 몇 걸음 걷다가 주춤 서곤 하였다. 절 문을 등지고 몇 발자국 떼어놓다가 다시 돌쳐서곤 하였다.

뛰어들까말까!

남편 보고 싶은 마음과 분한 생각과 남편의 얼굴을 깎이우고 망신을 주게 될 걱정이 그의 조그마한 가슴 속에서 세 갈래 네 갈래로 갈리어 대판 싸움을 일으킨 것이다.

얼마 동안 아사녀는 어쩔 줄을 모르고 망설이고 있는 판에 문득 등뒤에서 팔을 잡아 비틀도록 단단히 부여잡는 사람이 있었다.

아사녀는 돌아보고 질겁을 하였다.

거기는 콩콩이가 무서운 형상을 하고 서 있지 않은가.

언제든지 싱글싱글 웃는 듯하던 눈이 미친개 눈처럼 번들번들 번쩍이고, 앙다문 입술은 발발 떠는데 게거품이 지르르 흐르는데다가 앞 이빨이 반쯤 퉁겨나온 것이 갈데 없는 아귀와 같았다.

이윽히 아사녀를 뜯어나 먹을 듯이 노려보다가 몇 번 안간힘을 쓰고 나서 제물에 제 성을 풀며,

"킁킁, 난 어디를 갔다고. 그림자못에 열 번은 더 나가보고, 후유, 어쩌면 이 늙은것을 그렇게 애간장을 조리게 한단 말이오? 난 물에나 빠져죽은 줄 알고 어떻게 애를 켰던지. 여기를 올작시면 온단 말이라도 해야 될 것 아니오, 킁킁. 어떻게 화나 나던지……."

콩콩이는 다시 너설을 피우기 시작하였다.

136

아사녀와 마주친 말 탄 여자 둘은 물론 주만과 털이였다.

주만은 임해전 궁장 기슭 후미진 길에서 경신과 만나 마지막 귀정을 지은 이튿날 경신은 아무 일도 없었던 것처럼 장래 장인 장모와 주만에게까지 깍듯이 작별 인사를 하고 제 고장으로 떠나가 버렸다.

주만은 경신에게 한량없는 존경과 감사를 올리며 위태위태 하던 제 사랑에 한가닥 성공의 광명이 비친 듯하여 마음 그윽히 든든하고 기뻐하였다.

이제 남은 문제는 오직 하루바삐 탑이 완성되어 아사달과 두 손길을 마주잡고 멀리 사랑의 보금자리를 찾아 종적을 감추면 그만이다.

탑이 얼마쯤 되었는가. 못된 자들의 엄습을 당한 아사달이 어떻게 되었는가. 차돌의 말을 들어 대강은 알았지마는 새삼스럽게 궁금증이 나서 견딜 수가 없었다. 아무리 위험한 불국사이기로 아니 오고는 배길 수 없었다. 겁을 집어먹고 머뭇거리는 털이를 재촉하여 살같이 달려온 것이다.

그들은 늘 하는 대로 절 문 안에 들어와서 마구간에 말을 매고 주만은 걸어서 석가탑을 찾아 올라갔다.

"아까 그 여자가 웬 여자일까? 그 어여쁜 얼굴에 수색이 가득하였으니."

주만은 종시 그 여자가 마음에 키이는 모양이었다.

"글쎄입시오, 그 맨드리하며 얼굴 판국하며 어쩐지 서라벌 여자 같지는 않던뎁시오."

"얼굴 판국이야 서라벌 여자나 외처 여자나 구별하기가 어렵지만 딴은 그 머리 쪽진 것하고 어딘지 시골티가 나기는 나더라. 그는 그렇다 해도 세상에 그렇게 결곡하고 고운 얼굴이 또 있을까."

"원 아가씨는 한 번 본 그 여자에게 아주 홀리셨군요. 아가씨가 사내 같으시면 여간이 아니실 뻔하셨군요, 호호."

털이는 또 버릇없는 소리를 하고 낄낄대었다.

"내가 만일 남자가 되었던들 그런 여자를 아내로 삼았겠지. 어여쁘고 안존하고 보드랍고…… 호호."

주만은 입에 침이 없이 칭찬을 하면서도 어이없다는 듯이 웃었다.

"참 아가씨가 남자로 태어나셨으면 동동 뜨는 서방님이 되셨을걸. 지금 본 그 여자가 아무리 아름답기로 아가씨께야 발밑에나 따라올깝시오."

"애가 또 종작없는 소리를 지껄이는고나. 나 보기에는 여자답기에는 나보담 그 여자가 몇 곱절 나을 것 같더라."

"원 아가씨도, 아가씨를 어떻게 그런 여자와 댄단 말입시오."

이런 수작을 주고받을 제 그들의 걸음은 꽤 석가탑에 가까워 왔는지 자그락자그락 고이고이 돌을 미는 소리가 들리었다.

"오늘 밤에도 여상스럽게 일을 하시고 계시는고나."

주만은 하던 수작을 그치고 귀를 기울이다가 가만히 소곤거렸다. 마치 미묘한 풍악이 들려오는데 그 털끝만한 가락이라도 귀넘어로 놓치지 않으려는 것처럼.

"아가씨는 귀도 밝으시어. 참, 쥐가 밤톨이나 갉아먹는 듯한 소리가 가느닿게 들려오는뎁시오."

털이도 손으로 귀 뒤를 잡아 쫑긋 세우고 종알거렸다.

주만은 손을 저어 아무 소리도 말라는 뜻을 보이고 잠깐 걸음을 멈춘 채 이윽히 엿듣고 있었다. 달 그림자 어린 그 얼굴은 황홀하게 빛났다.

"너 저 자지러지는 가락소리를 들어봐라. 저절로 신이 나는고나."

"쇤네 귀에는 자그럽기만 한뎁시오."

"네까짓 귀가 귀냐. 저 소리는 가슴정질하는 소리란다."

"녜, 그럽시오."

털이는 그럴싸하게 고개를 끄덕끄덕하다가,

"정에도 가슴정 다리정이 있는갑시오, 오호호."

"무슨 방정맞은 웃음이냐. 그 흐무러진 가락을 고만 놓쳐 버렸고나."

"어서 가기나 하십시오. 그 탑 밑에 가시면 귀에 신물이 나도록 들으실걸"

하고 털이는 제가 앞장을 서서 종종걸음을 치려 들었다. 털이는 돌 쪼는 소리보다 제 아가씨를 한시 바삐 모셔다 놓을 데 모셔다놓고 차돌이 만나러 가기가 급하였던 것이다.

주만은 털이를 따라 멈추었던 발을 떼어는 놓았으나 땅이나 꺼질 듯이 가만가만히 걸었다. 제 귀속에 스며드는 아름다운 가락을 깨칠까 두리는 듯. 털이는 달음박질이라도 하고 싶은 것을 억지로 참으며 그 앙바틈한 다리를 아기작아기작 놀리어 제 아가씨의 본을 떠서 발소리를 죽이느라고 조심조심하였다.

"가슴정이란 어떻게 생긴 것입시오?"

털이에게는 입을 닫치고 묵묵히 걷는 것처럼 거북한 노릇은 없었다.

"원 그 애는 가슴정이란 말이 그렇게 이상스러우냐? 가슴정이란 아주 돌을 곱게 다듬는 데 쓰는 게란다."

주만은 성가시나마 아사달에게 들은 풍월을 설명해 주는 수밖에 없었다.

그들의 눈앞에 나타난 석가탑은 다 된 탑이었다.

찢어지게 밝은 달빛 아래 그 의젓하고 거룩한 모양은 환하게 솟아오르는 듯하였다.

137

아사달은 인제 탑 속에서 일을 하지 않고 탑 밖에서 사다리를 놓고 한창 흥에 겨워서 다듬질에 골몰하였다. 번개같이 번드치는 그의 손아귀에는 가느다란 가슴정이 신이 나서 넘노는데 그 엷고 납작한 입부리로 나불나불 돌부리를 씹어내었다. 은물에 적시어 넣은 듯한 돌 몸에서는 반짝반짝 흩어지는 불꽃도 희었다.

주만과 털이가 사다리 밑까지 돌아왔건만 아사달은 인기척도 못 알아듣는 듯하였다.

털이가 소리를 치려는 것을 주만은 눈짓해 말리고 마치 얼빠진 사람 모양으로 어느 때까지 귀와 눈을 아사달의 손끝에 모으고 있었다…….

털이는 몸부림이 날 지경이었다.

차돌은 지금 무엇을 하고 있는가. 아사달님 처소 툇마루에 다리를 디룽디룽하며 걸터앉아서 달을 보고 있으리라. 지금 당장이라도 뛰어가서 그 늙은 회나무 그늘에 슬쩍 몸을 숨기고 뒤를 돌아 등뒤에서 두 손으로 눈을 꼭 감겨주었으면! 그러면 누구야 누구야 하고 고개를 도레도레 흔들었다. 한나절이나 눈 감긴 손을 떼어주지 않으면 약이 올라서 나중에는 뾸쪽하고 성을 내렸다. 실컷 애를 먹이다가,

"아옹, 나를 몰라?"

하고 깔깔대면 저도 돌아다보고 싱글벙글 두리쳐 안으리라.

그러나 어쩐지 엄숙한 공기에 싸이어 감히 발을 떼어놓지 못하고 주만의 하는 대로 조용히 서 있는 수밖에 없었다.

이윽고 정소리는 뚝 그치었다. 그러자 아사달은 후우하고 긴 한숨을 내쉬었다. 그것은 높고 험한 산에 오르는 이가 아슬아슬한 고비를 다 겪고 마침내 절정에 득달하였을 때 내뿜는 한숨과 같았다. 가슴이 툭 트이는 듯한 시원함과 창자 밑에서 끓어오르는 듯한 기쁨과 지치고 지친 피로가 한꺼번에 뒤섞인 한숨이었다.

정소리는 끊겼건만 제 귀에서 아직도 사라지지 않는 여운을 즐기며 주만은 또 한동안 그린 듯이 서 있었다.

"아야야, 아야야."

털이는 온몸이 비꼬이는 듯 인제 더 참을래야 참을 수 없어 필경 이 조용한 공기를 깨치고 말았다.

"쇤네는 다리가 저려서 죽겠는뎁시오, 아야야, 아야야."

아사달은 그제야 제 발 밑에서 나는 인기척을 들었는지 놀란 듯이 힐끗 내려다보았다.

"오오, 구슬아기님, 구슬아기님이 오셨습니까?"

아사달이 이때처럼 반겨 부르짖기는 처음이었다. 그리고 주만이가 미처 대답도 하기 전에 우둥우둥 사다리를 내려온다.

털이는, 옳다 인제 되었다는 듯이 그 틈을 타서 종종걸음을 치며 제 갈 데로 가버렸다.

아사달은 사다리를 내려오는 길로 다짜고짜 주만의 손을 덥석 잡았다. 그 손은 부들부들 떨렸다. 그 목소리는 전에 없이 내리지르는 폭포와 같이 급하였다.

"구슬아기님, 구슬아기님, 기뻐해 주십시오. 인제, 인제야 끝이 났습니다."

대공을 이룩한 절대의 감격에 그의 몸과 넋은 소용돌이를 쳤던 것이다. 이 기쁨을 나눌 이를 만난 것이 어떻게 반가운지 몰랐던 것이다.

"네, 네! 탑이 완성이 되었단 말씀예요? 대공을 마치셨단 말씀예요?"

주만도 제 귀를 의심하는 것처럼 흥분된 말씨로 재쳐 물었다.

"그렇습니다. 지금 마지막 손을 떼었습니다. 햇수로 3년, 달수로 서른 달 만에."

"……."

주만은 대번에 목이 꽉 메이는 듯 말도 나오지 않았다. 수이 수이 준공은 된다고 하였지만 이렇게 속히 끝이 날 줄이야. 그렇게도 지리하고 그렇게도 어렵더니만 마치려 드니 이 대도록 빠를 줄이야, 쉬울 줄이야. 더구나 제가 보는 눈앞에서 일손이 떨어질 줄이야.

주만의 긴 속눈썹에는 눈물이 서릿발같이 번쩍였다. 마침내 그는 감격과 정열의 회오리 바람에 싸여 단 한 마디,

"아사달님!"

부르짖고, 제 얼굴을 사랑하는 이의 가슴에 던지며 소리를 내어 울었다.

"구슬아기님, 고맙습니다. 이렇게 기뻐해주시니"

하고 아사달도 주먹으로 제 눈물을 씻었다.

'만일 이 자리에 스승이 계셨던들 얼마나 기뻐하실까?……'

아사달의 생각은 벌써 멀리 고장으로 달리었던 것이다. 스승도 스승이려니와 아내 아사녀인들 이 자리에 있었더면 얼마나 좋아하였으랴. 그러나 아사녀 말만은 선선히 입 밖으로 나오지 않았다.

주만은 벌써 아사달의 흉중을 꿰뚫어본 듯 선뜻 얼굴을 떼며,

"부인께서 보셨더면 더욱 기뻐하셨을 것을"

하고 중얼거렸다. 그 말가락엔 조금도 시새는 울림이 없고 가장 자연스럽게 동정에 넘치는 듯하였다.

뚜렷한 석가탑의 그림자는 하나로 녹아드는 두 사람의 그림자 뒤를 덮는 듯이 지워버렸다.

138

아사달과 주만이가 석가탑 그림자 속에서 낙성의 감격에 겨웠을 때, 아사녀는 콩콩이에게 붙들리어 푸줏간으로 끌려가는 양 모양으로 꾸벅꾸벅 따라갔다.

지금 와서 앙탈을 한다 한들 왁자지껄만 할 뿐이지 놓아줄 것 같지도 않고 펄떡거리는 가슴을 부둥켜안고 풀밭과 산기슭에 이리저리 몸을 숨기는 그 지긋지긋한 고생의 길로 들어설 뿐. 생각만 해도 이에 쓴물이 돌았다.

그는 모든 것을 잃어 버렸다. 모든 것을 단념해 버렸다.

대공을 이루고 찬란한 영광에 싸인 남편의 얼굴을 바라보는 기쁨도, 두 손길을 마주잡고 고장으로 회정하는 아기자기한 꿈도, 그 몹쓸 가지가지 경난을 정담 속에 넣어두고 서로 위로하며 서로 어여삐 여기는 꿀 같은 사랑 생활도 무참하게 부서지고 말았다. 그이에게는 저보다 더 높고 더 아름다운 여자의 사랑이 있지 않으냐. 찌들고 여위고 볼품없는 이 시골뜨기 아내보다 호화롭고 씩씩한 서울 아가씨가 따르지 않느냐.

인제 와서는 나란 이 몸은 그이에게 도리어 폐가 되고 누가 될 따름이 아니냐.

이런 때 저승의 차사 같은 콩콩이를 만난 것이 도리어 무딘 결심을 재촉해 주었다.

콩콩이는 아사녀가 저를 보기만 하면 몸부림을 하고 빽소니를 칠 줄 알았더니 이렇게 고분고분히 따라오매 얼마쯤 마음이 누그러워졌다. 막상 '대감'이 불러오라 하여 찾으러 나갔다가 아사녀가 가뭇없이 사라져서 발을 동동 구르던 생각을 할 것 같으면 아사녀를 잡기만 하면 바수어 먹어도 시원치 않을 듯하였었다. 그렇게 꿀을 담아 붓는 듯하여 그 '대감'이 제 집에 행차까지 하셨는데 정작 당자가 없어놓으니 이런 꼴이 어디 있느냐? 더구나 끼니마다 고량진미에 중값든 옷까지 입혔으니 밑천도 이만저만 들지 않았는데 만일 줄행랑을 했다면 이런 손해가 또 어디 있느냐? 그림자못을 열바퀴나 더 돌다가 허허실수로 불국사엘 와본 것이 그대로 들어맞은 것은 만행도 만행이려니와 당자가 앙탈도 않는 것은 여간 다행이 아니다. 만일 그 '대감'이 조맛증이나 내시지 않고 눈을 껌벅껌벅하며 기다리고 있다면야 일은 되었다. 오래간만에 얻어걸린 이 큰 콩을 놓쳐서 될 말인가?

"여보, 젊으신네, 하필 오늘 저녁 따라 불국사엘 오셨소? 그래 그 석가탑인가 뭔가 탑 그림자가 비칩디까?"

"아녜요."

아사녀는 고개를 다소곳한 채 성가신 듯이 간단히 대답하였다.

"그것 보구려. 먼 곳에서 어떻게 거기 그림자가 비친단 말이오, 킁킁. 백주에 거짓말이지"

하고 콩콩이는 속으로 이 계집애가 아직도 모르는고나 생각하고 슬슬 마음을 돌려보려 들었다. 정작 '대감'과 상면을 시킬 때 발버둥을 치면 가뜩이나 남편 있는 계집이라고 꺼리는데 일이 순편할 것 같지 않았다.

"그래, 오늘은 남편을 만나보셨소?"

번연히 못 만난 것을 알면서도 짐짓 물어보았다.

"아녜요."

"원 그런! 세상에 매정한 사내도 있구려, 킁킁. 천 리 원정에 찾아온 아내를 어떡하면 만나주지도 않는단 말요?"

하고 콩콩이는 바로 흉격이나 막히는 것처럼 칵하고 침을 뱉고 나서,

"여보 젊으신네, 그런 사내를 어떻게 바라고 산단 말이오? 내 참 좋은 자리에 증권해 주께, 으흐흐. 바루 상대등 되시는 어른, 말하자면 임금님 다음가는 어른이야. 그 어른이 자식이 없어서 마나님을 구하시는데 젊으신네가 들어가 보시랴오. 쇠뿔한 마마님이면 귀비 부러웁지 않게 호강이야 말할 것도 없지만 젊으신네가 들어가서 아들만 하나 쑥 낳아 보시구려. 귀염과 고임을 독차지할 게고 아드님이 대까지 잇게 된단 말이거든."

수다 늘어놓는 콩콩이의 말낱은 마치 아사녀의 명을 재촉하는 주문과 같았다.

아사녀는 콩콩이보다도 더 빨리 걸었다. 한 걸음이라도 속히 걸어야 모든 슬픔과 모든 괴로움을 한시 바삐 벗어날 것처럼.

저만큼 그림자못이 보인다.

달빛 어린 그림자못은 거울같이 맑았다. 찰랑찰랑 뛰노는 은물결은 아사녀에게 어서 오라고 부르는 듯하였다. 그 물결을 바라보는 순간 아사녀의 설레던 가슴도 맑고 고요하게 가라앉았다.

'인제 다 왔고나.'

아사녀는 속으로 속살거리고 호하고 가쁜 숨길을 내쉬었다.

그들의 발길은 그림자못 가를 스쳐가게 되었다.

아사녀는 불국사 쪽을 돌아보았다. 눈에는 털끝만한 원망하는 빛도 없었다. 맑고 부드럽게 약한 슬픔을 머금은 양이 마치 보살님의 자비에 가득 찬 눈동자와 같았다.

'나는 가요, 저 물 속으로. 내 시신 위에나마 당신이 이룩한 석가탑의 그림자를 비쳐주어요.'

이것이 마음으로 속살거리는 남편에게 대한 마지막 부탁이었다.

콩콩이가 악 소리를 지를 겨를도 없이 아사녀는 나는 듯이 몸을 빼쳐 그림자못 속으로 뛰어들었다…….

139

이 나라의 큰 명절 8월 한가위도 글피로 박두하였다. 오늘의 조회에서는 신궁에 큰 제향을 올릴 절차와 제향을 마친 다음에는 신궁 넓은 마당에서 궁술과 검술의 모임을 열 것과, 밤에는 6부의 처녀들을 모아 길쌈내기 할 것을 결정하였다. 그리고 그 처녀들을 두 패로 나누는데 그 우두머리가 될 두 처녀는 연례에 따라 시중 금지의 딸 아옥과 이손 유종의 딸 주만으로 작정이 되었다.

시중 금지는 문득 반열에서 나와 옥좌 앞에 부복하였다.

"소신이 아뢰올 말씀이 있습니다."

여러 조신들은 내심으로 '저 독사 같은 자가 또 무슨 소리를 하려는고' 하면서 긴장한 얼굴로 그 깐깐한 목소리에 귀를 기울였다.

"궁술과 검술을 권장함은 우리 나라의 오래 내려오는 관습이오라 지금 졸연히 폐지하기는 어렵다 하겠사오나 오늘날 같은 태평성대에 살벌의 기운을 일삼는 것은 결코 화길한 일이 아니옵고, 개중에는 지체와 재주를 믿사옵고 성군작대하와 양민을 괴롭게 하오며 심지어 인명을 해하는 일도 없지 않다 하온즉 유사에 명하시와 이런 무뢰지배를 사실케 하시와 국법을 바루시옵고 상무지풍을 눌르시어 혈기 방장한 젊은 무리의 예기를 꺾으시고 성경현전에 잠심케 하시와 국가 백년 대계의 귀취를 밝히심이 좋을까 하옵니다……."

시중 금지의 말이 채 마치기 전에 이손 유종은 매우 홍분된 걸음걸이로 반열에서 나왔다.

"지금 아뢰온 시중 금지의 말씀은 천만부당한 줄로 아뢰옵니다. 문무를 병행시킴이 치국의 대경대법이어늘 이제 시중은 무를 버리고 문만 취하려 하오니 국사를 그르침이 이에 심한자 없는 줄로 아뢰옵니다. 우리 나라가 최이한 소국으로 삼한통일의 위업을 이루옴은 우으로 열성조의 천위와 성덕의 소치이옵고, 아래로는 우리 나라 고유의 국선도가 사기를 진작한 까닭인 줄로 아옵니다. 대개 무는 국민의 원기이오라 원기를 꺾어버리고 흥하는 나라가 어찌 있사오리까. 고금 흥망의 자취를 살펴보오면 문약에 흐르고 망하지 않은 자 없사오니 태평성대라 하여 문만 숭상하옴은 멀지 않은 장래에 큰 화를 빚어내올 줄 아옵니다. 치에서 난을 잊지 않고 난에서 치를 잊지 않사와야 나라를 태산 반석의 튼튼한 자리에 올려놓는 소이인 줄로 아뢰옵니다. 개중에 불량배가 있사오면 저절로 국법이 있사오니 그런 무리로 말미암아 상무지풍을 누른다는 것은 본말을 전도하와 성명을 가리움인가 하옵니다."

유종의 우렁찬 목소리는 쩌렁쩌렁 전각을 흔드는 듯하였다. 그리고 그 은사실 같은 긴 수염이 매우 분개한 듯이 푸르르 떨리는 것 같았다.

금지는 매우 못마땅한 듯이 칵 한번 기침을 하고 나서 목소리를 가다듬어,

"이손 유종은 소신의 아뢰온 본뜻을 잘 모르는 듯하옵니다. 소신도 결코 무를 아주 버리고 문만 취하자는 것이 아니옵니다. 문무 병행이야 삼척동자라도 다 아는 것이온즉 하필 이손의 말을 기다릴 것도 없는 줄 아뢰옵니다. 이손은 문약이 나라를 그르친다 하오나 한 문제가 문으로 백성을 피폐케 하였사오며 수 양제가 문으로 나라를 잃었사오리까? 성쇠의 자취가 소소히 역사에 남았거늘 이런 사실에는 일부러 눈을 감아 버리려는 이손의 뜻이 어디 있는 줄 소신은 아지 못하겠사옵니다. 궁술 검술의 모임을 연다 하셔도 될 수 있는 대로 그 규모를 줄이시고 등용의 길을 좁히심이 지당하온 줄로 아뢰옵니다"

하고 금지는 제 옆에 나란히 부복한 유종을 곁눈으로 흘겨보았다.

늙으신 왕은 성가신 듯이 고개만 좌우로 흔드시고 아무런 처분이 없으시었다. 만득하신 왕자께서 워낙 나약하시어 첫 가을 바람이 불자 또 감기에 걸리어 몸져 누운 것을 생각하시고 어서 조회가 끝나서 들어가 보시고 싶으셨다.

금지는 더한층 목소리를 가다듬어,

"그는 그러하옵거니와 또 한 마디 아뢰올 말씀이 있습니다. 이것도 상무지풍에서 오는 폐단인 줄 아옵거니와 근래 남녀의 강기가 어지러워진 것은 참으로 통탄하올 일로 아뢰옵니다. 남녀는 국민의 기초이오라 한번 그 관계가 어지러우면 곧 골품이 불순해지는 것이온즉 어찌 작은 일이라 하오리까. 칠세에 남녀부동석이라는 뚜렷한 성훈이 있사옵거늘 심규의 처녀가 예사로 외간 남자를 대하옵고, 상민천한의 자녀야 거론할 것이 못 되옵지만 한 나라의 사표가 되올 집안의 딸이 제 지체도 돌아보지 않사옵고 하향천한을 따른다는 해괴한 소문이 항간에 파다하온즉 이런 괴변이 어디 있사오리까?……"

금지가 채 말을 마치기 전에 왕은 듣기 싫으시다는 듯이 파조해 버리시고 내전으로 듭시었다.

140

파조해 나오면서 여러 조관들은 힐끗힐끗 금지의 기색을 살피었다. 약삭빠르고 슬기롭기 늙은 여우와 같은 그도 오늘 따라 왜 그런 주책없는 말씀을 아뢰어 필경 왕의 미타하심까지 입었을까. 행세하는 집 딸로 하향천한을 따른다는 것은 무슨 던적맞은 수작일까. 대관절 누구의 딸이 그런 짓을 저질렀던가.

딸 없는 이는 번쩍이는 호기심을 걷잡지 못하였고 딸 있는 이는 '혹시 내 딸이……' 하고 송구스러운 생각을 일으키고 집에 돌아가면 제 딸을 단단히 잡들이를 하리라고 벼르는 사람까지 있었다.

금지는 여럿의 시선을 느끼었던지 그 노리캥캥한 얼굴을 더욱 찡그려 붙이고 그 톡 불거진 눈을 해번뜩 아래로 깔며 일부러 아칠랑아칠랑 느리게 걸어나왔다.

궁문을 다 나와서 수레에 오르려다가 말고 역시 수레에 오르려는 유종의 곁으로 왔다.

"여보 이손, 오늘은 신신치도 않은 일로 서로 다투게 되어 어심에 미안하구려. 내가 무슨 이손과 혐의가 있는 게 아니고……."

저는 푸노라고 하는 말인지 모르지마는, 실둑실둑 떠는 그 입술은 감추지를 못하였다.

"금시중, 그게 무슨 말씀이오. 우리가 국사를 가지고 서로 다툰 것이지 사삿혐의야 왜 있겠단 말이오. 공과 사를 구별을 못 한다면 신자 된 도리에 어그러질 것 아니오."

유종은 독사나 옆에 온 듯 지겨운 듯이 한 걸음 물러서며 아까 머리끝까지 치받쳤던 분노가 아직도 가라앉지 않은 양 그 범눈썹이 거슬러 일어섰다.

"우리가 한 조정에 같이 선 지 어느덧 40년, 공사고 사사간에 의좋게 지내면 더욱 좋을 것 아니오, 허허"
하고 금지는 가장 너그러운 척을 하며 지어서 웃어 보였다.

"그야 다 이를 말이오. 그러나 사람이란 소견이 다 각각이라 비록 이 흰 머리가 버어질지언정 어찌 제가 옳다고 생각하는 것을 기어이 임금을 속일 수야 있단 말이오."

유종의 말씨는 종시 풀리지 않았다.

"조정에서 하던 의논을 이 길거리에서 다시 되풀이할 거야 있소. 우리 사삿얘기나 합시다. 참, 영애의 혼사는 작정이 되셨다니 고맙소이다."

"시중이 고마울 거야 무엇 있겠소. 금량상의 집안으로 보내게 되었다오."

유종은 더욱 퉁명스럽게 대답하고 눈을 부릅떠 금지를 노려 보았다.

이 자가 어전에서 그런 무엄한 소리를 꺼낸 것이 반은 제 딸을 빈정거림인 줄 몰라들을 유종이가 아니었다. 규중 처녀가 외간 남자를 예사로 대한다고 꼬집었지만 벌써 혼인이 다 된 장래 신랑과 신부가 제 부모 보는 앞에서 만나보는 것이 무엇이 예절에 어그러진단 말인가. 그런 것은 천 번 만 번을 이렁성거린들 무슨 흉이 될 것이냐.

'네가 아무리 그 독사 같은 주둥아리를 놀려보아야 도리어 왕의 찡그심을 받을 뿐 아니냐.'

"어 그 참 잘된 일이오. 그 혼사가 올곧게 된다면야……."

금지의 입술에는 찬 웃음이 흘렀다.

"날짜까지 다 정해놓은 혼사가 올곧게 안 된다는 것은 또 어떻게 하시는 말인지!"

유종은 나이나 젊었으면 허리에 찬 보도를 빼어들 뻔하였다. 이런 놈을 한 칼에 두 동강이를 내지 못하고 또 누구를 버힐 것이냐.

"그러하시겠지. 정해 놓은 혼인이야 안 될 리가 왜 있겠소. 대관절 영애의 허락이나 맡으셨소?"

금지의 말은 갈수록 버르장머리가 없었다.

"허락을 맡다니 어찌하는 소리요."

유종의 화는 더 참을래야 참을 수가 없었다.

"그러면 이손은 아무것도 모르시는구려. 왼 세상이 다 아는 불국사 사단도 모르는구려."

"불국사 사단?"

유종은 무슨 소리인지 몰라듣고 채쳐 물었다.

"여보 이손, 우리 나라 법에 행실 잃은 계집애 처치를 어떻게 하는지 이손도 아시겠지."

"불에 태워 죽이는 거야 누가 모른단 말이오."

"아시기는 잘 아오마는 행하기는 어려우실걸."

"안 다음에야 왜 행하지를 못 한단 말이오. 거혼한 혐의로 시중이 끝끝내 우리 부녀를 뜯는다 해도 아무 상관이 없소이다."

"어, 거혼한 혐의라니? 그런 신부는 가져갑시사고 절을 해도 내 쪽에서 거혼을 할 테요. 세상에 어디 사내가 없어서 하필 석수장이를……."

유종은 금지의 말이 무슨 소리인지 점점 알아들을 수가 없었으나, 웬일인지 차차 분함만 치받쳐올랐다.

"석수장이란 또 웬 말인고."

"압따 그렇게 못 알아들으시겠거든 영애에게 좀 자세 물어 보구려. 등하불명이란 이손 같은 이를 두고 하는 말인가 보오."

141

금지의 말씨는 갈수록 망상스러웠다. 그는 어떻게 분하고 악이 났던지 제 지체와 체모도 돌아보지 않는 듯하였다. 평일에 억지로 지어서나마 빼는 점잖은 가락조차 약에 쓰려도 찾을 수 없었다. 한 마디 한 마디마다 독한 칼날이 쟁그렁쟁그렁 소리를 내는 듯하였다.

불국사에서 경신에게 혼뗌을 한 금성은 분풀이를 할 궁리를 생각다가 못 한 끝에 앞뒤 사연을 제 아비에게 꼬아바치고 말았다. 제 쪽에서 수십 명이 떼를 지어 지쳐들어갔다가 경신과 용돌 단 두 사람에게 혼비백산하였거늘 제 아비 앞이라도 창피하였던지 그 사실만은 슬쩍 뒤집어 꾸미어 제가 수많은 경신의 패에 붙들리어 죽을 변을 당하였다고 호소하였다.

유종에게 혼인 거절당한 것만 해도 치가 떨릴 노릇이거늘 그 소위 사윗감으로 작정한 위인에게 제 자식이 봉변까지 당하였다는 말을 듣고 보매 금지는 온몸에 독이 올라서 어제 밤은 잠 한잠도 이루지 못하고 그대로 밝히었던 것이다.

유종 부녀와 경신 형제를 갈아 마시어도 시원치 않을 것 같았다. 갖은 흉계를 궁리궁리하며 손톱 여물을 썰다가 조회가 거진 끝날 때쯤 되어 앞뒤를 헤아리지 않고 필경 그런 상주까지 한 것이었다.

그러나 왕께서 이내 파조해 버리신 탓으로 그 한독한 상주도 아무 보람이 없게 되었다. 도리어 제게 적지않은 망신이 되고 말았다.

사람을 해치려다가 도리어 맞은 독사처럼 치밀리는 독기를 건잡을 수 없어 유종을 노상에서 붙들고 직접 독설을 놀려본 것이었다.

"등하불명이라니 그건 또 어떻게 하는 말이오?"

유종의 불쾌한 얼굴에도 살기가 등등해졌다.

"그렇게 자자한 소문을 이손만 못 듣다니 될 말이오? 이손 댁에서 난 일을 이손이 모르니 등하불명이 아니고 무엇이란 말이오?"

"내 집에서 생긴 일? 그건 또 무슨 고이한 말이고?"

하고 유종은 소매를 떨치고 수레에 오르고 말았다. 만일 금지의 말을 더 듣고 있다가는 한길가에서 무슨 거조가 날지 자기도 알 수 없었던 것이다. 하마하마 칼집으로 손이 가는 것을 그는 이를 악물고 참았던 것이다.

"이손도 잘 생각하셨소. 어서 댁에나 가서 물어보구려, 허허."

금지는 싸늘하게 웃으며 제 수레로 가려다가 다시 돌아서서,

"참 이손, 사윗감은 썩 잘 고르셨더군. 무뢰배들과 몰려다니며 아닌 밤중에 문문한 절간이나 엄습해서 토식이나 하고 제 장래 계집의 서방을 알뜰살뜰히 두둔을 하니. 원 세상에 흘게 없는 놈, 어허허."

금지의 꼴같지 않은 큰 웃음소리가 마치 독 묻은 살촉과 같이 유종의 귀에 와서 들어박혔다.

수레에 오른 뒤에도 유종의 몸은 부들부들 떨리었다. 금지에 대한 미운 생각으로 그 늙은 살도 떨리는 것이었다.

"될 말인가, 될 말인가."

유종은 혼자 중얼거렸다.

제가 아무리 우리 부녀를 모함하려 한들 터무니도 없는 소리가 성사가 될 까닭이 있느냐. 내 딸과 집안을 빗대놓고 상없는 상주까지 하였지만 아무리 한들 그런 어림없는 수작으로 성명을 가릴 수 있느냐?

우리 집안이 비록 고단하다 한들 인제 경신 형제가 있지 않으냐?

한번 경신을 생각하자 잔뜩 찌푸렸던 유종의 얼굴은 저절로 풀어졌다.

먼빛으로 보아도 천하 영웅인 줄 알아보았지마는 정작 겪어보니 얼마를 더 씩씩하고 더 의젓하고 인정스러운지 몰랐다. 이렇듯 사내다운 사내를 사위로 맞게 된 것은 천우신조가 아닐 수 없었다.

이런 사위가 있는 다음에야 금지 따위야 열 명 백 명이 적이 된다 해도 조금도 두려울 것이 없었다. 경신에게 대면 금지의 아들 금성이쯤은 발 아래 꿈지럭거리는 벌레만도 못하였다.

한두 번 상면밖에 시키지 않았지만 저희끼리도 그리 싫지는 않은 눈치였다. 주만이 같은 기상에 조금치라도 마음에 못마땅할 것 같으면 그대로 낯빛에 드러낼 것 아니냐?

경신이 떠날 때에도 저희끼리도 인사를 주고받으며 얼마 아닌 그 동안이나마 못내 이별을 아끼는 듯도 하였다.

이 혼인이 올곧게 못 된다면 동해물이 거꾸로 흐르는 날이리라. 유종은 미쁘고 든든한 생각에 금지의 칼날 같은 빈정거림도 잠깐 잊어버렸다.

그의 늙은 눈 앞에는 대화어아금(大花魚牙錦)의 활옷에 큰 낭자를 하고 아름다운 신부 모양을 차린 주만과 공작의 꼬리를 꽂고 복두와 관대의 신랑의 위의를 갖춘 경신이 금슬 좋게 나란히 서 있는 모양이 떠나왔다.

142

유종은 물론 금지의 말을 믿지 않았다.

불국사 사단이니, 석수장이니, 장래 아내의 서방이니, 실행한 처녀는 불에 태워 죽이는 법이니 하는 것이 도무지 알아들을 수 없는 소리요, 괴이한 수수께끼 같았으나, 그 모질고 독한 말씨가 납덩이처럼 그의 귀 밑바닥에 꺼림칙하게 처졌다.

집에 돌아오는 길로 아무튼 주만을 불러 물어는 보려 하였으나 마침 손들도 있고 해서 저녁 밥을 먹은 다음에야 안으로 들어왔다.

사초부인은 남편의 불쾌한 안색을 보고 놀라는 빛으로,

"신관이 갑자기 틀리셨으니 어디 편치나 않으시온지?"

"아니오, 뭐 불편한 데는 없지마는 좀 상심되는 일이 있어서 그러한가 보오."

"무슨 상심되는 일이 있사온지?"

유종은 조정에서 일어난 일은 한 마디라도 집안에 와서 이렁성거리는 성미가 아니었으나, 오늘 일은 딸에게 관한 일이라 간단하게 금지의 아뢰던 말과, 길거리에서 자기를 잡고 이러쿵저러쿵 변죽을 울리던 이야기를 일러 듣기었다.

"망측도 해라. 그게 무슨 얼토당토 않은 소리예요. 거혼당한 앙심으로 지어낸 것이겠지만 어쩌면 남의 천금 같은 귀한 딸에게 그런 음해를 뒤집어 씌운단 말씀예요. 어규, 분해라."

사초부인은 대번에 소름이 끼치고 위아랫니가 딱딱 마주쳤다.

"제가 아무리 악독한 마음을 품고 우리를 해치려 하지마는 내 딸에게 그런 일이 없는 다음에야 무슨 계관이 있겠소마는……."

"없고말고, 온, 세상에 그런, 그런 고약한 소리가……"
하고 사초부인은 흉격이 막히는 듯이 말끝을 이루지 못한다.

"그래 마누라도 그럴싸한 소문도 듣지 못했단 말이오?"

"소문이 무슨 소문입니까? 그런 입길에도 못 올릴 소리를……."

"불국사 사단이라 하니 불국사에서 무슨 일이 있었던가? 왜 마누라는 아들 발원한다고 이따금 불국사엘 가지 않소?"
하고 유종은 조롱하는 듯이 자기보다 훨씬 젊은 아내를 바라보았다.

"전에는 더러 갔지마는 요새는 그 애 혼사 때문에 어디 몸 뺄 틈이나 있어야지요."

"그럼 그게 다 무슨 종작없는 소리일까!"

사초부인은 이윽히 무엇을 생각하는 듯하다가,

"참, 얼마 전에 불국사에서 이런 일은 있었대요. 그때 내가 대감께 그런 얘기를 안 했던가?"

"무슨 일이오? 나는 얘기를 들은 법도 않은데."

"다른 게 아니라 왜 불국사에 석가탑을 모시는 석수장이가 있지 않아요?"

"옳지, 석수장이!"

하고 유종은 무엇이 마음에 마치는 것이 있는 것처럼 무릎을 일으켜 세운다.

"참, 대감께서도 보셨겠구먼. 왜 사월 파일날 불국사 거둥을 하셨을 때 상감께서 불러보시기까지 하셨지."

"그래, 그 석수장이가 어떻게 되었단 말이오?"

유종의 묻는 말씨는 매우 급하였다.

"하루 밤에 그 석수가 골똘히 일을 하고 있노라니 웬 사람들인지 수십 명이 들이쳐서 그 사람을 탑 위에서 끌어내려가지고 못 당할 욕을 보이려 할 제 난데없는 신장 두 분이 나타나서 서리 같은 칼을 휘둘러 여러 군정들을 쫓아버리고 그 중에 우두머리 같은 사람을 개 꾸짖듯 하고 그 석수 앞에 꿇어앉히고 백배 사례를 시킨 일이 있었는데요. 말인즉슨 그 탑이 영검이 무서워서 그 짓는 이를 부처님께서 두호를 해주신 것이라고들 합디다."

"신장이 나타나다니 어디 말이 되는 소리인가?"

"그야 모르지요. 하인들이 종작없이 지껄이는 소리를 나도 들은 것이니까요."

"신장이 나타나고 아니 나타난 거야 우리의 알 바가 아니지만 그 불국사 사단이 우리 구슬아기에게 무슨 계관이 있단 말인고?"

"아기한테야 무슨 계관이 있겠어요."

"대관절 그 여러 사람들은 무슨 원험으로 그 석수장이를 들이쳤을까?"

"글쎄요, 그 까닭은 자세히 알 수 없지요."

"아무튼 구슬아기를 좀 불러다가 물어볼까?"

"물어보시기는 무엇을 물어보셔요. 그런 해괴한 소리를 어떻게 점잖은 딸에게……."

"좌우간 좀 불러오구려. 보고도 싶으니."

사초부인은 계집애 종 하나를 시켜 딸을 부르러 보내었다. 얼마 만에 그 계집애 종이 돌아와서 밖에서, '마님, 마님' 하고, 사초부인을 불러내었다.

"아가씨가 계시지 않는뎁시오."

"털이 년도 없느냐?"

"털이 년도 어디를 갔는지 없는뎁시오."

"응!"

하고 유종은 몸을 벌떡 일으켰다.

143

주만은 아사달의 무사한 얼굴만 보면 선걸음에라도 돌처선다는 것이 미룩미룩 밤이 이슥한 연에야 집에 돌아오게 되었다.

그 동안이라도 하루가 열흘 맞잡이로 그립던 알뜰한 님을 만나보고야 차마 발길이 선뜩 돌아서지도 않았거니와 오늘 밤이란 오늘 밤이야말로 그 탑이 끝나지 않았느냐. 하루하루 목숨이 잦아질 듯이 애가 키이고 가슴이 조리던 그 탑이 인제야 일손이 떨어지지 않았느냐.

이 기쁨! 이 감격! 이 앞에는 모든 불안과 모든 위험이 사라지고 말았다. 어수선한 소문도 겁낼 것이 없다. 불의의 변도 두려울 것이 없다. 그의 앞길에는 한조각 검은 구름도 얼찐거리지 않았다. 찢어지게 밝은 저 달과 같이 행복의 길은 환하게 열리었다.

"언제쯤 길을 떠나실지."

주만은 마지막으로 또 한 번 다져보았다.

"글쎄올시다. 내일 아니면 모레는 떠나볼까 합니다."

아사달의 돌아갈 마음도 살과 같구나.

불국사를 나와 주만은 더욱 신이야 넋이야 말을 달렸다. 귓결에 지나치는 맑은 가을바람은 어떻게 이렇게 시원할까. 죽을판 살 판 따라오는 털이의 꼴도 오늘 밤같이 우스운 적은 없었다.

집 가까이 다다르자 말은 털이에게 맡겨 보내고 별당 뒷문으로 돌았다. 미리 밖에서 열 수 있도록 만들어둔 문을 거침없이 열고 들어서니 제 침방에 촛불이 그저 켜 있었다.

'웬일일까?'

주만은 적이 의아하였다. 그는 나갈 적에 흔히 촛불을 켜버려둔 채로 나갔지만 언제든지 제가 돌아올 무렵에는 그 촛불이 다 타서 꺼지고 마는 터였다. 오늘 밤도 그럭저럭 꽤 늦었을 텐데 불이 그대로 있는 것은 이상한 일이었다.

마루에 가만히 올라서서 살그머니 영창을 열고 보매 자기

어머니 사초부인이 벽에 그린 듯이 기대앉아서 잠깐 졸다가 인기척에 놀란 듯이 눈을 번쩍 뜬다.

"너 어디 갔다 오느냐?"

어머니는 첫마디에 묻는다.

주만은 어머니가 홀로 있는 것은 그리 큰일은 아닐 성싶어서 방 안에까지 들어는 섰으나 무어라고 얼른 대답할 말은 없었다.

"너 이 밤중에 어디를 갔다 온단 말이냐?"

재쳐 묻는 어머니의 말소리는 전에 없이 쨍쨍한 울림을 띠었다.

"저어, 어디 좀 다녀와요."

웅석피듯 대답 안 되는 대답을 한 마디 하고 주만은 어머니와 동안이 뜨게 주저앉았다.

"다녀오는 데가 어디란 말이냐? 너 아버지께서 너를 찾으시다가 역정까지 내셨단다. 나는 여길 와서 세상 너를 기다리니 어디 와야지."

아버지도 찾으셨단 말에 주만의 가슴은 덜렁하였다.

"너 나이 한두 살이냐? 설령 동무의 집에 놀러를 간다해도 부모의 말을 듣고 다녀야 될 것 아니냐? 다 큰 계집애가, 내일 모레로 시집갈 색시 애가 밤나들이란 될 뻔이나 한 일이냐?"

사초부인의 언성은 점점 높아간다.

"……."

주만은 고개를 푹 숙이고 말았다. 바른대로 사뢸 수도 없고 그렇다고 거짓말을 주어댈 수도 없었다. 거짓말을 한다 한들 곧이들을 어머니도 아니었다. 자애는 깊지만 차근차근 하고 밝은 어머니였다.

"어머니, 잘못했어요."

주만은 어릴 때 말버릇이 그대로 나왔다.

"어디를 갔다 왔기에 덮어놓고 잘못을 했단 말이냐?"

어머니의 목소리는 카랑카랑하게 맑아진다. 화가 되우 날수록 조리가 정연한 사초부인이었다.

"그래, 털이 년은 또 어디를 갔느냐?"

"데리고 갔다가 같이 왔어요."

"같이 왔다면 그년은 어디 있느냐?"

사초부인의 말이 떨어지기 전에 창 밖에서 벌벌 떠는 털이의 목소리가 들려왔다.

"쇠, 쇤네는 여, 여기 이, 있는뎁시오."

사초부인은 영창을 확 열어젖뜨렸다.

털이는 벌써 초죽음이나 된 듯이 뜰 아래 저만큼 고개를 빠뜨리고 땅을 보고 서 있었다.

"이리 가까이 오너라. 이 마루 앞까지 올라서라."

사초부인은 될 수만 있으면 왁자지껄하게 큰 소리를 내기 싫은 눈치였다.

"너 이년, 아가씨를 모시고 어디를 갔다 왔니?"

말소리는 조용하나마 서릿발같이 냉랭하였다.

"저어, 저어, 달구경을 모시고……."

"달구경을? 그래 달구경을 어디로 모시고 갔다 왔느냐. 바른대로 말을 해야 망정이지 만일 추호라도 기이면……."

"네, 네, 바른대로 아뢰고 말곱시오. 네, 네, 저 불국사엘 모시고…….”

“으응, 불국사?”

하고 사초부인은 안간힘을 한번 쓰고 거의 기절이나 한 사람 모양으로 뒤로 넘어질 뻔하였다.

144

여간 큰일을 당해도 냉정한 어머니가 이렇게 기급절사를 하기는 난생 처음이었다.

주만도 엉겁결에 몸을 소스라치며 외마디 소리를 지를 뻔하였다.

사초부인은 이내 몸을 바로잡았으나 그 머리는 힘없이 벽에 떨어뜨리었다.

“그러면 그 종작없는 말에도 무슨 터무니가 있었던가.”

혼잣말로 중얼거리고 하하며 한숨을 내쉬었다.

모처럼 기쁨에 달떴던 주만의 가슴에도 ‘예사가 아니구나’ 하는 불길한 예감이 섬뜩 지나갔다.

“그래, 불국사에는 왜 갔더냐?”

영창 밖을 노려보며 사초부인은 다시 털이에게 재쳐 물었다.

“저어…….”

털이는 벌써 얼굴이 붉으락푸르락하며 대답을 이루지 못하고 힐끔힐끔 방 안의 제 아가씨의 기색만 살피었다.

“이년이 왜 말을 못 할꼬.”

무슨 거조라도 당장에 낼 듯이 사초부인의 호령은 떨어졌다.

"제가 데리고 갔다뿐이지, 털이는 아무 죄도 없어요."

주만은 털이를 두둔해서 어머니를 말리는 수밖에 없었다.

"내가 너 같은 년을 사람년이라고 믿고 아가씨를 모시고 있으라고 했더니 이년, 아가씨를 모시고 갈 데 안 갈 데…… 이년, 보기 싫다. 썩 물러나라. 이년, 어디 두고 보자."

으름장을 남기고 사초부인은 열었던 영창을 닫아버렸다. 털이에게도 모녀 단둘이 주고받을 수작을 듣기 꺼리는 까닭이리라.

"그래도 이년이 머뭇머뭇하고 서 있어."

소리를 질러서 털이가 뜰에 내려 발자국 소리가 멀어지기를 기다려 사초부인은 제 무남독녀 외동딸에게 눈을 돌리었다.

그 눈길은 뜻밖에도 부드러웠다. 자애와 슬픔에 가득 찬 눈길이었다.

명민한 사초부인은 딸의 태도와 털이의 말을 들어보아 홑으로 단속과 꾸중으로 끝날 일이 아니고 커다란 비극이 자기네를 기다리고 있는 것을 마음 어딘지 느끼었음이리라.

주만은 그 부드러운 눈길이 성난 회초리보다 더 송구스러웠다. 그는 몸둘 곳을 모르고 숙인 고개는 거의거의 방바닥에 닿게 되었다.

어머니는 아무 말 없이 한동안 주만의 얼굴을 바라보다가,

"아가, 구슬아가, 불국사에는 왜 갔더냐? 그 자세한 내력을 이 어미에게 알려다오."

그 목소리는 어느 결엔지 눈물에 젖었다.

주만은 가슴이 찌르르해지며 대번에 눈물이 쏟아질 듯하였다.

차라리 역정이나 내시고 펄펄 뛰기나 하셨더면! 이 불효한 딸자식을 불채찍으로 바수어내기나 하셨으면!

이런 어머니를 어이 속이랴, 기이랴. 그러나 이 말씀을 어떻게 여쭐 것인가. 일점 혈육이란 오직 나 하나뿐이거늘 어떻게 어버이를 버리고 멀리 달아나겠다는 말씀을 아뢰일 것인가…….

"끝끝내 이 어미를 기일 테냐?"

주만은 그대로 폭 엎어져서 어린애 모양으로 엉엉 소리를 내어 울었다.

"아가, 아가, 갑갑하고나. 울지만 말고 말을 하려무나."

"저는, 저는 죽을 죄를 졌습니다. 오늘부터라도 자식으로 아시지 말아주십시오……."

"무슨 죄란 말이냐. 말을 해야 알지 않느냐?"

어렴풋이 무슨 탈이 난 줄은 짐작이 났으나마 자기의 불길한 짐작이 정작 들어맞고 보니 더욱 흉격이 막히었다.

주만은 마침내 사월 파일 밤에 탑돌기를 하다가 아사달을 만난 데서부터 시작하여 자초지종의 일체를 대강 이야기하고 말았다.

사초부인은 들을수록 철없는 애들의 불놀이에 가슴만 뜨끔뜨끔하였다. 세상에는 괴상한 변도 있고는 볼 일이다.

그 석수장이가 총각도 아니요 어엿한 아내가 있다는 데 더욱 아니 놀랄 수 없었다.

"그이에게 부인이 열이 있고 스물이 있으면 어떠해요. 저는 그이의 아내가 되려는 건 아닙니다. 다만 그이가 없고는 저는 이 세상에 살 수가 없습니다. 그이의 곁이 아니고는 하루라도 안절부절을 못할 지경입니다. 저는 그이의 여제자가 되려고 합니다. 그이의 시종을 들고 그이의 재주를 배울 뿐입니다."

딸의 열에 띤 잠꼬대 같은 넋두리를 어이없이 듣고 있던 사초부인은 얼마 주저를 하다가 마지막으로 한 마디 물어보았다.

"그러면 몸은 더럽히지 않았단 말이냐?"

"몸이야 왜 더럽혀요?"

주만은 서슴지 않고 대답하였다.

사초부인은 이 한 마디에 한 그믐밤빛 같은 어둠 속에서 실낱 같으나마 한가닥 희망의 줄을 발견한 듯이 반색을 하였다.

145

딸이 처녀의 순결을 잃어버리지 않았다는 말에 사초부인은 새 기운을 얻었다.

"아가, 구슬아가, 이 어미 말을 듣거라. 듣자하니 그 사람은 아내 있는 사람, 네 아무리 철부지라 한들 남의 첩 노릇이야 못 할 것은 적이 생각만 해도 알 것 아니냐. 네 생각에 그 사람의 여제자가 되면 고만이라 하지마는 남 보기에야 어디 그러냐. 그러니 그것은 얼토당토 않은 말, 누가 들어도 웃을 말, 몸도 허락지 않은 그 사람 탓으로 네 신세를 망칠 까닭이 무에냐…….”

“몸은 허락지 않았지만 이미 마음을 허락한 것을…….”

주만은 울어서 부은 눈을 비비었다.

“그 마음이란 잠시 잠깐 빗들어간 마음, 다시 바루잡기만 하면 고만 아니냐, 응 아가.”

사초부인은 자상스럽게 딸을 달래기에 곱이 끼었다.

“마음을 바루잡으면 지금이라도 늦지 않다. 아직도 근 열흘 남았으니 그런 일일랑 쥐도 새도 모르게 숨겨버리고 시집만 가고 보면 백 허물 천 흉이 다 묻힐 것 아니냐. 경신은 너도 보다시피 훌륭한 신랑감. 그의 의엿한 아내가 될작시면 네 장래도 좋으려니와 고단한 우리 집안도 든든해질 것 아니냐, 응 아가. 그래도 마음을 돌리지 못하겠느냐?”

“그러면 저도 좋을 줄 알아요. 그렇지마는——.”

“그렇지마는은 다 무에냐. 의당히 그렇게 해야 내 딸이지.”

어머니는 딸이 자기의 말에 솔깃한 줄로만 알고 더욱 반색을 하며 다시 두말이 없도록 누르고 어루만졌다.

주만은 부숭부숭 부은 눈을 들어 어머니를 바라보았다.

“어머니, 그건 안 돼요. 몸은 비록 더럽히지 않았지만 마음은 벌써 그이에게 바친 것. 한번 바친 마음을 어떻게 돌릴 수야. 동에서 뜨는 해가 서에서 뜬다 해도 그것은 안 될 말씀. 딴 사람에게 바친 마음을 부둥켜 안고 어찌 남의 의엿한 아내가 된단 말씀입니까. 그것은 버러지만도 못한 인생.”

“그래도 그런 말을 하는고나. 그러면 경신이가 네 마음에는 듣지 않는단 말이냐?"

"경신님이야 이 세상에 드물게 뵙는 훌륭한 남자. 저에게는 오히려 과분한 남편감인 줄 모르는 바 아니지마는 저는 이미 작정된 몸. 가득 찬 이 마음에는 다시 다른 남자의 그림자를 들일래야 들일 수 없습니다. 네, 어머니, 이 불효의 딸년을 용서해 주십시오. 이 구구한 뜻을 이뤄주십시오."

"그러면 금시중의 꾀에 떨어져 우리 집안은 아주 망하고 만단 말이냐?"

"금시중의 꾀라니요?"

금시중이라는 말에 주만은 고개를 번쩍 들었다.

"참, 내가 너에게 그 말을 안 했고나"

하고 사초부인은 금지가 상주까지 한 것과 길거리에서 유종을 붙들고 실랑이하던 이야기를 저저이 옮기었다.

"경신님의 말이 옳고나. 고 악독한 금지가 필경은 그 독한 혓바닥을 놀리고야 말았고나."

주만은 온몸의 피가 얼어붙는 듯하였다.

"그러니 말이다. 네가 끝끝내 고집을 세우고 보면 그 못된 금시중의 술중에 떨어지는 것 아니냐. 세상에 이런 절통한 일이 또 어디 있겠느냐. 이 원수를 갚는 데는 오직 한 가지 길. 예봐란 듯이 네가 경신에게 시집만 가면 제아무리 악독한들 다시 우리를 해치랴 해칠 수 없을 것이 아니냐?"

사초부인은 딸이 분해서 부들부들 치를 떠는 것을 보고 다시 달래어 보았다.

"이 밤이 밝으면 아버지는 다시 너를 찾으실 것이다. 여전히 네가 고집을 세운다면 금시중의 소원대로 너는 불에 타

죽는 목숨이 아니냐. 너의 아버지 성미에 외동자식 아니라 반쪽 자식이라도 고법을 아니 굽히실 것 아니냐?"

주만은 홉뜬 눈으로 한동안 허공을 노리고 있었다. 금지의 부자가 제 눈앞에 서 있기나 한 것처럼.

"너는 생목숨이 끊어지고 우리 집안은 아주 쑥밭이 될 것. 그래도 너는 생각을 못 돌리겠단 말이냐. 그래도 고집을 세우겠단 말이냐?"

주만은 헐헐 느끼는 소리를 떨었다.

"지원 극통한 일이긴 합니다마는 인제 와서는 다시 어찌할 도리도 없는 노릇. 이 몸이 연기로 사라져도 이 뜻은 변할래야 변할 수 없습니다. 더구나 경신님과는 혼인을 할 수가 없게 되었습니다. 그이는 저와 아사달의 관계를 누구보담도 더 잘 알고 계시니……."

"응, 경신이도 그 일을 안다니?"

사초부인의 얼굴빛이 변하였다.

"저번 올라오셨을 적에 제가 저저이 일러드렸습니다. 그이는 저의 은인, 어떻게 은인을 속이고 불순한 마음으로 시집을 갈 수가 있습니까?"

146

경신에게까지 알렸다는 말에 사초부인은 더욱 아니 놀랄 수 없었다. 정작 장래 사윗감이 이 사연을 안 다음에야 다시 어찌 할 도리가 나서지 않았다.

"원 방정맞기도 해라. 그런 소리를 무슨 짝으로 그 사람에게 한단 말이냐, 후 ——."

사초부인은 절망의 한숨을 내쉬고,

"그 사람이 네 은인이 된다는 건 또 어찌 된 까닭이냐?"

"그 못된 금지의 아들 금성이가 무뢰지배 수십 명을 끌고 아사달님을 들이쳤을 때 마침 경신님이 불국사에 계시다가 그 여러 군정을 한 칼로 쫓아버리고 아사달님을 구해내었으니 저의 은인이 아니겠습니까?"

"그러면 그 석수장이를 구해내었다는 신장이 바루 경신이었고나?"

"그래요, 그러니 어찌 그런 이를 속일 수 있습니까. 초행을 왔다가 신부가 없으면 장가온 신랑에게 그런 망신이 또 있겠습니까? 그래 그이에게 파혼을 해달라고 청을 했지요."

"파혼을 해달라고——."

사초부인의 말낱은 물에 빠지는 사람 모양으로 허전거렸다.

"그분의 말씀이 지금 와서 파혼을 한다면 두 집안이 창피만 할 테고 더구나 아버지께서 슬퍼하실 테니 자기 혼자만 알고 있겠노라고 하서요."

"그것 봐라, 좀 점잖은 말이냐. 그런 훌륭한 남자는 이 세상에 둘도 쉽지 않을 것 아니냐? 그런 사람을 만나게 된 것도 너의 복이어늘 어찌해서 제 앞에 오는 복을 차버리고 천야만야한 구렁텅이에 떨어지려 든단 말이냐?"

"저는 그런 복을 누릴 자격이 못 되는 걸 어떡합니까?"

주만의 대답도 구슬픈 가락을 띠었다.

"그렇듯 바다같이 넓은 요량을 가진 그 사람이니 사정을 자세히만 얘기한다면 못 알아들을 리도 없지 않으냐. 한때 마음이 잘못 들어간 것을 그 사람이 굳이 책하지도 않을 것 아니냐. 웬만한 사내가 그런 소리를 들었으면 펄펄 뛰고 그 자리에서 파혼을 해버릴 것이로되 그 사람은 끝끝내 너를 두호하랴 드니 그것만 보아도 너희들이야말로 하늘이 내신 배필. 전생의 연분도 지중한 탓이니 두말말고 그 사람에게 시집을 가다오. 늙으신 아버지와 이 어미를 보더라도 어연듯이 그 사람과 부부가 되어다오."

사초부인은 비대발괄하다시피 또다시 딸을 달래기 시작하였다.

"그야 그런 말까지 벌써 하였으니 부끄럽기야 하겠지, 겸연쩍기도 하겠지. 그렇지만 남편이 되고 아내가 되어 하루이틀 지나고 보면 그런 흉허물은 곧 잊어버리게 되느니라."

"그렇게 너그러우시고 의젓하시니 경신님이야 저를 용서해 주실지 모르지요. 눈 딱 감으시고 초행을 오실런지 모르지요. 그렇지만 마음은 단 하나뿐. 한번 마음의 남편을 모신 다음에야 다시 어찌할 수 없는 노릇이 아닙니까?"

"그 애는 또 그런 소리를 하는고나. 내일이라도 아버지께서 아시기만 하면!"

하고 사초부인은 차마 말끝을 맺지 못한다.

"어머니, 어머니, 무서운 운명이 저를 기다리고 있는 줄 저도 모르지 않아요. 그렇지만 닥쳐오는 운명을 어떻게 피할 수가 있겠습니까? 맞닥뜨려 부서지면 부서졌지 어떻게 할 수가 있습니까마는, 어머니, 이틀만 참아주실 수 없으실까……."

"이틀만 참아달라는 것은 또 무슨 뜻이냐?"

"이틀 지난 뒤에 아버지께 이 사연을 알려드리시지 못하실까?"

"어제 밤에도 그렇게 역정을 내시고 너를 찾으셨는데 오늘 날새기가 무섭게 곧 너를 찾으실 거다. 어떻게 아니 알리고 배길 수 있느냐?"

"그래도 어머니, 이틀만 미뤄주시지 못할까요?"

"그 이틀 동안에 어떻게 할 작정이냐?"

주만은 한동안 망설이다가,

"오늘이고 내일 안으로 저희들은 서라벌을 떠나게 되어요. 그 안에 이 일만 탄로가 아니되면……."

"안 된다, 안 된다. 너희가 어디로 달아난다 해도 곧 잡아올 것 아니냐?"

사초부인은 무서운 듯이 몸을 부들부들 떨었다.

"탑 공사가 어제 밤에야 끝이 났답니다. 그러면 오늘이나 내일은 발정을 할 수 있겠습니다. 이틀만 참아주시면 저희들의 목숨은 살아날 것 아닙니까."

"정 네 뜻을 굽힐 수 없다면!"

사초부인은 다시금 눈물을 떨구었다.

147

아사녀가 그림자못에 몸을 던진 그 이튿날 식전 꼭두에 독이 새파랗게 오른 콩콩이가 불국사로 들이닥쳤다.

다짜고짜로 문 안에 들어가서 그 말썽꾼인 문지기와 마주치게 되었다.

"웬 여인이관대 첫 새벽에 남의 절 안엘 뛰어든단 말이오. 요사스럽게. 그 부정한 몸으로"

하며 문지기는 콩콩이의 앞을 막아선다.

"뭣이 어쩌고 어째, 콩콩. 요사스럽다, 이건 누구한테 하는 말버르장머리여."

콩콩이는 잔뜩 화가 났던 판이라 대번에 분통이 터지고 말았다. 그의 입에서는 게거품이 고여 흘렀다.

"부정하기는 뭣이 부정하단 말이냐. 한진갑 다 지낸 늙은 내다, 콩콩. 젊은년 뽄으로 서방을 끼고 자다가 왔단 말이냐? 부정하긴 뭣이 부정하단 말이냐. 다 나만큼 깨끗이나 하래라."

콩콩이가 마구 집어세우는 바람에 문지기는 하도 어이가 없었다.

"허, 별 꼴을 다 보는군. 식전 대뜸에 이건 무슨 봉변이고. 원 어제 밤에 꿈자리가 사나웁더니만."

"봉변이란 또 무슨 같잖은 소리냐. 육두문자도 쓰는 데가 다 다르다. 제 어미뻘이나 되는 늙은이에게 말마디나 들은 것을 봉변이라 하는 줄 아느냐, 콩콩. 네 신수 불길한 걸 어찌 내 탓을 한단 말이냐. 심청이 그렇게 못 되었으니 꿈자린들 안 사납겠느냐?"

하고 콩콩이는 빰이라도 칠 듯이 들어덤비었다.

"허, 이건 원 눈에 보이는 게 없나. 누구더러 떨어지게 해라야."

문지기는 눈을 굴리며 콩콩이를 흘겨보았다.

"아무리 낫살이나 먹었다만 벌써 눈이 어두운 줄 아느냐. 네 꼴을 볼작시면 안장코, 미어기주둥아리에 얼굴은 설뜬 메주덩이 같고나, 킁킁. 이래도 내 눈에 보이는 게 없느냐. 해라는 너따위 땡땡이중에게 하지 누구더러 하란 말이냐?"

콩콩이는 기가 나서 대어드는 바람에 문지기는 한풀이 꺾이어 혼잣말같이 중얼거렸다.

"원 늙은 것을 손을 댈 수도 없고……."

그 말이 떨어지기 전에 콩콩이는 와락 문지기에게 달겨들어 몸부림을 하고 소리소리 질렀다.

"어디 이놈 사람 좀 쳐봐라, 킁킁. 어서 쳐라, 어서 쳐"
하고 콩콩이는 앞가슴을 헤치고 우글쭈글 주름잡힌 살을 내어놓았다.

"자 쳐라, 쳐. 왜 치지를 못해."

온 절 안이 떠나가도록 고래고래 고함을 치는 서슬에 문지기는 아주 기가 눌려버렸다.

"원 이런 질색은 난생 처음이로군. 대관절 무슨 일로 오셨소."

"진작 그렇게 말을 할 것이지."

그래도 콩콩이는 분이 덜 풀린 듯이 한동안 씨근씨근 가쁜 숨을 쉬고 있다가,

"이 절에 부여에서 온 석수장이가 있다지. 뭐 이름은 아사달이라던가?"

"있기는 있지만 그 사람은 왜 또 찾으시오"
하고 나서 혼잣말같이 중얼거렸다.

"원 아사달에게는 찾아오는 사람도 많어. 며칠 전에는 웬 젊은 계집이 찾아와서 성화를 바치더니만."

"응, 며칠 전에는 젊은 계집이 찾아왔더라……."

적이 성이 풀어지려던 콩콩이는 또다시 눈에 쌍심지가 섰다.

"오, 옳지. 그러면 그 애를 죽게 한 것도 네놈의 소위로구나. 여기서 그림자못이 어디라고 석가탑인가 뭔가 탑 그림자가 비친다고 멀쩡한 거짓말을 해서 그 방정맞은 년을 속인 것도 네놈이 한 짓이고나. 이 생사람을 잡아먹은 놈아."

"아니, 그러면 그 젊은 여자는 죽었단 말씀이오?"

문지기도 눈이 호동그래졌다.

"네놈이, 없는 그림자를 있다고 해서 깜방같이 속아가지고 못 물만 디밀다보다가 필경 매쳐서 빠져 죽고 말았단다. 이놈, 이 몹쓸 놈아. 남의 생목숨을 끊고 네 목숨은 성할 줄 아느냐?"

문지기는 고개를 푹 숙였다. 섬쩍한 말 한 마디로 말미암아 뒤끝이 이렇게 벌어질 줄은 몰랐다.

"죽은 년은 죽었지만 내 손해는 누구더러 물려받는단 말이냐. 며칠을 두고 끼니마다 고량진미를 해대느라고 몇백 냥 돈이 자빠지고 중값 든 옷까지 다 휘질러낸 다음에 그대로 입고 빠져 죽었으니 그것을 건져낸다 한들 어디 쓸데가 있느냐 말이야, 큥큥. 재수가 옴이 붙어도 별 빌어먹을 일이 다 많지그려."

콩콩이는 하도 앵하고 분해서 그 날 밤이 새자 곤두박질로 불국사에 뛰어온 것이다. 먹을 콩을 놓친 것도 원통한데 제가 알토란같이 손해만 본 것을 생각하매 잠 한잠도 이루지 못했던 것이다.

148

아사달은 그 날 밤 주만을 작별한 뒤에도 차마 그치기 어려운 듯이 달빛을 밟으며 다보탑과 석가탑의 둘레를 거닐었다.

3년이란 길고 긴 세월을 두고 제 있는 재주와 정력을 다 기울여 지어낸 두 탑! 제 살과 피를 묻혀서 빚어낸 두 탑! 넘실거리는 은물결에 둥 떠서 반공에 헤어 오르는 듯한 그 두 거룩한 모양을 번갈아 바라보며, 아사달은 무량한 감개에 싸이었다.

솟아나는 흥에 겨워서 이 세상 것 아닌 신품을 지어낸 때에 오직 참된 예술가라야만 맛볼 수 있는 감흥과 만족도 거기 있었다. 고심참담한 자취를 더듬어볼 제 애 조리던 지긋지긋한 기억도 거기 있었다. '인제는 아주 손이 떨어졌고나' 하매, 다 큰 자식이 어버이의 품을 떠난 것처럼 허수한 적막도 거기 있었다. 막중 대공을 이룩하였으니 번쩍이는 영광이 자기를 기다리는 기쁨도 거기 있었다.

그러나 아사달에게는 이 모든 것보다 오늘 밤 따라 고장의 소식이 새삼스럽게 그리웠다.

주만이가 제 흉중을 꼭 찍어낸 것과 같이 이 자리에 아사녀가 있었던들 제 남편의 대공을 마친 것을 얼마나 즐겨할 것인가. 그는 멀리 동쪽 하늘을 바라보고 이 공사 끝내기를 손꼽아 기다렸으리라. 아침으로 저녁으로 축수축수 하였으리라.

늙으신 스승은 과연 이날까지 부지를 하셨을까. 만일 어느 때 불길한 예감처럼 무슨 일이나 있었다면 홀로 남은 아사녀는 과연 어떻게 되었을 것인가.

'만일 그런 불행이 있었다면 혈마 나에게 기별이 없을 수 없으리라. 무소식이 호소식이라 함은 이를 두고 이름이리라.'

아사달은 자기의 불길한 생각을 곧 물리쳐 버렸으나 3년 동안에 자기도 가신 한 장 부치지 못한 것을 생각하였다.

'아사녀가 좀 궁금해 하였을까, 야속해 여기지나 않았을까.'

이따금 집안 생각을 않는 것도 아니지만, 절 안에 꼭 들어박혀 있고 보니 부여 간다는 사람을 좀처럼 만날 수도 없고 그렇다고 자기 형세로 우정 전인도 못 할 형편도 형편이었다. 물론 자기가 등한한 탓도 탓이었다. 기어코 인편을 얻으려고만 하였을 것 같으면 3년 동안에 한두 번이야 기회가 없지도 않았겠지만 탑 짓기에 몸과 마음이 온통 쏠리고 지친 까닭에 다른 일이란 손끝 까딱하기 싫었고 게다가 그는 편지를 잘 쓸 줄 몰랐던 것이다.

아사달은 팔짱을 낀 채 아내의 모양을 눈앞에 그려 보았다.

3년을 그린 탓인가 그 안타까운 모양이 상막하게 얼른 나타나지 않는다. 상긋이 웃는 입술은 또렷하건만 코와 뺨 언저리가 어쩐지 아사녀 같지 않고, 맑고 상냥한 눈동자는 천연한데 이마와 귀밑이 흐리마리해서 알아볼 길이 없었다.

어찌하면 얼굴 전체가 분명히 나타나다가도 눈 한번 깜짝할 사이에 변형이 되고 만다. 마치 손으로 물을 움키는 것처럼 조각보 모은 듯한 그 윤곽이 이내 뿔뿔이 흘러내리고 만다.

아리숭아리숭한 얼굴을 그리다가 말고 아사달은 혼잣말로 중얼거렸다.

"그새 내가 아사녀의 얼굴을 잊어버렸는가, 허, 참!"

그러나 이것은 가벼운 뜻에서 나온 말이었다. 자기가 자기에게 거는 농담에 지나지 않았다. 3년이 아니라 30년이 되기로 잊혀질 것이냐. 평생을 그리기로 잊어서 될 말인가. 몇 달 전까지도 영절스럽게 눈을 밟히던 그 얼굴이 아니냐.

"내일이라도 발정을 해야."

아사달은 저를 다지듯 또 한 번 뇌이었다.

실상 지금 와서 그는 아사녀의 환영을 그려 보려고 애쓸 필요도 없었다. 그릴 날이 많이나 남았어야 하다 못해 안타까운 환영이라도 그려볼 것이지 인제야 참 사람 참 얼굴을 대할 날도 며칠이 남지 않았거늘 애써 환영을 그려볼 것이 무엇이랴.

별안간 아사달의 눈앞에는 주만의 얼굴이 떠나왔다. 눈이 부시도록 뚜렷하게 떠나왔다. 방장 그려본 아사녀의 환상과는 대상부동으로 주만의 그것은 어마어마하게 크고도 생생하였다.

3년 전에 이별한 아사녀와 조금 아까 헤어진 주만과는, 마치 갈린 동안이 오래고 가까운 데 따라 기억에 되살아나는 정도를 비교나 하는 것 같았다.

문득 떠오른 주만의 환영에 눌리어 부서질 것 같으면서도, 아까는 그려보려 해도 잘 나타나지 않던 아사녀의 환영도 비록 작으나마 굳이굳이 나타났다.

'주만을 어떻게 할까.'

아사달은 두 환영에 가위나 눌리는 것처럼 멍하니 눈을 뜬 채 거의 신음하는 소리를 내었다.

149

'구슬아기님을 어떻게 할까.'

아사달은 이 문제에 부딪치기만 하면 언제든지 어찌할 줄을 몰랐다.

자기는 어엿이 아내 있는 사람이라고 차마 하기 어려운 말까지 떡먹듯이 타일렀건만 회오리 바람 같은 그의 정열 앞에는 아내가 있고 없는 것은 문제도 되지 않았다.

걸맞는 자리로 시집을 가라고 그렇듯 권하고 달래었건만 종시 들은 척도 아니하고, 여제자라도 되어지이다 하는 간절한 청을 물리치랴 물리칠 수가 없었다.

생각하면 생각할수록 딱하기만 하였다.

주만의 신변에 위험이 각각으로 절박해지는 것은 그 눈치만 보아도 알아차릴 수 있었다. 그는 하루바삐 서라벌을 떠나려고 발버둥을 치는 모양이었다. 금성이 사단만 생각해도 아슬아슬했다. 만일 그 자리에 주만이가 있기만 하였다면 일은 더 크게 벌어졌을 것 아니냐.

내일로라도 길을 떠나야 되겠는데 이 일을 어떻게 할 것인가. 주만의 사정이 그러한 줄 번연히 알면서 떼치고 갈 수야 있느냐. 그에게 알리지 않고 몰래 발정을 한다는 것은 너무도 야멸치고 몰인정한 것이었다.

'인정은 고만두고라도 인제 너는 주만이 없이 살 줄 아느냐.'

마음 속 어디선지 소리소리 외치는 듯도 하였다.

데리고 간다면 아내를 어떻게 대할까. 3년이나 두고 그리고 그리던 그에게 선물로 '계집'을 갖다준다는 것은 너무도 무참한 짓이 아니냐. 그 곡하고 부드러운 창자가 고대로 찢어지지 않을까.

남편이 대공을 이루라고 그 차마 못 할 애끊는 이별의 슬픔도 지그시 견디고 지금쯤은 밤으로 낮으로 남편 돌아오기만 고대할 것이 아닌가. 벌써부터 조석으로 내 밥까지 떠놓는지 모르리라. 밤중만 되어 사립문 삐걱하여도 그 참새 같은 조그만한 가슴을 두근거리는지 모르리라.

이런 아내에게 '시앗'을 보이다니 그것은 너무 악착한 노릇이었다.

'주만이가 어디 너의 첩이냐? 어디까지 순결한 두 사이가 아니냐? 그는 참다운 너의 여제자가 아니냐?'

그는 그러하지만 이런 줄을 누가 곧이들을 것이냐. 설령 아사녀는 남편의 말이라 그대로 믿어준다 하더라도 늙으신 스승부터 알아주지 않을 것이다. 더구나 말썽꾼이 여러 제자들과 동네 사람들이 뒷손가락질을 할 것 아니냐.

그렇게 되면 아사녀의 슬픔도 슬픔이려니와 주만의 처지

도 비참해질 것 아니냐.

쓸쓸한 나그네의 사막에 주만은 오직 한 송이 꽃이었다. 병 들어 누운 몸에 내어민 그의 구호의 손은 따뜻하고 곰살궂었다. 지리하고 어려운 공사도 그로 말미암아 새로운 흥을 자아낸 적도 한두 번이 아니었다.

아름다운 동정자, 연연한 두호인! 이 공을 생각한들 그의 원을 아니 들어줄 수가 있느냐. 그는 그 좋은 지체도 버리고, 호강도 버리고, 부모도 버리고, 이 나를 따르려 하지 않느냐.

이러기도 어려웁고 저러기도 어려운 노릇.

생각에 잦아진 아사달의 발길은 다보탑 가까이 다다랐다.

운명적인 사월 파일 밤 일이 선뜻 머리에 떠올랐다.

주만의 모양을 어림없이 아내의 환영으로 속던 기억이 뚜렷이 살아났다. 흑하고 그의 앞으로 넘어질 듯하던 열에 띠인 저 자신을 생각하고 아사달은 어이없이 웃었다.

스승과 아내를 위해 올린 것이 주만과 만나게 되는 첫 기회가 될 줄이야. 그 밤에 만일 탑돌기를 않았던들 주만과 그는 영원히 만날 까닭이 없을 것이고 오늘날 와서 이런 고민의 씨를 장만하지 않았을 것을.

달이 기울고 밤이 이슥한 연후에야 생각에 지친 아사달은 제 처소로 돌아왔다.

자리에 누운 뒤에도 흥분된 신경은 좀처럼 가라앉지를 않아 잠을 이루지 못하고 샐녘에야 눈을 붙였다가 동창이 훤한 것을 보자 곧 이불을 걷어치고 일어났다.

그는 정과 마치만 들고 다시 일자리로 올라갔다. 세상없어도 오늘로 길을 떠나야겠는데 어제 밤에 마지막 손은 떼기는 하였지만 그래도 미진한 데가 없지 않은가 하여 밝은 날 다시 한 번 둘러보려는 것이었다.

탑은 이슬에 촉촉히 젖어서 새로운 정 자리가 더욱 깨끗해 보였다.

아사달은 이모저모를 뜯어보고 훑어보았으나 손댈 데가 다시는 없는 듯하였다.

그는 어제 밤에 맛본 감격과 만족을 또 한 번 느꼈다.

이만하면 오늘 길을 떠난대도 공사에 관해서는 마음에 남는 것이 없었다.

행장이라도 꾸려두려고 막 제 처소로 돌아가려 할 제 왁자지껄하는 인기척이 이리로 향해 올라온다.

그것은 콩콩이가 문지기를 끌고 아사달을 찾아 올라오는 것이었다.

150

"이녁이 부여에서 온 석수요?"

콩콩이는 어리둥절한 아사달을 보자 대뜸 물었다.

아사달이 미처 대답하기 전에,

"지금 처소에까지 갔더니 없기에 또 예까지 찾아온 것이오. 원 망신살이 뻗치려니 꼭두식전에 별꼴을 다 당하거든."

문지기는 퉁퉁 부어서 매우 못마땅한 듯이 설명을 해 들리고 아사달에게 눈을 부라리었다. 내가 무슨 짝으로 네놈 때문에 이 망신을 당하느냐 하는 것처럼.

"그러면 그렇다든지 안 그러면 안 그렇다든지, 왜 말이 없소, 킁킁. 여보 젊은이, 이녁이 정녕 아사달이란 석수요?"

콩콩이는 벌써 목에 핏대를 올린다.

아사달은 웬 영문인지 알 길이 없었다. 첫 새벽부터 이게 웬 일인가. 오늘은 꼭 길을 떠나야겠는데 또 무슨 헤살이 앞길을 막는 것인가.

"이건 무엇이란 말인가. 킁킁. 사람 겁겁해서 어디 살겠나. 그렇소, 안 그렇소, 이 멀쩡한 문지기가 또 엉뚱한 딴 사람을 갖다대었단 말인가."

콩콩이는 또다시 문지기에게로 대어든다.

"이런 주책망나니 같은 늙은이가, 원 말이면 다 말인 줄 아나? 제 원대로 뜻대로 만나자는 사람을 찾아다니며 대면을 시켜주어도 그래도 못 믿겠다는 건 무어냐, 낫살이나 처먹었다고 대접을 해주니까 나중에는 못 할 소리가 없군. 내가 뭐 생기는 게 있다고 엉뚱한 사람을 대준단 말인가."

문지기도 노발대발한다.

"이놈, 너는 아비도 어미도 없단 말이냐. 킁킁. 하늘에서 떨어졌니, 땅에서 솟아났니? 늙은 사람보고 반말지거리를 하고. 이놈, 생사람을 죽여놓고도 뭣을 잘했다고 큰소리가 무슨 큰소리냐?"

생사람을 죽여놓았단 말에 문지기는 찔끔하였다.

"제가 죽고 싶어 죽었지 왜 내가 사람을 죽인단 말이오? 그런 얼토당토 않은 말씀은 그만두고, 만날 사람을 만났으니 나도 내 볼일을 좀 봐야겠소. 자, 두 분이 잘 이야기를 해보구려"

하고 문지기는 콩콩이를 아사달에게 떠다맡기듯 하고는 뒤도 돌아보지 않고 중얼중얼하며 내려가 버렸다.

생사람을 죽였느니 어쨌느니 아무튼 심상치 않은 일이 생긴 듯해서 아사달의 가슴은 섬뜩하였다.

혹은 주만의 신변에 무슨 불길한 일이 생기지 않았는가.

그는 꿈에도 아사녀 생각은 하지 못하였던 것이다.

"원, 사람 답답해 못 견디겠네, 킁킁. 그래 이녁이 아사달이오?"

콩콩이는 또 한 번 따지었다.

"그렇습니다. 내가 분명 아사달입니다."

"옳지, 옳아, 그렇게 말을 선선히 해주어야지, 킁킁. 그러면 아사녀가 이녁과 어떻게 되오?"

"아사녀!"

아사달은 외마디 소리를 치고 깜짝 놀랐다.

"그렇게 놀래기부터 해서야 어디 말을 하겠소. 킁킁. 대관절 아사녀가 이녁에게 뭣 되는 사람이오?"

"내 아내입니다. 어떻게 아사녀를 아십니까?"

아사달은 허둥지둥 재쳐 물었다.

"휘유 ——."

콩콩이는 기막히다는 듯이 한숨을 길게 내쉬었다.

"요 며칠 전에 아사녀가 이 불국사를 찾아왔더라오."

"네? 그러면 아사녀가 서라벌에 왔단 말씀이오?"

"서라벌에 왔기에 예까지 찾아온 것 아니오. 그렇게 당황히 굴지 말고 차근차근히 내 말을 듣구려, 킁킁. 아사녀라는 이가 이 절에 찾아왔는데 그 몹쓸 문지기란 놈이 대공을 마치기 전이요, 뭐 또 여자의 몸은 부정하니 어쩌니 ──오늘 내게도 그런 어리더듬한 수작을 하다가 혼뗌을 했지만── 되지도 않은 소리로 떼거리를 시켰단 말이거든……."

"그래, 지금 아사녀는 어디 있습니까? 어디 있어요?"

"가만히 남의 말을 좀 들어요. 그렇게 급하게 서둘지 말고. 그 문지기 말에 그림자못에 가서 기다리고 있으면 이녁이 짓는 탑 그림자가 비친다고 멀쩡하게 속였더란 말이오. 철부지 젊은이라 그 말을 고대로 곧이듣고 여기서 10리나 되는 그 못가에 가서 우두커니 물 얼굴만 들여다보고 있었더란 말이오……."

"그래 지금도 그 못 가에 있습니까?"

"가만히 좀 있구려. 그런데 못 가에 옷이 있소, 밥이 있소. 연약한 여자의 몸으로 천 리 길을 걸었으니 노독인들 좀 나겠고, 그 옷 꼴이란 거지 중에도 상거지가 되었을 것 아니오. 어디 가서 밥 한 술인들 옳게 얻어 먹었겠소, 쿵쿵. 그러니 나중에는 그 못 가에 기진맥진해서 늘어졌더라오……."

"그렇겠습니다, 그렇겠습니다."

그리고 기다리고 기다리다가 자기를 찾아나선 아사녀의 애달픈 심곡을 생각만 해도 아사달의 목은 아니 메일 수 없었다.

151

콩콩이는 장히 가쁜 듯이 숨결을 돌리고 나서 또다시 말끝을 이었다.

"내 집이 바루 그림자못 근처에 있소. 아침에 못 가엘 나갔다가 풀밭에 되는대로 쓰러진 이녁 댁네를 보았단 말이오. 나도 늙은이 혼잣손에 벌이하는 장남한 자식도 없고 근근이 간구한 살림을 해가는 터이니까 한 입이 어려운 형편이지만 그 꼴을 보고야 차마 인정간에 그냥 둘 수야 있소, 킁킁. 더구나 그 정지를 들어보니 어떻게 가엾고 딱하였던지!"
하고 콩콩이는 정말 눈에 눈물을 걸신걸신 띠어 보였다.

"고맙습니다. 고맙습니다. 그래 아사녀가 지금도 댁에 있단 말씀이지요. 그럼 긴 얘기는 댁에 가서 하고 우리 지금 당장 댁으로 가십시다, 가십시다."

아사달은 아사녀를 한시 바삐 만나보고 싶었다.

콩콩이는 손을 저어 서두는 아사달을 말렸다.

"내 말을 좀더 듣구려. 그래 집에 데려다놓고 보니 어떻게 몸이 지쳤던지 그대로 두다가는 큰 병이 날 것 같아서 넉넉지 못한 돈이나마 동취서대를 해가지고 끼니마다 고량진미를 해 먹인단 말이오. 명천 하느님이 굽어 살피시지만 참말 진정 한 끼니라도 반찬 없는 밥은 아니 먹였다오. 빚양간이 지더라도 인명을 구해야 될 것 아니오? 목욕물까지 덥혀다가 멀쩡하게 씻기고 여러 백냥 든 옷까지 입혀 놓으니 상지상거지가 금시로 한다하는 아씨가 되었단 말이오. 말이야 바른 말이지 제 속으로 낳은 자식인들 이렇게 위하고 가꾸기는 어려웠을 게란 말이오. 킁킁. 워낙 잘 먹어놓으니 얼굴과 몸에 몰라볼 만큼 포동포동 살이 오르고 화색이 돌고 제 입으로도 이 은혜는 못 잊겠다고 열 번 스무 번 치사를 하였다오……."

"그 은혜야 어떻게 잊겠습니까. 어떡하더라도 갚아 드려야……."

"내가 무슨 은혜를 받자고 한 노릇은 아니지만 빚양간 진 것은 갚아야. 킁킁."

"다 이를 말씀입니까. 내가 무슨 수를 어떻게 하더라도 갚아 드리고말고. 자, 인제 아사녀에게 가십시다. 가십시다."

"여보 젊은 양반."

콩콩이는 송두리째 잃어버린 줄 알았던 제 밑천을 얼마쯤이라도 건지게 될 싹을 보자, 아까와는 딴판으로 아사달을 나근나근히 위해 올렸다.

"탑을 둘이나 혼자 맡아서 지으셨다지요?"

"녜, 그렇습니다."

"아규 장해라, 어쩌면 재주가 그렇게도 놀라우실꼬. 하나 짓기도 여간 공이 들지 않으실 텐데 둘템이나 혼잣손으로 모셨으니 그 공이야 이만저만이 아니실 테지, 킁킁. 탑 일은 다 끝이 나셨소?"

"녜, 어제 밤으로 끝이 났답니다."

"그래요, 그 동안에 오직이나 애를 쓰셨을까. 그러면 상금이 많으시겠지?"

콩콩이는 눈을 가늘게 떠서 아사달을 바라보았다. 그 상금을 통으로 움키려는 것처럼.

"글쎄, 모르겠습니다마는 줄 만큼 주겠지요."

"인제 일이 다 끝났으니, 킁킁, 오늘이라도 받으실 수 있겠지?"

"글쎄요."

"콩콩. 이런 크나큰 절에서야 쌀이 없어 못 드리겠소, 피륙이 없어 못 드리겠소."

아사달은 상금받는 셈을 따지는 것엔 아무 흥미가 없었다.

"자, 아사녀에게로 가십시다, 어서 가십시다."

남이 받을 상금을 제 것이 다 된 듯이 늘름거리며 좀처럼 자리를 뜨지 않으려는 늙은이를 또 한 번 재촉하였다.

"사람이란 늙으면 죽어야. 콩콩. 하던 얘기는 끝도 안 내고 내가 무슨 소리를 하고 있을까. 그러나 차마 이 소리를 어떻게 할까. 그래 하루는, 하루가 아니라 바루 어제 밤 일인데 아사녀가 또 젊으신 양반을 찾아가신다고 이 불국사엘 왔더라오. 왔다가 또 아마 저 몰풍스러운 문지기에게 문전축객을 당했나보오. 내가 하도 궁금해서 찾아 나왔더니 절 문 앞에서 만나가지고 울고불고 몸부림을 하는 것을 가까스로 말리고 달래고 해서 집에 돌아가는 길에……."

콩콩이는 흉격이 막힌다는 듯이 말을 뚝 끊었다.

"가는 길에 어떻게 되었단 말씀이오?"

아사달은 말 허두에 벌써 불안을 느끼며 급하게 물었다.

"왜, 그, 그림자못 있지 않소. 콩콩. 탑 그림자가 나타난다는 그 못 가엘 또 갔더라오. 달은 낮같이 밝은데 역시 그 그림자는 나타나지 않더라오. 별안간 무엇에 홀린 듯이 몸을 날려서 물 속으로 뛰, 뛰어들었다오."

콩콩이는 제가 붙들고 간 사실은 쏙 빼 버리고 아사녀의 죽은 원인은 어디까지 문지기에게 뒤집어씌우려 하였다.

"물, 물 속에, 뛰, 뛰어들다니요?"

아사달의 목소리는 황황하였다.

152

"불쌍하지 불쌍해. 그 원수놈의 문지기 때문에 생목숨을 끊게 되었으니 불쌍하고말고. 킁킁. 애구 가엾어라, 가엾어라. 세상에 그렇게도 얌전하고 예쁘고 아름다운 아씨를 갖다가……."

콩콩이는 제법 훌쩍훌쩍 우는 소리를 내었다.

아사달은 부르르 몸을 떨었다.

무서운 눈으로 잔뜩 앞을 노리며 그 자리에 화석이 되어버린 듯 한동안은 얼굴의 근육 하나 움직이지 않았다.

"세상에 이런 슬픈 일이 있을까, 절통한 일이 있을까. 킁킁. 기막히지그려, 기막혀. 두 분이 그리시다가 예까지 온 것을 서로 만나보지도 못하시고, 애구 원통해라, 애구 애달파라!"

콩콩이는 돌변한 아사달의 태도에 겁을 집어먹고 귀신 쫓을 때 주문 외듯 슬픈 넋두리를 되풀이한 것이었다.

대번에 백지장 모양으로 새하얗게 된 얼굴빛과 금세금세로 눈청이 튀어나오는 양이 암만해도 바람이 나서 꺼뿍 숨이 넘어갈 듯한 것이 무서웠다.

더구나 무섭기는, 그 손아귀에 움켜쥔 새파랗게 날이 선 정과 무지스러운 마치가 움질움질 제 가슴에 날아와 박히고 머리를 후려갈길 것 같은 것이었다.

"명천 하느님 굽어 살피소서. 이 늙은것이야 그 젊으신네의 보구만 죽도록 해드리고 시중만 해드리고 고운 옷만 입혀 드렸다뿐이지, 킁킁, 아무 다른 뜻은 없었어. 그 원수놈의 문지기 때문에……."

콩콩이는 아사달의 사나운 형상을 보고 제 지은 간이 있어서 등골에 찬 땀이 쭉쭉 끼치며 연방 제 발뺌을 하기에 곱이 끼였다.

"갑시다, 그 그림자못이란 어디요?"

이윽고 아사달은 콩콩이를 꾸짖는 듯 명령하듯 불쑥 한 마디 하고 진둥한둥 앞장을 서서 줄달음을 치다시피 하였다.

"가다뿐이오, 모시고 가다뿐이오, 후유."

콩콩이는 아사달이 몸을 움직이자 다시 살아난 것처럼 안심의 숨길을 돌렸다.

한참 뒤를 따라가다가 콩콩이의 머리에는 또 딴생각이 떠올랐다.

"여보 젊으신 양반, 천천히 좀 가십시다요. 킁킁. 이 늙은 것이 어디 따라 가겠단 말이오. 후, 후, 숨차. 아무리 속히 간들 인제야 소용이 무엇이란 말이오. 암, 가보시기야 가보셔야 하겠지만. 가보셨자 상심만 되지 무슨 별수가 있단 말이오. 여보 젊으신 양반, 내 말을 좀 들어요."

아사달은 어느 개가 짖느냐 하는 듯이 뒤도 돌아보지 않았다.

콩콩이는 종종걸음을 쳐서 아사달의 팔에 매달리다시피 하며,

"여보 젊으신 양반, 이런 기막힌 일을 당할수록에 마음을

가라앉히고 큰일 칠 생각을 해야 된답니다. 지금 빈손을 들고 가보시기만 하면 어쩌자는 말이오. 킁킁. 절에서 찾을 것을 찾아 가지고 가야 역군을 풀어 건져라도 보고 장사도 의엿이 지낼 것 아니오."

콩콩이의 이런 말은 아사달의 귀에 들어오지도 않는 듯하였다.

그는 마치 주정쟁이의 걸음걸이처럼 질팡갈팡하면서도 앞으로 앞으로 내닫는다.

'쇠뿔도 단결에 빼랬다고.'

콩콩이는 마지못해 뒤를 쫓아가서도 속으로 중얼거렸다.

'이왕 온 김에 받을 것을 받아가지고 가야 될 텐데 저렇게 벌에게 쏘인 듯이 달아나니 내 근력으로 휘어잡을 수도 없고, 만일 덧드렸다가는 정말 받을 것도 못 받지 않을까.'

콩콩이는 마침내 지금 당장 든 밑천을 뽑아내기는 단념하는 수밖에 없었다.

'그렇지만 계집이 좀 죽었기로 저렇듯 미쳐 날뛰는 것을 보면 놈팡이가 인정머리는 있는 모양이로군. 마음이 그만큼 협협한 다음에야 고생하는 제 죽은 댁내를 끔찍이 두호를 해주었다면 혹하고 떨어지렷다. 그러면 옷값과 밥값은 얼마를 따질까.'

콩콩이는 인제 기를 쓰고 쫓아갈 필요도 없이 느렁느렁 걸으며 속으로 구구까지 따져보았다.

'그야 어디 든 것만 꼭 칠 수가 있다고. 성사만 되었으면 수천금이 생겼을 텐데.'

욕심꾸러기 콩콩이는 밑천을 찾게 되매 또 딴 욕심이 일어났다.

'놈도 계집을 잃고 심화가 나는 판이니 홧김에 그 상금을 송두리째 나를 줄는지 아나. 지금은 거의 환장이 된 판이니 며칠은 가만히 내버려두고 차차 일을 꾸며야…….'

153

아사달은 그림자못에 다다랐다.

한참 만에야 뒤쫓아온 콩콩이가 행길에서 몇 발짝 들어가지 않은 곳, 가을 풀이 우거질 대로 우거진 곳을 가리키며,

"여기요, 바로 이 어림이오. 잡고 가던 내 손을 홱 뿌리치고 몸을 던지기는, 킁킁. 그래 내가 기급절사를 하며 허방지방 뛰어들어 그 치마 뒷자락을 움켜잡으려 했으나 내가 손이 미처 닿기 전에 그의 몸은 벌써 떨어져, 풍덩하는 물 소리가 들리었소. 하마터면 이 늙은것까지 휩쓸려 들어가 수중고혼을 지을 뻔하였다오. 애구 원통해라. 애구 불쌍해라. 나는 못둑에서 발을 동동 구르다가 가로 뛰며 모로 뛰며 사람 살리오, 소리소리 질렀지만 이 휘젓한 산골에 어느 뉘 하나 대꾸나 해주어야지, 킁킁."

콩콩이는 그때 광경을 수다 늘어놓다가 흉격이 막힌다는 듯이 잠깐 말을 끊었다.

"미친년 뽄으로 날뛰다가 집으로 올라가서 그 없는 돈을 있는 대로 툭툭 털어내어 군정을 사가지고 횃불에 관솔불에 초롱불에 저마다 들리고 밤새도록 시체나마 찾아보았으나

쿵쿵, 어디 떠오르기나 해야지. 일찍만 건져내었으면 그래도 살려볼까 하고 그 애를 썼지만 하늘도 무심하고 귀신도 야속하지"

하고 콩콩이는 못 둑에 펄쩍 주저앉아 두 다리를 뻗치고 엉엉 목을 놓아 운다.

기실 콩콩이는 아사녀가 물에 뛰어드는 것을 보고, 제 집을 향해 소리를 쳐서 그 '대감'의 구종들을 불러가지고 건져보려고 한 것은 거짓말이 아니었다. 제 손아귀에 쥐었던 큰 돈 생길 보옥을 놓친 것이라 그도 애절복통을 하며 서둘렀으나 휘넓고 깊은 못 속에 한번 떨어진 아사녀를 찾아내기가 쉽지 않았다.

골이 머리끝까지 오른 판에 또 그 '대감'에게는 톡톡히 꾸중을 모시었다.

"그것 보아, 어디 사람이 없어서 하필 사내 있는 계집을 거천을 한단 말이야. 어, 악착한 일이로군. 이훌랑은 내 집에 발그림자도 말어."

'대감'은 매우 역정이 나신 모양이었다. 그렇게 천하절색이라고 입에 침이 없이 칭찬받던 계집을 한번 보지도 못한 것이 앵하기도 하려니와, 점잖은 체모에 하인소시에 오입을 왔다가 이런 망신이 또다시 없었던 것이리라.

콩콩이야말로 꿩 잃고 매 잃은 격이 되었다. 크게 먹을 줄 알았던 것이 틀린 것도 원통하거든 제 단골 '대감'의 노여움까지 사게 되었으니 장래의 밥자리조차 하나를 잃은 것이나 진배 없었다.

색골 대감이 퉁퉁 부어서 장히 못마땅한 듯이 술잔이나 얼근해진 구종들을 호령호령하여 부랴부랴 수레를 타고 돌아간 뒤에, 홀로 남은 콩콩이는 분이 턱밑까지 치밀어 올랐다.

'방정맞은 년, 배라먹을 년.'

수없이 아사녀에게 욕을 퍼부었다.

'어쩌면 남을 요렇게 망쳐주어, 망할년 매친년.'

제 먹을 반찬도 안 먹고, 배를 따고라도 넣다시피 한 것이 치가 떨렸다. 더구나 말짱한 비단옷 한 벌을 결딴낸 것을 생각하니 정말이지 하늘이 아득하였다.

'계집년이 고렇게 얌치가 없어. 인정머리가 없어.'

콩콩이는 뇌고 또 뇌었다. 그러나 이미 죽은 사람을 아무리 욕지거리를 한들 쓸데가 무엇이랴.

내일 훤하기만 하면 세상없어도 그 시체를 건져내어 뺨이라도 한번 치고 그 값진 옷을 벗기리라 결심하였다.

그러나 이미 다 휘질러놓고 게다가 송장에게 감겼던 옷을 벗겨낸다 한들 그리 신통할 것이 없었다.

생각할수록 오장육부가 있는 대로 썩어 내려앉는 것만 같았다.

날밤을 고스란히 밝히다가, 생각 생각 끝에 아사녀에게 남편이 있다던 것이 언뜻 머리에 떠올랐다.

'옳지, 옳거니, 참 그년에게 사내가 있고나.'

누웠던 콩콩이는 벌떡 몸을 일으켰다.

석수장이라도 우습게 알 것이 아니다. 부여라는 그 먼 두메에서 뽑혀오고, 탑을 둘씩이나 혼자 맡아 지을 적엔 상당한 석수일 것이고 그 상금도 적지 아니할 것이다.

'옳다. 그놈에게 물러 받자.'

그놈이 무슨 까닭으로 멀리 찾아온 제 계집을 따고 안 만났는지 모르지만, 제 계집이 진 밥값 옷값을 안 내고는 못 배길 것이다.

'어디 이놈, 안 내었단 봐라.'

콩콩이는 마치 아사달을 대한 듯이 벼르고 뽐내었다.

그래서 날 밝기가 무섭게 콩콩이는 마치 성난 뱀이 지나가듯 쐐하고 길을 쓸며 불국사로 뛰어온 것이었다.

154

구름 한 점 없는 새맑은 하늘에 갓 솟은 불그스름한 햇발이, 그 어마어마한 광선의 부챗살을 차차 펴기 시작한다.

밤내 풀 끝에 깃들인 이슬들은 장차 사라질 제 운명도 모르는 양, 소리없이 굴고 아울리며 더욱 영롱하게, 더욱 투명하게 그 좁쌀낱만한 몸뚱어리를 번쩍인다.

저 건너 언덕에 우뚝 선 소나무들의 그 촘촘한 잎새로도 가느다란 빛발이 줄줄이 새어 흐르다가 어느 결에 그 밑둥이 환해지자, 그 기룸한 몸이 넙쭈러기 엎드려 그림자못 이쪽저쪽을 거의 가로질렀다. 물결은 이 난데없는 검은 그림자에 놀래어 떠다밀 듯이 일렁일렁 모여들자 소나무는 물 속에서 우쭐거린다.

별안간! 침침하던 물 얼굴에 눈이 부신 금줄이 섰다. 처음에는 조붓하던 그 폭이 넓게넓게 어란을 잡아 나가는 대로 금실 은실이 겹겹으로 얽히고 설키고 휘돌고 감돌고, 수없는 별들이 뭉치뭉치 덩이덩이 뛰는 양 넘노는 양 춤추는 양 바그르르 헤어지는가 하면 출렁출렁 모여든다. 갈매기 몇 마리가 그 흰 나래를 더욱 희게 번득이며 너울너울 물 얼굴을 스쳐 나는 것은 금빛으로 춤추는 물꽃을 고기만 여겨 조아 먹으려는 탓이리라.

이웃 동네에서 밥 짓는 연기가 몇 가닥 떠올라 수멸수멸하는 물 속에서 토막토막 끊어져서 안개처럼 서리었다가 사라진다.

못 가의 아침.

아사달은 넋잃은 사람 모양으로 섰던 그 자리에 한동안 그린 듯이 서 있다가 지척지척 발길을 옮겼다.

그는 암만해도 아사녀가 죽었다는 것이 믿어지지 않았다.

콩콩이가 아무리 죽었다고 슬퍼하고 푸념을 하여도 종시 곧이들리지를 않았다.

아사녀가 서라벌 와서 죽다니 말이 되느냐. 내 있는 지척에 와서 죽다니 말이 되느냐. 그 고생한 원정도 들려주지 않고, 그 안타까운 하소연도 일러주지 않고 죽다니 말이 되느냐. 그 얼마나 더 장성해지고 더 아름답게 된 모양을 보여주지 않고 죽다니 말이 되느냐. 그 먼길에 나를 찾아오느라고 그 파리해진 얼굴을, 그 저는 다리를 보여주지 않고 죽다니 말이 되느냐. 그렇게 의젓한 그였거늘, 그렇게 차근차근한 그였거늘, 그렇게 나이보다 숙성한 그였거늘, 얌전한 그였거늘, 사랑 많은 그였거늘 나를 버리고 죽다니 말이 되느냐.

설령 어쩔 수 없이 죽는다 하더라도 하필 대공에 마지막 손을 뗀 어제 밤에 죽다니 말이 되느냐. 그리움도 끝이 나고 기다림도 마감한, 하필 어제 밤에 죽음의 길로 나아갈 까닭이 있느냐.

거짓말이다. 멀쩡한 거짓말이다. 아사녀는 살아 있다. 분명히 살아 있다. 이 휘넓은 못 둑 어디에서 아른거리고 있다. 오직 내 오기를 기다리고 있다. 내 찾기를 기다리고 있다.

이 발이 자무는 풀을 봐라, 어디 아사녀가 죽었다고 속살거리느냐. 저 넘노는 금물결 은물결을 봐라, 어디 아사녀가 죽었다는 흔적이 있느냐.

저 하늘을 봐라, 어제와 꼭 같이 푸르지 않으냐.

저 햇발을 봐라, 어제와 꼭 같이 밝지 않으냐.

그런데 아사녀만 죽어! 안 될 말! 안 될 말!

아사달의 미친 듯한, 꿈꾸는 듯한 발길은 못 둑을 걷고 또 걸었다. 하늘이 두 쪽이 나도 기어코 아사녀를 찾아내고야 말려는 것처럼.

"허, 저것 봐, 큰일났네, 큰일나."

다리를 뻗고 앉아서 넋두리를 넣어가며 아주 법짜로 울고 있던 콩콩이는 울음을 그치고 중얼거렸다. 아직도 우느라고 핏발만 선 그 눈에는 무서움의 그림자가 떠돌았다.

'쿵쿵. 어쩌면 그 걸음걸이까지 부부끼리 저렇듯이 닮았을까? 고개를 옆으로 기우뚱하게 타라메어 연송 못과 뚝을 번갈아 보고 가는 꼴이란 어쩌면 천연 제 계집 같을까. 암만해도 제 계집 혼령이 뒤집어 씌인 것 같은데…… 저러다가 아주 미치지나 않을까?'

콩콩이는 무서운 중에도 제 찾을 것을 못 찾을 것이 걱정이었다.

'혈마 사람이 간대로 미치기야 할라고, 킁킁. 아무튼 연놈이 다 불쌍은 하군'

하고 동안이 떠서 눈앞에 아물아물하게 보이는 아사달의 지척거리는 꼴을 한동안 바라보다가 몸을 털고 일어났다.

"저렇게 미친증이 날 적엔 하루 이틀 가만히 내버려 두어야 돼. 미친증이 가라앉기 전엔 막무가내야."

곁에 사람이나 있는 듯이 제가 저를 타이르고 시장기가 나서 제 집으로 올라가 버렸다.

155

해 돋을 녘부터 시작한 아사달의 헤매는 발길은 해가 떨어져도 멈출 줄 몰랐다.

거의 10리나 되는 못 둘레를 쉬임없이 끊임없이 돌고 또 돌았다. 노정으로 따져보면 7, 80리도 넘으련만 그는 다리 아픈 줄도 몰랐다.

온종일 고스란히 굶었으되 시장한 줄도 몰랐다. 뽀얀 입에 물 한 모금 들어가지 않았지만 목마른 줄도 몰랐다.

이편 둑에 와보면 저편 둑 우거진 풀잎들이 흔들흔들 흔들리는 것이 궁금하였다. 앞 변죽으로 돌아보면 뒤 변죽의 어름어름하는 소나무 그림자가 수상하였다.

이쪽 못 기슭에서 물결이 출렁하고 보라를 날리며 무엇이 솟구쳐오른 듯하여 줄달음을 치면 저 멀리 허떡버떡 옷자락 같은 것이 떠내려간 것만 같았다.

밤이 되었다.

한가위 무렵의 밝은 달이 어제 밤과 같이 떠올랐다.

아무리 밝아도 달빛은 꿈결 같다.

한 바퀴. 두 바퀴! 아사달의 소매에 촉촉히 이슬이 내렸다.

그의 발길은 허청거린다.

그의 눈길도 허청거린다.

사르락사르락 치마 끄는 소리가 분명 등뒤에서 났다.

그가 고개를 돌릴 겨를도 없이 게 있을 아사녀가 안개자락 모양으로 사라지기는 사라졌으되 그 사라진 자취가 아리송 아리송 남은 듯하다.

"아사녀!"

아사달은 소리를 내어 가만히 불러보았다.

"내 예 있어요, 이게 보이지 않아요, 이게"

하면서 아사녀는 자기 가까운 그 어디서 손을 내저어 보일 것만 같다. 숨소리를 죽이고 풀 속에 숨었을 것만 같다. 나무 뒤에 붙어 섰는지도 모른다.

"아사녀, 아사녀!"

아사달은 또 한 번 불러 보았다.

은빛으로 번쩍이는 물꽃 사이로 아사녀가 상그레 웃는 얼굴을 나타낸 듯 싶었다.

"아사녀, 아사녀."

허방지방 물 속으로 뛰어들려는 순간, 한 줄기 투명체 같은 아사녀는 쭈르르 물 위를 얼음 지치듯 하여 저 건너 능수버들의 늘어진 가지 속으로 사라진 것 같았다.

완연히 물 위에 아사녀의 발자국이 남은 양, 물결은 그 자국대로 파인 자리를 메우려는 것처럼 찰랑찰랑 굽이를 치는데, 그 늘어진 버들가지는 사람을 숨기느라고 휘영휘영 한다.

"아사녀, 아사녀!"

아사달은 열 번도 스무 번도 더 가본 거기를 쫓아가기에는 지친 듯이 건너다보고만 불렀다.

아니나다를까!

"나 예 있어요."

나직한 목소리가 실바람을 타고 건너온 순간, 아사녀는 그 버드나무 밑둥을 기대고 뚜렷이 그 안타까운 모양을 나타내었다.

그, 고개를 다소곳하고 있는 양이 마치 그들이 마지막으로 작별할 적, 슬쩍 눈길만 오고간 그때 그 모양과 꼭 같았다. 그리고 저 수양버들도 갈데 없이 자기네 집 들어가는 모퉁이 개울 가에 서 있는 그 수양버들과 같았다.

아사달은 지금까지 들고 다니던 마치와 정을 허리춤에 꽂고 그 수양버들을 향해 줄달음질을 쳤다.

막상 그 늘어진 가지를 휘어잡았을 제엔 누렁누렁해진 그 좁직한 잎사귀를 뚫고 달빛만 유난스럽게 아사달의 눈시울 속으로 기어든다.

"난 예 있는데, 왜 거길 가셔요?"

눈을 돌리자, 아사녀는 바로 물가에 외로이 서서 아사달을 바라보고 있지 않은가?

그 얼굴찌는 자기가 아사녀의 얼굴을 보던 가운데 가장 의젓하고 가장 아름답고 가장 깨끗하고 가장 거룩하였다.

이번에야말로 영절스럽게 나타난 이 얼굴을 또 놓칠까 두려워하며 가만가만히 한 발자국 두 발자국 다가들어갔다.

이번이란 이번이야말로 아사녀도 그린 듯이 서 있을 뿐, 몸을 움직이지 않았다.

두 간! 한 간! 그들의 동안은 좁아들었다.

"인제야!"

하고 아사달은 아사녀를 덥석 부둥켜안았다.

그 순간! 아사달의 불같이 뜨거운 뺨에는 차고 단단한 그 무엇이 선뜻하고 부딪쳤다.

그것은 돌이었다! 몸집과 키가 천연 아사녀만한 돌이었다.

한때의 환각은 깨어졌지만 한번 머리 속 깊이 새겨진 아사녀의 환영은 지워질 까닭이 없었다.

아사달의 눈에는 그 돌에 아사녀의 모습이 그리기나 한 듯이 그대로 박혀 있었다.

아사달은 허리춤에 꽂았던 마치와 정을 빼어들었다.

그는 방장 나타난 제 아내의 환영을 그대로 그 돌에 새기기 시작하였다.

156

주만은 눈앞이 캄캄하였다.

내일 모레면 아사달과 두 손길을 마주잡고 곱다랗게 자취를 감출 수 있었거늘 하필 오늘 밤으로 그 일이 탄로가 날 줄이야.

내일로라도 아버지가 아시기만 하면 제 목숨은 연기로 사라질 수밖에 없었다.

그는 마지막으로 이틀 말미를 어머니에게 청하였던 것이다.

사초부인도 아무리 달래도 타일러도 도무지 딸의 뜻을 빼앗지 못할 줄 깨닫자, 흉격이 메어지나마 딸의 소원을 들어주는 것이 눈앞에 참혹한 꼴을 보느니보다는 얼마나 나은지 몰랐다. 이왕지사 틀린 일이라면 그 지긋지긋한 비극을 하루라도 연기를 하는 것이 그도 원하는 바였다. 하루 이틀 끄는 동안에 혹은 무사타첩이 될런지도 모른다. 그는 암만해도 이런 비참한 사단이 벌어지리라고는 믿어지지 않았다.

금이야 옥이야 귀히귀히 길러낸 딸이 설마 불길에 생목숨을 태우게 된다는 것은 꿈에도 상상할 수 없는 일이요, 그렇게 귀히 될 줄 알았던 주만이가 석수장이의 첩이 되어 남의 뒷손가락질을 받을 것 같지 않았다.

제가 아무리 고집을 세워도 경신에게 시집을 가고는 말려니 하는 터무니없는 희망도 없지 않았다.

그래서 내일 아침 아버지가 다시 물으시는 한이 있더라도 달도 밝고 해서 제 동무의 집에 놀러를 갔다가 바람을 쏘이고 감기가 몹시 들어 몸져 누워 있다고 꾸며대기로 모녀간에 작정이 되었다.

이튿날이 되었다.

주만은 바늘 방석에 앉은 듯한 송구한 마음으로 오마조마 무서운 제 운명을 기다려 보았으나 그 날은 무사히 넘어갔다. 기실 유종은 한가위 명절 차비 까닭에 그 날은 일찍이 조회에 들어가게 되고 파조해 나오자 경신의 형제가 또 찾아왔던 것이다.

금랑상은 제 아우를 필두로 여러 낭도를 데리고 이번 명절의 큰 모임에 궁술과 검술을 빛내기 위하여 상경한 것이었다.

큰 손님을 맞이하여 집안은 다시 벅쩍 괴었으나 그래도 사초부인은 틈틈이 별당에 와서 주만에게 아무 데도 나가지 말고 있으라고 부탁부탁하였다.

금랑상 형제에게 보이려고 아버지께서 언제 주만을 부를지 모르는 까닭이었다.

경신은 다시 유종의 문에 발을 들여놓아 주만을 괴롭게 할 것을 꺼리었지만 제 형이 끄는 바람에 아니 올 수가 없었던 것이었다.

주만도 이런 판에 몸을 빼나갈 수도 없었다. 이번 찾는 데 자기가 또 없었다가는 참으로 무서운 사태는 벌어지고 말 것이다.

얼른 부르기나 해서 제 할 구실을 치르기나 해버렸으면 그래도 마음이 놓이겠는데 해가 떨어져도 부르러 오지 않았다.

주만은 안절부절 못하였다.

아사달이 오늘이라도 길을 떠난다고 하였는데 암만 기다려도 내가 오지를 않으니 혼자서 발정을 하지나 않을까. 일일이 삼추같이 제 고장 가기를 원하고 바라는 그가 아닌가.

'그가 혈마 그럴 리야 있을까? 그렇게 떡먹듯이 언약을 해 놓았는데 나를 버리고 혼자 가실 리야?'

생각하고 스스로 안심을 해보려 하였건만 애가 키이고 마음이 조려서 견딜 수가 없었다.

밤이 되었다.

암만해도 조맛증이 나서 참을 수 없었다. 입때까지 부르시지 않으니 오늘 밤 안으로는 찾을 것 같지 않아 옷을 주섬주섬 입고 있을 때 별안간 손님을 나와 보이라는 전갈이 왔다.

초저녁까지 양상의 데리고 온 낭도들을 대접해 보내고 형제만 남게 되자 유종은 딸을 부르러 보낸 것이었다.

주만은 사랑에 나가 먼저 양상을 보고 절을 하매 양상은 일어나 맞절을 하였다.

"여보게, 어린 것 절을 그냥 받으실 게지. 맞절이 무엇인가. 허허."

유종은 오래간만에 막역의 친구를 만나 매우 유쾌한 모양이었다.

"그게 무슨 말인가? 장래 제수씨의 절을 어떻게 앉아서 받는단 말인가. 허허."

양상도 크게 웃었다. 그 웃음소리와 음성도 천연 아우와 같았다. 그 '장래 제수씨' 란 말에 주만의 귀는 따가웠다.

"경신이 너는 벌써 이 아가씨가 초면이 아니겠고나"
하고 양상은 경신을 돌아보고 웃었다.

주만이가 들어오자 한옆에 비켜섰던 경신은 어색하게 웃어 보였다.

주만은 차마 눈을 들어 경신을 볼 수가 없었건만 얼른 보기에도 그의 자기를 보는 눈엔 애연한 빛이 가득 차 있었다. 단 며칠 안 되는 사이에 몹시 파리해진 주만의 얼굴을 보고 그는 매우 놀란 까닭이다.

주만은 이내 몸을 일으켜 내빼 나왔지만 그 짧은 동안에도 그의 등은 흠빽 젖었다. 그는 난생 처음으로 괴롭고 어색한 순간을 경험하였던 것이다.

157

경신 형제 앞을 물러나온 주만은 무서운 고역이나 치르고 난 것처럼 한동안은 몸과 마음이 얼얼하였다.

한번 불려 갔다 왔으니, 이 밤으로 또 찾지는 않으리란 생각이 들자 그는 부랴부랴 간단한 행장을 수습하였다. 행장이라야 옷 한 벌은 입고 가면 고만이요, 노리개 보물 같은 것은 제가 가장 아끼고 사랑하는 것만 골라서 몸에 지니었다.

인제는 영 이별이구나 하매, 새삼스럽게 방 안이 휘 둘러보였다.

막 방문을 열고 나오려 할 제, 뜰 앞에서 인기척이 났다.

주만은 깜짝 놀랐으나, 그것은 다른 사람 아닌, 딸의 장래를 걱정하는 사초부인이었다.

주만은 한옆으로 이런 경우에 나타난 어머니가 한없이 민망하였으나, 한옆으로는 이제 한번 떠나면 다시 못 뵈올 자정 깊으신 어머니를 뵈옵고 마음 속으로나마 작별을 여쭙게 되는 것이 한결 섭섭한 정을 풀어주는 듯도 하였다.

사초부인은 나들이 옷을 입은 딸을 보고 질색을 하고 말리었다.

이 아슬아슬한 고비에 경신 형제가 찾아온 것은 하늘이 도우신 게라는 둥, 네가 경신을 보고 아무리 아사달과의 관계를 털어놓았다 하더라도 경신이가 다시 올 적에는 네 말을 믿지 않는 것이라는 둥, 무슨 일이 있더라도 그는 끝끝내 너를 아내로 삼을 작정이니 너만 고집을 세우지 않으면 일이 올곧게 되지 않겠느냐, 두말도 말고 시집을 가게 하여라, 그 아사달이란 사람도 너만 가지 않으면 기다리다 못하여 제 아내를 찾아갈 것 아니냐, 제발 이 늙은 부모를 버리지 말아다고…….

사초부인은 암만해도 단념을 못 한 듯 또 아까 말을 되풀이하였다.

주만은 굳이 어머니의 말씀을 반대하지도 않았다. 지금 와서 반대를 하는 것도 새삼스러운 일이었다.

무남독녀 외동딸을 영구히 잃게 되는 어머니의 심정!

중언부언하는 어머니의 정국을 생각하매 주만의 가슴은 쓰라렸다. 늙은 부모를 버리지 말라는 마지막 부탁엔 여무지게 마음을 먹은 주만에게도 쏟아지는 뜨거운 눈물을 걷잡기 어려웠다.

밤이 이슥하여 자시가 지나고 축시가 지나도 사초부인의 긴 푸념 잔 사설이 그치지 않았다.

듣기만 하고 있는 딸을 보고 사초부인은 적이 안심이 된 듯 새벽녘에는 그대로 쓰러져서 고단한 잠에 떨어지고 말았다.

"저는 가요."

가늘게 코까지 고는 어머니 뺨에 살그머니 제 뺨을 대어보고 주만은 몸을 일으켰다.

그는 차마 떨어지지 않는 자욱을 가까스로 떼어 뒷문으로 빠져 나왔다.

왁자지껄하게 털이도 깨울 수 없고 또 털이를 데리고 갈 필요도 없었다. 그러니 말도 끌어내올 수 없어, 그는 혼자 걸어서 불국사를 향하는 수밖에 없었다.

다행히 새벽달은 밝아서 길은 어둡지 않았으나, 어쩌면 걸음이 이렇게 더딜까. 마음이 급할수록 길은 더욱 늘어나는 듯. 말을 탔으면 벌써 들어갔을 텐데 반에 반절도 못 온 듯하였다.

길가에 행인이 없는 것을 다행으로 주만은 두 주먹을 불끈 쥐고 줄달음을 쳤다.

하하 내어뿜는 그의 숨길은 유리 같은 맑은 공기에 안개처럼 서리었다.

'이 밤이 새기 전에!'

주만은 달음박질을 하면서도 속으로 뇌고 또 뇌었다.

이 밤이 새기 전에 이 서라벌을 떠나야 한다. 어머니 잠 깨시기 전에, 아버지 아시기 전에 한 발자국이라도 더 멀리 떨어져 있어야 한다.

주만이가 불국사 대문을 두드릴 때에는 밝은 달빛도 희미하게 스러지며 동이 트기 시작하였다.

문지기가 먹은 간이 있어서 잠결에도 주만의 목소리를 알아듣고 얼른 대문을 열자 주만은 쏜살같이 달려들어갔다. 등 뒤에서 문지기가 자기를 부르는 듯도 하였지만, 주만은 뒤도 돌아보지 않고 아사달의 처소로 달렸다. 닫혀진 덧문을 두드리며,

"아사달님, 아사달님!"

미리 불러서 선통을 하였건만 방 안에서는 아무 기척이 없었다.

"아직 주무시나?"

주만은 혼자 속살거리고 문을 덜컥 열었다.

아사달이 누워 있을 자리에 아사달은 없고 비어 있었다.

"웬일일까!"

주만의 가슴은 까닭없이 내려앉는다.

윗목에서 자던 차돌이가 인기척에 놀라 일어났다.

"아사달님이 어디 가셨느냐?"

주만은 급하게 물었다.

"모르겠어요. 어제 나가신 뒤로 들어오시지를 않아요."

차돌은 졸린 눈을 비비며 대답하였다.

"응, 어제 나가 안 들어오셨어!"

주만의 눈은 호동그래졌다. 그러면 나를 버리고 혼자 발정을 하였는가?

158

아사달이 어제 나가 아니 들어왔다는 차돌의 대답에, 주만의 서 있는 자리는 지동이나 일어난 듯 술렁술렁 움직이는 것 같았다.

"그래, 너도 어디 가신지를 모른단 말이냐?"

주만은 핑핑 내어둘리는 몸을 가까스로 지탱하며 재쳐 물었다.

"글쎄입시오. 가실 데는 별로 없으신 어른이라, 일이 끝났으니 어디 서울 구경이나 나가신 줄 알고 고대 돌아오실까 하고 왼종일 기다려도 오시지를 안 해요."

차돌의 대답도 모호하였다.

"그러면 부여로 가신 것 아니냐?"

주만은 제 마음에 먹은 대로 쏘아보았다.

"연장과 행리도 안 챙기시고 길을 떠나실 수야 있겠습니까? 소승은 혹시 구슬아가씨 댁에나 들르셨나 하였지요."

제아무리 똑똑하고 영리하다 해도 아이는 아이다. 이런 어림없는 수작이 또 어디 있을까.

그가 우리 집을 찾을 수 있는 형편이라면 작히나 좋을까. 암만해도 혼자 발정을 한 게로구나, 내가 굳이굳이 따라가겠다고 하니까, 행장도 꾸리지 않고 아무도 몰래 슬그머니 길을 떠나버린 게로구나! 이럴 줄 알았더면 하늘이 무너져도 어제 올 것을. 당장 일이 탄로가 나서 곧 잡혀 죽는 한이 있더라도 그의 얼굴이나마 한 번 더 보았을 것을! 주만은 발을 동동 굴렀다.

그때였다. 방문 밖에서 문지기의 소리가 났다.

"구슬아가씨 여기 계십니까? 아사달님이 아직 돌아오시지 않으셨지요."

주만은 귀가 번쩍 띄었다. 펄쩍 방문을 열고,

"그럼 대사는 아사달님의 간 곳을 알으시오?"

"네, 대강 짐작은 합니다마는 아까 들어오실 때에도 그 말씀을 여쭈려니까, 하도 빨리 가셔서 소승의 부르는 소리도 못 들으시는 듯합디다. 그렇게 급하십시오? 허허."

남은 속이 조려서 죽겠는데, 문지기는 능글능글하게 웃는다.

"아사달님이 어디로 가셨소. 빨리 말을 하오."

주만은 초조한 듯이 서둘렀다.

"그 어른 간 데는 소승밖에 아는 이가 없지요."

문지기는 주만의 앞에서는 아사달을 깍듯이 위해 올렸다.

"불국사에 승려가 수백 명이 들끓지만 사람 들고 나는 거야 아는 놈이 누가 있단 말입니까. 첫째 그 어른을 모시고 있다는 이 차돌이란 놈도 그 어른의 가신 곳을 모르니……."

문지기는 쓸데없는 딴소리를 늘어놓았다.

"그래 어디를 가셨소. 얼른 일러주오."

"글쎄올시다. 그것 일러드리기야 어렵지 않지만, 소승은 그 어른 때문에 까닭없는 말까지 듣고…… 또 이번에 그 어른 간 곳을 일러드렸다가……"

하고 매우 난처한 듯이 주저주저하며 그 뻰뻰한 머리를 긁적긁적한다.

주만은 문지기의 뜻을 알아차렸다. 재빠르게 황금 가락지를 빼어 넌지시 그의 손에 쥐어주었다.

"네, 네, 이건 너무 황감합니다. 일러드리고 말곱시오. 저, 그 어른은 그림자못으로 가셨습니다."

"그림자못? 그림자못엔 왜 가셨을까?"

"그 까닭은 소승도 잘 모릅니다."

문지기는 아사달의 아내가 찾아왔다가 그 못에 빠져 죽었단 말은 차마 하기 어려웠다.

"어제 아침, 새벽같이 웬 늙은 여편네가 들어닥치더니 다짜고짜로 그 어른을 모시고 갔는데 곁에서 듣자하니 그림자못으로 가는 듯합디다."

"그러면 대사가 그 못을 잘 아시겠구려. 같이 좀 가실 수 없을까?"

"소승이 모시고 가도 좋지만 저 차돌이란 놈도 길을 잘 압니다. 저 애를 데리고 가시지요."

문지기는 딱장대 콩콩이를 또 만날까 겁이 나서 꽁무니를 빼었다.

주만은 차돌을 재촉하여 부랴부랴 그림자못으로 달렸다.

못 가가 워낙 휘넓어서 한눈 안에 거둘 수도 없거니와 샐녘과 아침의 어림을 뒤덮는 젖빛 안개가 뽀얗게 끼어 얼른 아사달의 모양이 띄지 않았다.

"어디 여기 계신가?"

주만은 차돌을 돌아보았다.

차돌은 잠깐 걸음을 멈추고 귀를 기울이더니,

"저 소리를 들어보십시오, 천연 아사달님의 돌을 쪼으시던 소리 같군요."

주만도 걸음을 멈추자, 고요한 공기를 흔드는 귀에 익은 그 소리를 몰라들을 리 없었다. 소리 나는 곳으로 좇아들어가매, 저만큼 못 둑 아래 헤실헤실한 안개 속에서 사람의 그림자가 아른거리는 것이 보였다.

주만은 죽었던 사람을 다시 만난 것보다 더 반가웠다. 그는 진동한동 뛰어갔다. 몇 걸음 남겨놓지 않고 소리를 쳤다.

"아사달님! 아사달님!"

꽤 크게 지른 소리였지만, 아사달은 돌아보지도 않았다.

주만도 나는 듯이 못 둑 밑까지 내려와서 아사달의 곁으로 바싹 다가서며 거의 귀에 대다시피 하고,

"아사달님, 아사달님!"

또 한 번 불렀건만, 아사달은 들은 척도 않고 정과 마치만 번개같이 놀리었다.

차돌은 아사달과 주만의 만나는 양을 먼 빛으로 바라보자 살그머니 제 갈 데로 가버렸다.

159

"아사달님, 나좀 보셔요, 아사달님!"

주만은 마침내 짜증을 내며 부르짖었다. 그래도 아사달은 정 놀리기를 쉬지 않았다.

정과 마치의 자지러진 가락과 그 황홀한 얼굴빛으로 보아 아사달은 다시금 신흥에 겨운 줄을 짐작할 수가 있었다.

똑바로 씹어 들어가듯 돌에 박힌 그 눈길은 벼락이 떨어져도 옆으로 쏠릴 것 같지 않았다.

'이 일을 어찌하나.'

주만의 가슴은 메어졌다.

"여보세요, 아사달님, 아사달님, 한시가 급합니다. 우리가 여기 이러고 있을 형편이 못 됩니다. 모든 일은 탄로가 나고 말았습니다. 아사달님, 아사달님, 우리는 어서 달아나야 합니다. 어서 서라벌을 떠나야 합니다. 우리 집에서는 내가 없

어진 줄을 알고 벌써 야단법석이 일어난지 모릅니다. 하인들은 나를 잡으러 나선지 모릅니다. 아사달님, 아사달님!"

주만의 하소연은 애가 끊는 듯하였건만 아사달의 귓가에도 울리지 않는 것 같았다.

"글쎄 이게 웬일일까. 참, 기막히는 일도 있고는 볼 일. 아슬아슬한 고비에 그 돌을 붙잡고 계시면 어떡하자는 말씀예요. 어서 일어나요. 네, 아사달님, 네, 아사달님!"

쇠와 돌이 맞부딪치는 여무지고 단단한 울림에 주만의 불이 붙는 듯한 간청도 가뭇없이 스러졌다.

못 얼굴에 자욱하던 안개가 차츰차츰 걷혔다. 잿빛으로 조으던 물결은 파름파름하게 눈을 떴다. 불그스레한 기운이 흐늘흐늘 춤을 추는 것은, 돋아오는 햇발이 미처 물 얼굴에까지는 닿지 않고 공중을 쏘아 그 광선이 반사를 일으키는 까닭이리라.

"아이, 날이 아주 밝았네. 아이, 해가 떠오르네. 이를 어쩌나, 이를 어쩌나."

주만은 길길이 뛰고 싶었다.

"아사달님, 아사달님!"

또 한 번 부르짖어 보았으나 또한 아무 소용이 없었다. 구슬같은 땀이 그 번듯한 이마와 콧마루에 주렁주렁 맺힌 것을 보아 일에 얼마나 골똘한 것을 알으킬 뿐.

"아사달님, 아사달님, 아사달님은 이 목숨이 끊어지는 줄을 모르시는군. 한 시각 한 시각이 이 명을 재촉하는 줄을 모르시는군. 그 정 자리가 한금 두금 나는 것이 이 몸과 피를 방울방울 마르게 하는 줄 모르시는군."

주만은 가슴이 찢어지도록 한숨을 쉬었다.

정질이 잠깐 늦추어지는 순간 아사달의 시선은 힐끗 주만을 보았다.

그 눈길은,

"제발 나를 괴롭게 말아주시오, 제발 나를 가만히 내버려주시오"

하고 애원하는 듯하였다.

주만은 이대도록 애절한 눈매는 처음 보았다.

일순간 아사달은 다시 눈길을 돌로 옮기었으나, 그 손에는 힘이 빠져 나간 듯, 정질과 마치질이 허전허전하는 것 같았다.

어제 밤에 나타난 아내의 모양은 영절스럽게 또렷또렷하였었다. 비록 환영일망정 피가 돌고 맥이 뛰듯 생생하게 살아왔었다. 한번 마치와 정을 들고 대하자, 마치 아내의 모습이 미리 새겨져 있는 것처럼, 정 지나간 자리를 따라 대번에 둥글 갸름한 얼굴의 윤곽이 드러나고 그 야들야들한 뺨의 보드라운 선이 그려졌었다. 눈썹 언저리를 도두룩하게 솟게 하여 그 가늘고도 진하고 초생달처럼 고부장하게 휘어들어 약간 꼬리를 처뜨리게 하고는 으능꺼풀 같은 눈시울을 어렴풋이 쪼아내었다.

그는 어느 결에 달이 기운 줄도 몰랐다. 어느 결에 새벽 안개가 열 겹 스무 겹 저를 에워싼 줄도 몰랐다. 어느 결에 동이 훤하게 밝아온 줄도 몰랐다.

안청이 그 중에서 띠룩띠룩하는 듯이 눈시울을 다듬어내기에도 잔손질이 수없이 들었다.

눈시울을 가까스로 끝내어 이번엔 더 어려운 눈. 아사달은 처음엔 상글상글 웃는 눈매를 찍어내려 하였건만, 암만해도 마지막으로 주고받은 그 눈물 고인 눈매만 눈에 밟히어 어쩔 수 없었다. 그는 그 슬프고도 아름다운 눈매를 새겨내기에 열고가 났다.

정은 돌 위에서 떤다. 암만해도 그 눈매가 뜻대로 새겨지지를 않는 것이었다.

그때였다. 아니다, 그때에야 그는 제 옆에 인기척을 느끼었다. 그리고 그것이 다른 사람 아닌 주만인 줄도 온몸으로 느끼었다. 기실 주만은 그보담 훨씬 먼저 와서 부르고 외치었건만 그 애끊는 하소연도 도무지 들리지 않았던 것이었다.

160

'구슬아기가 내 옆에 있고나'

하는 생각이 분명히 들자, 아사달의 정질은 갈수록 제자리에 놓이지 않고, 눈앞에 그리는 아사녀의 눈매조차 아리송아리송 여부없이 붙들리지 않았다.

그의 열에 뜬 머리조차, 주만의 뼈에 사무치는 원정으로, 찬물을 끼얹은 듯 식어갔다.

그는 이 쨍쨍한 현실에 한순간 손길이 빗나가고 말았다.

아뿔싸! 그는 다시 돌 위로 눈을 돌렸건만, 그렇게 생생하던 아내의 환영은 하잘것없이 흐려진다. 봄별에 눈처럼 스러지고, 저녁놀 사라지듯 흐지부지 가무려지려 한다. 그 대신

초죽음 다 된 해쓱한 주만의 얼굴과 그 파랗게 질린 입술이 실룩실룩 떨고 있다.

아사달은 아몰아몰해가는 아사녀의 모습을 불러일으키려고 바작바작 애를 켜며 갈팡질팡 정과 마치를 휘둘렀다.

아사녀가 죽은 줄이야 꿈에도 모르는 주만이로되, 아사달의 침통한 얼굴과 애절한 눈초리와 서두는 태도로 보아 이 공사도 아사달에게는 다보탑과 석가탑보다 못하지 않은 것임을 깨달을 수 있었다. 아무리 조른다 해도, 자리를 뜰 것 같지도 않았다. 아무리 기막힌 제 처지를 호소한다 해도, 이미 도취의 경지에 들어간 아사달의 마음을 돌릴 것 같지도 않았다. 그의 일만 더 늦어지게 할 뿐이 아닌가.

주만의 속은 조비비는 듯하였지만 아사달의 손 떼기를 기다리는 수밖에 없었다.

멀거니 정질의 자취를 더듬어보매, 아사달은 사람의 얼굴을 새기느라고 애를 쓰는 것을 알 수 있었다.

아침 때가 겨웠다.

한낮이 되었다.

아사달의 손은 좀처럼 쉬어지지 않았다.

주만이가 제 등뒤에 멀지 않게 말굽 소리를 들은 듯싶은 순간,

"아가씨 아가씨, 구슬아가씨."

가쁘게 부르는 털이의 소리가 들려왔다.

주만이가 고개를 돌려보니 과연 털이가 죽을 상을 하고 말을 채쳐 오는 꼴이 보였다.

'무슨 일이 생겼고나'

하고 주만의 가슴은 덜컥 내려앉았다.

주만은 마주 나오자 털이는 말에서 내려 종종걸음을 쳤다.

"아가씨, 아가씨, 큰일났는뎁시오. 왜 여기 이러고 겝시오, 쇤네는 벌써벌써 멀리멀리 가신 줄 알고 허허실수로 불국사엘 들렀더니 차돌의 말이 여기 계신다기로 이리로 오는 길입지요."

털이는 이마에 고인 진땀을 손으로 씻으며 그 동그란 눈을 더욱 호동그랗게 뜬다.

"무슨 일이 생겼느냐?"

주만은 오히려 태연히 물었다.

"이거, 이거, 참 큰일났는뎁시오. 여기 이러고 계시다니, 쇤네 뒤에는 곧 하인배들이 쫓아올 텐뎁시오. 왜 달아나지를 않으십시오? 네 네, 아가씨, 지금이라도 어서어서 달아나십시오."

"다 틀렸다. 어찌 된 곡절이나 들려다오."

주만은 이미 단념하고 절망한 지 오래였다. 하필 이 아슬아슬한 판에 아사달이 그 돌을 새기기 시작한 것으로 저의 악착한 운명이 작정된 줄 알았던 것이다.

"오늘이 한가위, 신궁 앞에 검술과 궁술의 큰 모임이 열리고 경신 서방님이 활쏘기와 칼겨룸을 하시는데 거기 구경을 가시자고 대감께서 아가씨를 찾으신 모양입시오. 마님께서 숨기다가 못 하셔서 마침내 바른대로 여쭈신 모양입시오. 대감께서 발을 구르시고 역정을 하늘같이 내시어 그런 년은 당장 잡아서 불에 태워 국법을 바루신다고 야단야단을 치시는 걸 쇤네도 밖에서 들었는뎁시오. 마님께서 밖으로 나오시더니 쇤네를 넌지시 부르시어 너 빨리 불국사엘 가서 아가씨가 계신가 안 계신가 보고 만일 계시거든 빨리 달아나게 하라고 이르셨는데 아가씨가 여기 이러고 계시니 이 일을 장차 어떡해요, 어떡해요"
하고 털이는 입을 삐쭉삐쭉하며 눈물이 듣거니 맺거니 한다.
주만은 어머니의 자정에 가슴이 지르르 해지도록 새삼스럽게 감동하였다. 버린 딸이요 못쓸 딸이건만 그 목숨을 구해지라고 애를 조리는 모양이 환하게 눈앞에 보이는 듯하였다.
"쇤네는 말을 타고 왔으니 얼마쯤은 빠르기는 빨랐지만 곧 뒤미쳐 하인배들이 달려올 걸입시오. 아가씨, 어서 달아나십시오. 네, 아가씨!"

161

"이왕지사 일은 틀린 일, 지금 달아난다 한들 무슨 소용이 있겠느냐."
주만은 길게 탄식하였다.
"왜입시오, 지금이라도 늦지 않습니다. 아가씨만 이 자리에 없으시다면 하인배들이 굳이굳이 찾으려들지도 않을 것 아닙시오?"
"내 혼자 달아나서 이 구구한 목숨을 보전하면 무엇하랴."
"아사달 서방님이 저기 계시지 않읍시오?"
"그 어른은 또 큰일을 시작하셨단다. 한번 일을 손에만 대시면 침식도 잊으시고 생사도 모르는 이. 몇 번 길 떠나기를 재촉도 해보았지만 들은 척도 않으시니 어쩌는 수가 있느냐?"

"어규, 이를 어째, 이를 어째."

털이는 펄쩍 뛰었다.

저편 길 쪽이 떠들썩하는 곳을 바라보매 과연 검정 벙거지를 둘러쓴 구종들이 벌떼같이 이리를 향하고 달려온다.

"애구 아가씨, 저것들을 보십시오, 보십시오"

하고 털이는 주만의 손목을 이끌며 달아나려 한다.

주만은 손목을 뿌리치며,

"지금 와서 허둥거리면 하인배 소시에 창피만 할 뿐"

하고 주만은 잠깐 무엇을 생각하는 듯하더니 털이를 보고,

"너는 여기 있어 저 사람들이 들이닥치거든 잠깐만 기다려 달라고 일러라, 내 아사달님께 마지막 부탁할 것이 있다."

주만은 아사달의 곁으로 왔다.

아사달은 비오는 듯하던 땀을 씻으려 하지도 않고 돌을 새기기에 일단 정성을 모으고 있었다.

자기를 그리고 그리다가 자기를 찾아와서 죽은 아내의 모양을 그는 하늘이 무너져도 제 손으로 다시 살리려고 제 재주와 힘을 다 들이고 있었던 것이다.

"아사달님, 아사달님!"

주만은 비통한 목소리로 부르짖었다.

"나는 가요, 나는 인제 잡혀가요. 이것이 이 세상에서는 아사달님과 마지막 작별, 한 번만 그 얼굴을 이쪽으로 돌리서요, 단 한 번만 그 얼굴을 이쪽으로 돌리서요, 단 한 번만 눈 한 번 깜짝할 짧은 동안이나마……."

아사달의 손길은 와들와들 떠는 듯하였다. 정은 돌 위에서 허청을 치고 미끄러진다.

"네, 아사달님, 얼른, 얼굴을 돌리셔오, 다시 한 번 자세히 뵈옵게. 이 가슴 속 깊이 새겨두게. 뜨거운 불길이 이 몸에 붙을 제도 그리운 그 얼굴을 눈앞에 그리면서 숨이 잦아지게, 그리고 또 마지막 부탁이 있어요."

아사달은 얼굴을 들었다. 정소리도 끊어졌다.

"아이 고마워라, 아이 고마워라, 아사달님이 나를 보시네."

주만은 감격에 겨운 듯이 속살거리고 물끄러미 아사달의 얼굴의 이모저모를 샅샅이 알알이 뜯어보았다.

거의 넋을 잃은 듯이 홍껏 아사달의 얼굴을 들여다보고 나서,

"아사달님, 아사달님, 이만하면 아사달님 얼굴은 자세히 뵈었어요, 내 얼굴도 자세히 보아주시오. 그러고 내 얼굴을 그 돌 위에 새겨주서요. 이것이 나의 마지막 부탁, 네 아사달님, 들어주실 테지요?"

"……."

"왜 대답이 없으서요. 왜 금세로 얼굴빛이 파랗게 질리셔요. 왜 뺨 언저리가 실룩실룩 떠십니까. 마지막 이별에 마지막 부탁, 혈마 아니 들어주실 리야 없겠지요. 이 몸이, 이 모양이 아사달님의 손으로 그 돌 위에 새겨만 진다면, 다시 살아만 있다면 나는 죽어도 여한이 없어요. 이 하잘것없는 몸은 푸른 연기가 된다 해도 이 돌 위에 새겨진 내 얼굴은 몇백 년 몇천 년을 살아남을 것 아네요. 우리의 비참한 사랑의 기념으로 돌 하나를 남긴다 한들 죄될 것이 없겠지요. 네, 아사

달님, 이 청이야 들어주실 테지요."

주만의 입길에서는 단김이 서려 흘렀다.

못 물결도 출렁거리기를 그치고 일순간 얼어붙은 듯이 고요하다.

"왜 대답이 없으시오, 선선히 그리 하마 일러주지 않으시오. 그 돌에 새기는 건 부처님의 상이에요, 보살님의 상이에요. 무슨 원불(願佛)을 새기시느니보담 이 주만을 새겨 주셔요. 네 아사달님."

왁자지껄하는 소리가 점점 가까워 온다.

털이가 가로막고 서서 기다리라고 타이르는 모양이었다.

주만은 몸을 일으켰다.

"자, 아사달님, 나는 가요, 마지막으로 가요. 부명이 지엄하시니 오래 머뭇거리고 있을 수 없어요. 제발 내 마지막 소원을 풀어 주세요. 네 아사달님. 그러면 부디 안녕히."

주만은 조용조용히 걸어나왔다.

162

햇님다리를 조금 비켜놓고 모내기 천변 큰길에는 장작과 솔단이 집채같이 재이었다.

황을 덤썩 묻힌 긴채 관솔에 불을 붙여 군데군데 꽂아놓으매, 검은 연기가 구름장 모양으로 뭉게뭉게 떠오르자, 그 밑에서 시뻘건 불길이 이글이글 타오르기 시작하였다.

오늘이 마침 8월 한가위 신궁 앞 넓은 마당과 서울 거리거리에 구경거리가 덤북 벌어져서 사람들은 많이 빠져나갔건만 그래도 이 참혹한 광경을 보아지라고 모여든 군정들은 천변한 길이 비좁도록 개미떼같이 덕시글덕시글하였다.

마른 나뭇가지가 타서 꺾이는 소리가 후닥뚝닥 근처의 공기를 뒤흔들며 화르르 하고 타오르는 불길은 무명의 업화인양 반공을 향하고 그 너불너불하는 어마어마한 혓바닥을 내어두를 제, 주만은 여러 하인들에게 옹위되어 그 장작더미 앞에 와서 섰다.

외동딸이 타 죽는 모양을 차마 볼 수 없었음이라, 유종과 사초부인은 그 자리에 모양을 나타내지 않았다.

유종은 사랑문을 겹겹이 잠그고 혼자서 방 안엘 왔다갔다 하며 머리끝까지 치밀린 격분과 극통을 걷잡지 못했다.

"에이 고이한 년, 에이 고이한 년, 내 딸이, 내 딸이!"
하고 이따금 힘줄이 우글쭈글한 주먹을 불끈불끈 쥐었다.

사초부인은 남편을 끝끝내 속일 수 없어 이실직고는 하였으나, 혈마 딸이 잡혀오리라고는 꿈에도 생각지 못하였었다. 자기 잠든 사이에 자취를 감추었으니 지금쯤은 멀리 서라벌을 떠나 있을 터이고, 또 잡으러 간 사람들은 제 집에 부리는 하인들이니 기를 쓰고 잡으려 들 것 같지도 않아서 실상은 마음을 놓았었다. 그래도 미심다워 털이를 보내기까지 하였으나 간곳을 모른다는 털이의 기별을 기다리고 있었던 것이다. 그러다가 천만 뜻밖에 자기 딸이 잡혀왔다는 소식을 듣고 그 자리에 기색하고 말았다. 얼마 만에야 깨어는 났으나, 자리 보전하고 누워서 헛소리만 하고 있었다.

불길이 웬만큼 타오르는 것을 보자, 주만은 천천히 불 앞으로 걸음을 옮기었다.

"애구 아가씨, 애구 아가씨."

털이는 울며불며 질색을 하고 뒤에서 제 아가씨를 부둥켜 안았다. 여러 하인들도 고개를 숙였다.

"놓아라, 놓아라."

주만은 조용히 털이를 타일렀다.

"네 정은 고맙다만 질질 끌수록 나에게는 고통. 한시 바삐 저 불 속으로 뛰어들어 모든 슬픔과 원한을 잊어버려야……."

"애구 아가씨, 애구 아가씨!"

털이는 더욱 제 아가씨의 허리를 단단히 부여잡으며 울며 부르짖었다.

주만은 털이에게 안긴 채 한동안 그린 듯이 서 있다가,

"대감과 마님께 못 뵈옵고 간다고 사뢰어라. 그리고 내 죽은 뒤에 타고 남은 재가 있거든 그림자못 아사달님이 새기신 돌부처 발 아래 묻어다고."

말이 마치기 전, 여러 사람이 악! 소리도 지를 겨를도 없이 주만은 불 속으로 나는 듯이 뛰어들었다.

"애구구!"

털이는 그대로 땅바닥에 넘어지며 울었다.

그때였다. 쏜살같이 말을 달려 오는 사람의 그림자가 연기 속으로 사라졌다.

그 사람은 말 위에서 껑청 몸을 날려 훨훨 타오르는 불길 속으로 뛰어든 다음 순간엔 벌써 불덩이 다 된 주만의 몸을 두리처 업고 선뜩 땅에 내려서는 모양이 보였다.

땅 위에서 번개같이 주만의 옷에 붙은 불을 손으로 비벼 끄는 듯하더니 주만을 업은 채 비호같이 달려가 버렸다.

모였던 군정들은 와글와글하였다.

"그게 누구야, 누구야."

옆사람의 옆구리를 꾹꾹 찌르며 이 별안간 나타난 용사의 근지를 알려고 하였다. 그러나 그 사람의 동작은 너무 빠르고 또 검은 연기가 부근 일대를 뒤덮었기 때문에 아무도 그 사람의 정체를 자세히 알아본 이는 없었다.

여럿의 시선이 말 닫는 곳으로 바라볼 때에는 벌써 그 사람의 모양은 까마득하게 사라져 버렸다.

이 바람결같이 나타났다 바람결같이 사라진 인물은 과연 누구였던가.

"하늘이 구하신 게다, 하늘이 구하신 거야."

"아무리 법이 엄하기로 외동딸을 태워 죽이다니 말이 되나. 신명이 도우신 게지."

"어여쁜 그 얼굴과 의젓한 그 태도만 보아도 비명 횡사할 이가 아니거든."

"뭘, 제 고운 님이 와서 구해간 게지."

"어쩌면 그렇게 대담하고 말을 잘 탈까."

"아무튼 예사 사람은 아니야."

모였던 군정들도 악착한 꼴만 구경을 할 줄 알았다가 뜻밖에 좋은 구경 한 가지를 덤으로 더하게 된 데 매우 만족한 모양으로 제각기 떠들며 헤어졌다.

163

나는 범보다 더 날래게 불길 속에 뛰어들어 주만을 구해낸 이는 경신이었다.

오늘도 검술과 궁술 겨룸에 보기좋게 장원을 하여 만사람의 칭찬을 받았으되, 이 영광에 싸인 자기를 보고 누구보다도 더 기뻐할 이손 유종의 얼굴이 보이지 않는 것이 섭섭하고도 궁금하였다.

어쩐지 마음에 키어, 여러 낭도들의 폭풍우 같은 환호와 찬사도 받는 둥 마는 둥, 슬그머니 빠져나와 주만의 집으로 말을 채쳐 오는 길에 햇님다리 가에 사람이 백절치듯 모인 것을 보았다. 무슨 까닭인 것을 물어보아, 이손 유종이 제 실행한 딸을 태워 죽이는 것이란 말을 듣고 쏜살같이 뛰어든 것이었다.

이손의 불같은 성미에 일이 탄로만 되면 이런 거조가 있으리라고, 그는 어렴풋이나마 미리 짐작도 하였었다.

그리고 어제 밤에 얼른 본 주만의 얼굴에 수심이 가득한 양이 한량없이 애처로웠다. 그 다소곳한 머리와 수줍은 눈길에 풀기 하나 없는 것이 한량없이 가여웠다. 암만해도 무슨 악착한 사단이 벌어질 것만 같아서 가슴이 섬뜩하였었다.

한두 번밖에 대해보지 않았으나 그 뛰어나게 아름다운 용모와 씩씩한 기상과 대담한 태도가 경신에게는 엄청난 경이였다. 눈부신 존재였다. 벌써 마음을 바친 데가 있는 그이거니, 제 아내가 되기는 사내답게 단념할 수밖에 없었지만, 한번 가슴 속 깊이 박힌 그 안타까운 그림자는 좀처럼 가시어

지지 않았었다. 부모님께도 사뢰지 못한 그 괴로운 속을 처음 만나는 자기를 턱 믿고 숨김없이 하소연한 것이 어떻게 정다운지 몰랐었다. 더구나 자기와 정혼된 남자가 낙명이 될까 염려하여 신랑 쪽에서 파혼까지 해달라고 하는 그 마음씨는 곰살궂고도 여무지었다.

세상에도 희귀하고 열렬하고 비장한 주만의 사랑이 올곧게 열매를 맺기를 경신은 진정으로 축수하였건만, 마치 친누이동생과 같은 깨끗하고 애연한 정을 느끼었던 것이다.

이러한 주만이가 생목숨을 끊게 되었거늘, 어찌 제 몸의 위험을 살필 수 있느냐? 제 체모를 돌아볼 수 있느냐?

경신은 들숨 날숨 없이 복잡한 서울 거리를 헤어나와 개운포 한길로 달렸다. 서울이 아득하게 멀어지고 인가가 없는 들판에 나온 뒤에야 경신은 턱에 닿은 숨을 돌렸다.

뒤를 돌아보아도 쫓아오는 사람은 없는 듯.

얼떨떨한 정신을 수습하자 첫째 머리에 떠오르기는 제 등에 업힌 주만이가 어찌 되었나 하는 염려였다.

팔과 고개가 제 어깨에 척 늘어져 힘없이 흔들흔들하는 것을 보면 그대로 혼절한 모양이었으나, 촉촉하고 따스한 온기가 주만의 가슴 언저리로부터 제 등에 배어 스며드는 것을 보면 아직 숨기는 남아 있는 듯하였다.

"어디든지 치우고 들어야 할 텐데."

경신은 혼자 속살거리고 또다시 말을 채쳐, 자기가 서울 오름 내림 길에 드는 주막을 찾아들었다.

조용한 방 하나를 치우고 주만을 들여다 눕혔다.

옷자락이 군데군데 타서 떨어져 너불너불하는 대로 흰 살이 드러난 것도 가엾거니와, 빰 언저리엔 덴 자국이 밀룽밀룽 부풀어 오르고, 그 좋은 머리도 그슬려져서 오글오글해진 모양이 참혹하였다.

"애구 가엾어라, 불난 집에서 뛰어나오셨군. 저렇게 기색을 하셨으니 냉수나 좀 떠넣어보시지. 그러고 데인 자리엔 간수나 발라보시지. 애구 끔찍해라, 많이도 다치셨네. 그래도 숨이 붙으신 게 천행이시군."

혼동된 주인 노파는 방에 따라들어와 이부자리를 깔고 나서 제 아는 대로 구호 방법을 가르쳐 주었다.

경신은 노파와 같이 주만의 꽈리같이 부르튼 입술을 벌리고, 냉수를 몇 숟갈 떠넣어 보았으나, 물은 넘어가지 않고 그대로 흘러나왔다.

"다치신 것도 다치신 거지만 워낙 놀라셨을 테니 잠깐만 진정을 하시도록 하시지"
하고 노파는 나가 버렸다.

떡 한 시루 쪄낼 동안이나 지났으리라.

주만은 무엇을 찾는 듯이 손을 내저었다.

경신은 놀란 듯이 옆으로 다가들며 부르짖었다.

"구슬아기님, 구슬아기님."

주만의 입술은 달삭달삭하였다. 분명히 무슨 말을 하는 모양이나 모기 소리보다도 더 가늘어서 알아들을 수가 없었다.

"구슬아기님, 구슬아기님, 무슨 말씀이오, 무슨 말."

주만은 얼굴을 찡그리고 짜증을 내었다.

"아이 아사달님, 아이 아사달님은 그래도 못 알아들으셔요."

경신은, 아사달님이란 말낱은 분명히 알아들을 수 있었다.

그로 말미암아 아까운 청춘을 불 속에 장사할 뻔하고, 숨이 붙은 둥 만 둥한 이 생사관두에 헛소리로도 제 사랑의 이름을 찾는 걸 보고, 경신은 그 지긋지긋한 사랑에 진저리를 치면서도 새삼스럽게 고개가 숙여졌다.

"그, 그 돌에, 내, 내 얼굴을 새, 새겨주세요, 네 아사달님. 이 손에 그 돌을 만져 보여 주세요, 어디 나, 나를 닮았나, 안 닮았나 더듬어 보게."

164

아사달은 넋잃은 사람 모양으로 주만의 돌아서 가는 양을 멀거니 바라보다가 손버릇같이 다시 정을 들기는 들었다. 그러나 어느 결엔지 아사녀의 환영은 깜박 사라져 버렸다. 아까까지는 어렴풋이라도 짐작되던 그 흔적마저 놓치고 말았다.

아무리 눈을 닦고 돌 얼굴을 들여다보았으나 눈매까지는 그럴싸하게 드러났지만 그 아래로는 캄캄한 밤빛이 싸인 듯 아득할 뿐.

돌을 들여다보면 볼수록 골머리만 부질없이 힝힝 내어둘리었다.

그러자 문득 그 돌 얼굴이 굼실 움직이는 듯하며 주만의 얼굴이 부시도록 선명하게 살아났다. 마치 어제 밤의 아사녀의 환영 모양으로.

그 눈동자는 띠룩띠룩 애원하듯 원망하듯 자기를 쳐다보

는 것 같다.

"이 돌에 나를 새겨주세요. 네, 아사달님, 네, 마지막 청을 들어주세요."

그 입술은 달삭달삭 속살거리는 것 같다.

돌 위에 나타난 주만의 모양은 그의 감은 눈시울 속으로 기어들어오고야 말았다. 이 몇 날 동안 그와 지내던 가지가지 정경이 그림등 모양으로 어른어른 지나간다.

파일 탑돌이할 때 맨 처음으로 마주치던 광경, 기절했다가 정신이 돌아날 때 제 코에 풍기던 야릇한 향기, 우레가 울고 악수가 쏟아질 적 불꽃을 날리는 듯한 그 뜨거운 입김들…….

아사달은 고개를 또 한 번 흔들었다. 그제야 저 멀리 돈짝만한 아사녀의 초라한 자태가 아른거린다. 주만의 모양을 구름을 헤치고 둥둥 떠오르는 햇발과 같다 하면 아사녀는 샐녘의 하늘에 반짝이는 별만한 광채밖에 없었다.

물동이를 이고 치마꼬리에 그 빨간 손을 씻으며 바시시 웃는 모양, 이별하던 날 밤 그린 듯이 도사리고 남편을 기다리던 앉음 앉음, 일부러 자는 척하던 그 가늘게 떨던 눈시울, 버드나무 그늘에서 숨기던 눈물들…….

아사달의 머리는 점점 어지러워졌다.

아사녀와 주만의 환영도 흔들린다.

회술레를 돌리듯 핑핑 돌다가 소용돌이치는 물결 속에서 조각조각 부서지는 달 그림자가 이내 한데로 합하듯이, 두 환영은 마침내 하나로 어울리고 말았다.

아사달의 캄캄하던 머리 속도 갑자기 환하게 밝아졌다.

하나로 녹아들어버린 아사녀와 주만의 두 얼굴은 다시금 거룩한 부처님의 모양으로 변하였다.

아사달은 눈을 번쩍 떴다.

설레던 가슴이 가을물같이 맑아지자, 그 돌 얼굴은 세번째 제 원불(願佛)로 변하였다.

선도산으로 뉘엿뉘엿 기우는 햇발이 그 부드럽고 찬란한 광선을 던질 제 못 물은 수멸수멸 금빛 춤을 추는데 흥에 겨운 마치와 정 소리가 자지러지게 일어나 저녁 나절의 고요한 못 둑을 울리었다.

새벽만 하여 한가위 밝은 달이 홀로 정 자리가 새로운 돌 부처를 비칠 제 정 소리가 그치자 은물결이 잠깐 헤쳐지고 풍하는 소리가 부근의 적막을 한순간 깨뜨렸다. *

□ 연 보

1900년 9월 9일, 경북 대구에서 대한제국 대구 우체국장이던 현경운(玄慶運)의 네 형제 중 막내로 태어남. 아호는 빙허(憑虛).

1912년 일본에 유학, 도쿄 세이조〔成城〕 중학 입학.

1915년 이순득(李順得)과 결혼.

1917년 도쿄 세이조 중학 졸업.

1918년 상하이에서 독립운동을 하고 있던 중형(仲兄) 정건(鼎健)을 찾아가 후장〔滬江〕대학 독일어 전문부에 입학.

1919년 귀국, 육군 영관(領官)을 지낸 오촌 당숙 현보운(玄普運)에게 입양.

1920년 처녀작인 단편 〈희생화(犧牲花)〉를 《개벽(開闢)》지에 발표. 《조선일보》사 입사.

1921년 단편 〈빈처〉 발표. 박종화, 나빈, 홍사용, 이상화, 박영희와 함께 《백조(白潮)》 동인에 참가. 단편 〈술 권(勸)하는 사회〉 발표.

1922년 중편 〈타락자(墮落者)〉, 단편 〈피아노〉, 〈유린〉 발표. 《백조》 창간됨.

1923년 최남선 주재의 월간지 《동명》의 편집 동인. 단편 〈지새는 안개〉, 〈할머니의 죽음〉, 〈까막잡기〉 발표.

1924년 단편 〈그립은 흘긴 눈〉, 〈운수 좋은 날〉 발표.

1925년 단편 〈불〉, 〈B사감과 러브레터〉, 〈새빨간 웃음〉 발표. 《동아일보》사 입사, 사회부장이 됨.

1926년 단편 〈사립정신병원장〉, 〈신문지와 철창(鐵窓)〉, 논문 〈조선과 현대 정신의 파악(把握)〉 등 발표.

1929년 단편 〈정조(貞操)와 약가(藥價)〉 발표.

1931년 단편 〈서투른 도적(盜賊)〉, 〈연애(戀愛)의 청산(淸算)〉 발표.

1936년 《동아일보》사 재직시 손기정 베를린 올림픽 마라톤 우승의 일장기(日章旗) 말살사건으로 기소, 일년 간의 선고를 받고 복역.

1937년 출옥. 《동아일보》사 사회부장 사임.

1938년 〈무영탑〉이 7월 19일부터 다음 해까지 〈동아일보〉에 연재됨.

1939년 장편 〈적도(赤道)〉 발표.

1940년 장편 〈흑치상지(黑齒常之)〉를 《동아일보》에 연재하다가 중단됨.

1941년 서대문구 부암동에서 양계를 하며 창작생활에 전념. 장편 《무영탑》 간행.

1943년 동대문구 제기동에서 음력 3월 21일 빈곤과 병마로 시달리다가 별세. 유족으로 외딸(月灘의 子婦)을 남김.

□ 지은이

1900~43년. 소설가. 대구 출생.
《개벽》지에 발표한 단편소설 〈희생화〉로 문단에 데뷔.
대표작으로는〈술 권하는 사회〉,〈할머니의 죽음〉,〈B사감과 러브레터〉,〈빈처〉, 〈불〉 등이 있음

무영탑(하) 값 6,000원

1991년 5월 30일 초판 1쇄 발행
2001년 3월 10일 2판 1쇄 발행
2004년 8월 17일 2판 2쇄 발행

지은이 현 진 건
펴낸이 윤 형 두
펴낸데 범 우 사

등 록 1966. 8. 3. 제 406-2003-048호
413-832 경기도 파주시 교하읍 문발리 535-10
대 표 031-955-6900 / FAX 031-955-6905

* 파본은 교환해 드립니다. 교정 · 편집/박희영 · 조한욱

ISBN 89-08-03235-5 04810 (인터넷)http://www.bumwoosa.co.kr
89-08-03202-9 (세트) (E-mail)bumwoosa@chol.com

범우비평판 세계문학선

범우 비평판 세계문학선은 수많은 국외작가의 역량이 총 결집된 양식의 보고입니다. 대학입시생에게는 논리적 사고를 길러주고 대학생에게는 사회진출의 길을 열어주며, 일반 독자에게는 생활의 지혜를 듬뿍 심어주는 문학시리즈로서 이제 범우비평판은 독자 여러분의 서가에서 오랜 친구로 늘 함께 할 것입니다.

㉑ 마가렛 미첼 21-1.2.3 **바람과 함께 사라지다(상)(중)(하)** 송관식 · 이병규 각권 10,000원
㉒ 스탕달 22-1 **적과 흑** 김붕구 값 10,000원
㉓ B. 파스테르나크 23-1 **닥터 지바고** 오재국(전 육사 교수) 값 10,000원
㉔ 마크 트웨인 24-1 **톰 소여의 모험** 김병철(중앙대 명예교수 · 문학박사) 값 7,000원
24-2 **허클베리 핀의 모험** 김병철(중앙대 명예교수) 값 9,000원
24-3, 4 **마크 트웨인 여행기(상)(하)** 박미선 각권 10,000원
㉕ 조지 오웰 25-1 **동물농장 · 1984년** 김회진(서울시립대 영문과 교수) 값 10,000원
㉖ 존 스타인벡 26-1.2 **분노의 포도(상)(하)** 전형기(한양대 영문학과 교수) 각권 7,000원
26-3.4 **에덴의 동쪽(상)(하)** 이성호(한양대 교수) 각권 10,000원
㉗ 우나무노 27-1 **안개** 김현창(서울대 서어 서문학과 교수) 값 6,000원
㉘ C.브론테 28-1 · 2 **제인에어(상)(하)** 배영원 각권 8,000원
㉙ 헤르만 헤세 29-1 **知와 사랑 · 싯다르타** 홍경호 값 9,000원
29-2 **데미안 · 크눌프 · 로스할데** 홍경호(한양대 교수 · 문학박사) 값 9,000원
29-3 **페터 카멘친트 · 게르트루트** 박환덕(서울대 교수) 값 9,000원
29-4 **유리알 유희** 박환덕(서울대 교수) 값 12,000원
㉚ 알베르 카뮈 30-1 **페스트 · 이방인** 방 곤(전 경희대 불문과 교수) 값 9,000원
㉛ 올더스 헉슬리 31-1 **멋진 신세계(외)** 이성규 · 허정애 값 10,000원
㉜ 기 드 모파상 32-1 **여자의 일생 · 단편선** 이정림(번역문학가) 값 9,000원
㉝ 투르게네프 33-1 **아버지와 아들** 이철(외대 노어과 교수) 값 9,000원
33-2 **처녀지 · 루딘** 김학수(전 고려대 노어노문학 교수) 값 10,000원
㉞ 이미륵 34-1 **압록강은 흐른다(외)** 정규화(독문학 박사 · 성신여대 교수) 값 10,000원
㉟ 디어도어 드라이저 35-1 **시스터 캐리** 전형기(한양대 영문학과 교수) 값 12,000원
35-2.3 **미국의 비극(상)(하)** 김병철(중앙대 명예교수 · 영문학) 각권 9,000원
㊱ 세르반떼스 36-1 **돈 끼호떼** 김현창(서울대 서어 서문학과 교수) 값 12,000원
36-2 **(속)돈 끼호떼** 김현창(서울대 서어 서문학과 교수) 값 13,000원
㊲ 나쓰메 소세키 37-1 **마음 · 그 후** 서석연(경성대 명예교수) 값 12,000원
㊳ 플루타르코스 38-1~8 **플루타르크 영웅전 1~8** 김병철(중앙대 명예교수 · 영문학) 각권 8,000원
㊴ 안네 프랑크 39-1 **안네의 일기(외)** 김남석 · 서석연 값 9,000원
㊵ 강용흘 40-1 **초 당** 장문평 값 9,000원
40-2 **동양선비 서양에 가시다** 유 영 값 10,000원
㊶ 나관중 41-1~5 **원본 삼국지 1~5** 황병국(중국문학가) 값 9,000원
㊷ 귄터 그라스 42-1 **양철북** 박환덕(서울대 독문학 교수) 값 10,000원
㊸ 아쿠타가와 류노스케 43-1 **아쿠타가와 작품선** 진웅기 · 김진욱 값 8,000원
㊹ F. 모리악 44-1 **떼레즈 데께루 · 밤의 종말(외)** 전채린 값 8,000원
㊺ E. 레마르크 45-1 **개선문** 홍경호 값 12,000원
45-2 **그늘진 낙원** 홍경호 · 박상배 값 8,000원
45-3 **서부전선 이상없다** 박환덕 값 12,000원
㊻ 앙드레 말로 46-1 **희 망** 이가형 값 9,000원
㊼ A. J. 크로닌 47-1 **성 채** 공문혜 값 9,000원
㊽ H. 뵐 48-1 **아담, 너는 어디에 있었느냐(외)** 홍경호 값 8,000원
㊾ 시몬느 드 보봐르 49-1 **타인의 피** 전채린 값 8,000원
㊿ 보카치오 50-1.2 **데카메론(상)(하)** 한형곤(외대 교수 · 문학박사) 각권 11,000원